HANS HELLMUT KIRST

EIN MANIPULIERTER MORD

Roman

Originalausgabe

WILHELM HEYNE VERLAG
MÜNCHEN

HEYNE ALLGEMEINE REIHE
Nr. 01/6905

Printed in Germany 1987
Umschlagfoto: ZEFA/Justitz, Düsseldorf
Autorenfoto: Isolde Ohlbaum
Umschlaggestaltung: Atelier Ingrid Schütz, München
Satz: IBV Satz- und Datentechnik GmbH, Berlin
Druck und Bindung: Ebner Ulm

ISBN 3-453-00335-7

Kriminalrat Wachsmann: »Er war der Gefährlichste, den das Polizeipräsidium jemals hatte.«

Kriminalkommissar a. D. Keller: »Gefährlich – für wen? Für dich oder für sich?«

Aus einem Gespräch –
vor diesen Ereignissen –
über Adalbert Wecker

TEIL 1

Der Vorgang

Es begann mit der ersten Begegnung zwischen zwei Menschen. Mochte durchaus sein, daß sie bereits einige Male aneinander vorübergegangen waren, ohne voneinander Kenntnis genommen zu haben – in, vor, oder nahe diesem hochzementierten Wohnwabengebilde. Am ersten April jenes Jahres jedenfalls war es soweit...

Eine Begegnung, die rein zufällig anmuten wollte – das jedoch nicht war. Und wie zwangsläufig sollten sich alsbald diverse Komplikationen daraus ergeben. Daß sie dann mit dem Tod endeten, stellte an sich noch keine Besonderheit dar – es sei denn, er war eingeplant.

Der Tod – in welcher Spielart er auch immer in Erscheinung tritt – ist der verläßlichste aller Menschenbegleiter, wenn auch zumeist – nicht jedoch hier – ein völlig unberechenbarer. Schlacht- und Friedhöfe gehören jedenfalls zu jedem Dasein – und sind kaum jemals sonderlich weit voneinander entfernt. Man sieht es auf zahlreichen Stadtplänen – auf jenem von München gleich mehrfach; in so gut wie allen Himmelsrichtungen.

Bei jener ersten Begegnung, so schien es, trafen hier zwei durchaus menschliche Wesen aufeinander. Zumindest konnte es von ihnen angenommen werden – Irrtum vorbehalten. Denn wer kann es sich anmaßen, sobald es sich um Menschen handelt, irgendwelche verbindlichen Feststellungen zu treffen oder gar Garantien zu geben? Keine Mutter für ihren Sohn, keine Tochter für ihren Vater, kein Bruder für seine Schwester – von Zufallsbindungen gar nicht erst zu reden.

Hier jedenfalls kam zunächst einmal ein schon ›älterer‹ Mann zum Vorschein – oder, wenn man so will, ein ›besserer Herr‹. Gleichsam einer Wochenillustrierten mit Familiensinn entstiegen – bei anderen Aufklärungsblättern wäre so ein Typus, eine Type, glatt im Papierkorb gelandet. Dieses männliche Wesen war sorgfältig gekleidet – auch sauber; nichts Gegenteiliges war erkennbar. Auch schien diesem älteren Herrn ein höflich-verbindliches Lächeln gegeben; noch dazu eine Art erlesener Wortwahl. Möglicherweise ein weiteres Blendwerk mehr – Blendungen waren bevorzugte Zeitsignale; Verblendungen gehörten zum Tagesprogramm gar nicht weniger Personen, die daran verdienten – aber auch einigen, die ihre Freude daran hatten.

In jener frühen Nachtstunde jedenfalls war es, als stehe dieser Mensch nur so da. Er schien den beruhigten Verkehr zu betrachten, über dem Anblick einer nahezu menschenfrei gewordenen Straße Genugtuung zu empfinden. Dabei hielt er sich vor der Tür des Hauses auf, in dem er bereits seit einigen Jahren wohnte. Dessen grauer, vom Regen zerspülter, durch Dreckstreifen verschmutzter Fassade hatte er den Rücken zugekehrt – wie um sie nicht sehen zu müssen.

Was er statt dessen erblickte, war eine weibliche Person mittleren Alters. Sie schien direkt auf ihn zuzukommen; nahezu fordernd. Daß sich damit eine Störung seiner geruhsam gedachten nächtlichen Betrachtungen anbahnte, war ihm nicht im geringsten anzumerken – traf vermutlich auch nicht zu.

»Sie wollen doch nicht etwa irgend etwas von mir?« fragte er diese sehr weibliche Person; was sich wie vorsorglich warnend anhörte. »Das sollten Sie sich sehr überlegen, liebe Dame. Ich erlaube mir, Ihnen das zu raten.«

»Und warum?«

»Sehen Sie das so: Ich pflege, geradezu grundsätzlich, einfach jedem und allem, zunächst einmal zu mißtrauen. Sollten Sie auch tun! Schließlich können sich niedliche Katzen als Leopardinnen entpuppen; noch so nette Hunde sich in Wölfe verwandeln; und sogenannte ältere Herren sollen sich, sagt man, gar nicht selten als lauernde Lustgreise erweisen. Keine uninteressanten Erkenntnisse, die ich Ihnen, und zwar gerne, übermittele.«

»Um derartige Belehrungen habe ich Sie nicht gebeten, mein Herr! Wie auch immer Sie heißen mögen. Derartige Gemeinplätze können Sie sich ersparen – bei mir allemal.«

Bei dieser Person, die da gleichermaßen unbeeindruckt und abwehrend war, handelte es sich um eine gewisse Johanna Lenz. Von Beruf: Schauspielerin. Falls das überhaupt ein Beruf sein kann. Doch was haben denn schon Berufsbezeichnungen zu bedeuten – wie etwa Politiker, Heilpraktiker, Sozialpfleger, Künstler und ähnliche?

Immerhin – diese Johanna Lenz war, gleichsam auf den ersten Blick – es war jedoch nicht sein erster Blick, der auf sie gefallen war – als ein blutvolles Wesen zu erkennen; noch dazu verschwenderisch ausgestattet mit ungemein sinnlich wirkendem Äußeren. Möglicherweise als eine prallfleischliche Schönheit im Herrenmagazinformat anzusehen – zu deren Lesern jedoch dieser Mann nicht gehörte.

Und so schien damals das wie üblich zu beginnen, was sich dann, in nur wenigen Tagen, an seltsamen schönen und scheußlichen Vorgängen ereignen sollte. Was dieser Mann – und dazu war er befähigt – zu wittern begann.

Damals jedenfalls – in einer frühen Nachtstunde jenes 1. April – schien es, als wären sie einander erstmals ganz bewußt begegnet: Johanna Lenz und Adalbert Wecker.

Es geschah vor dem Haus, in dem sie wohnten – er bereits einige Jahre, sie seit etlichen Monaten. Das Gebäude befand sich in München, Germaniastraße 175, im Stadtbezirk 22, Schwabing genannt. Dafür zuständig: Polizeiinspektion 5, Maria-Josepha-Straße 3 – Telefonnummer 396066. Postalisch: München 40. Standesamt I. Falls Seelsorge erwünscht, standen zur Verfügung: für römisch-katholische Gläubige: Maria vom Guten Rat; für evangelische: die Erlöser-Kirche.

Diese hier übereinandergebauten fünf Stockwerke waren in ihrer zementierten Eintönigkeit keinesfalls als allein für München typisch zu bezeichnen. Derartige Einfälle waren auch in so mancher anderen größeren Stadt des restlich-westlichen Deutschland vorstellbar. Kostensparende Gebrauchsarchitektur. Und wenn so ein zusammengemauertes Gebilde auch nicht gleich an genormte Mülltonnen für Menschen erinnerte – daß dem so war, erkannten dessen Einwohner erst später; wenn überhaupt.

In den eng übereinander geschichteten Stockwerken befanden sich sogenannte ›Apartments‹, Wohnwabengebilde mit ein, zwei, drei Räumen. Diese waren ausgestattet mit dem derzeitigen ›Standard‹: Fußbodenheizung, nur mäßig funktionierend; Wasser, zumeist fließend, zumindest in Küche und Toilette. Außerdem eine vermutlich für Sonderkomfort gehaltene generale Entlüftungseinrichtung, der es immerhin gelang, den oftmals penetranten Gestank aus Kochdünsten und sonstigen Ausscheidungen gleichmäßig im Haus zu verteilen. Auch daran hatten sich diese Wabenbewohner gewöhnt – in der ergebenen Erkenntnis: So war das nun mal! Na – wenn schon.

Dort also, vor diesem Haus, standen sie nun, in der Nähe der Haustür; einer genormten, rein funktionellen, fabrikgeschlosserten, primitiven Gebrauchstür.

»Besitzen Sie einen Schlüssel für dieses Haus? Oder stehen Sie nur so herum?« fragte Johanna fordernd.

»Allerdings – ich stehe hier nur so herum. Um diese Nacht noch ein wenig im Freien zu genießen. Zumal dies die allererste Nacht nach einem langen, frostklirrenden Winter ist, in der sich ein neuer Frühling ankündigt. Interessiert Sie nicht? Muß ja auch nicht sein. Sie wollen lediglich von mir wissen, ob ich einen Hausschlüssel besitze? Das trifft zu.«

»Dann schließen Sie, bitte, diese Tür auf!«

»Warum sollte ich das?« Adalbert Wecker machte einen geradezu erlebnisfreudigen Eindruck. Auch er – und wer nicht? – besaß Anwandlungen von leichtfertiger Verwegenheit – nur waren diese kein Zufall; nicht bei ihm. »Also – warum?«

»Weil ich hier wohne – mein Herr! Ganz einfach!«

»Ohne einen Schlüssel für die Haustür zu besitzen? Das kommt mir allerdings irgendwie ungewöhnlich vor. Vielleicht sollten Sie mir das mal ein wenig näher erklären.«

»Was geht denn«, Johanna Lenz reagierte höchst unwillig, »Sie das an, Mensch!«

»Vielleicht gar nichts; möglicherweise aber auch eine ganze Menge.« Wecker hatte offenbar einige Mühe, seine lauernde Munterkeit zu verbergen. »Erst vorige Woche, habe ich gehört, hat hier in diesem Haus ein sozusagen wutentbrannter Jüngling mit Gewalt einzudringen versucht. Und zwar um einen von ihm vermuteten Fremdverkehr zu unterbinden – den seiner angeblich allein für ihn reservierten Freundin. Der hat dabei Türen eingetreten, was hier ohne weiteres möglich ist. Die sind ja wie aus Papier – allerdünnstes Sperrholz!«

»Mein Gott, Mann – was geht das denn mich an? Was trauen Sie mir zu? Mache ich etwa einen derartig hemmungslosen Eindruck?«

»Nicht gleich das, verehrte Dame. Doch immerhin: Wenn Sie mir auch nicht erregt vorkommen – so doch erkennbar beunruhigt. Warum?«

Eine Erklärung, auf welche dieser Mensch mit höflicher Beharrlichkeit zu bestehen schien. Worauf sie dann auch einging; sie mußte es wohl. Noch ohne Unruhe, zugleich aber auch von auflodernder Empörung. Es fiel ihr schwer, derartige Anmaßungen einfach hinzunehmen.

»Also! Ich wohne hier, im vierten Stock; zusammen mit meiner kleinen Tochter Irene. Die wartet dort auf mich. Offenbar hat sie die Signalapparatur ausgeschaltet. Ich kann also klingeln, soviel ich will: Sie meldet sich nicht! Das ist es, was mich besorgt macht. Haben Sie kein Verständnis dafür?«

Woraufhin eine Reaktion des Adalbert Wecker erfolgte, welche als absolut eindeutig zu bezeichnen war. Ohne das geringste Zögern öffnete er nunmehr für Johanna Lenz die Tür dieses Hauses, ließ sie in den Fahrstuhl einsteigen und begleitete sie bis hinauf zum vierten Stock.

Das alles geschah mit Anteilnahme und Aufmerksamkeit – war aber auch irgendwie überraschend. Das allerdings nur für Menschen, denen es erspart geblieben war, diesen Wecker näher, nur ein wenig näher, kennenlernen zu müssen.

Oben, im vierten Stock, eilte Johanna Lenz, mit kaum noch zu verbergender Besorgnis, zu der Tür hin, die offenbar zu ihrer Wohnung führte, welche sich jedoch genau unter der seinen befand; wie Adalbert feststellte – nur so nebenbei. Das wußte er bereits seit geraumer Zeit. Diese unteren Wesen waren übrigens niemals störend laut gewesen; auch hatten sie keinerlei penetrante Speisegerüche verbreitet. Mithin also keine unangenehmen Mitmieter; was ihn irgendwie freundlich stimmte.

Auch die Tür zu diesem Apartment bestand aus dünnen, ausgetrockneten Sperrholzplatten. Diese ließen sich, was selbst dilettantische Einbrecher wußten, ohne weiteres eintreten. Sie stellten aber zugleich auch tönende Resonanzböden dar; welche vermochten Worte mit nahezu unverminderter Lautstärke und Deutlichkeit weiterzuleiten. Das machte sich Johanna Lenz hier nun zunutze.

»Kind! Bist du da? Irene? Was ist los – warum hast du dich nicht gemeldet? Hier ist deine Mutter! Erkennst du mich nicht?«

Daraufhin wurde die Tür zögernd geöffnet. Was dort zum Vorschein kam, war ein Kind – so um die zehn bis zwölf Jahre alt. Ein strähnig blondes Geschöpf mit einem unschuldigen Engelsgesicht – wie sie einst Raffael gemalt hatte. Jetzt jedoch leicht verstört; zugleich auch wachsam, nahezu lauernd.

»Ich hab' keine Angst, Mutter – aber mir ist nicht gut. Irgendwie ist mir schlecht.«

»Aber warum denn?!« Dieses Kind wurde intensiv umarmt; vermutlich, meinte der Betrachter, um entschlossene Beschützungsbereitschaft zu bekunden. »Was ist denn bloß los mit dir? Warum geht es dir nicht gut? Hat da etwa jemand – schon wieder ... Das will ich nun aber genau wissen, das mußt du mir sagen!«

»Nicht richtig reagiert«, gab Adalbert Wecker zu bedenken, der beim Fahrstuhl stehen geblieben war, »Forderungen nach heiklen Auskünften sollten, wenn ich raten darf, niemals in Gegenwart von Fremden erfolgen. Dabei darf nichts durch Besorgnis überstürzt werden – so was braucht nun mal seine Zeit.«

»Was geht Sie das denn überhaupt an, Herr!« Irenes Mutter, Johanna, reagierte eindeutig abweisend. Sie hielt ihr blasses Kind in den Armen. Dieses jedoch blickte, trotz seiner offenbar nicht geringen Verstörung, ungemein neugierig diesen Mann an.

»Und wer bist denn du?« wollte Irene wissen.

»Jemand, der zufällig hier wohnt. So eine Art Onkel, möglicherweise – von denen es in unseren fünf Stockwerken vermutlich einige gibt; was du mir gewiß bestätigen kannst. Vielleicht unterhalten wir uns mal darüber, bei Gelegenheit. Was meinst du?«

»Halten Sie sich gefälligst da raus!« forderte nun Frau Lenz, wie abschließend. Worauf sie hinzufügte: »Wenn ich darum bitten darf!«

»Mache ich – wenn Sie das wünschen; sogar sehr gerne!« versicherte Adalbert Wecker. »Leben Sie also wohl, liebe Dame – mit Ihrer schönen kleinen Tochter. Soweit Sie das hier können.«

Am späten Abend des nächsten Tages, abermals vor Beginn einer neuen Nacht – und in den Nächten sollte hier das Entscheidende geschehen – verließ Adalbert Wecker seine Wohnung im fünften Stock, Germaniastraße 175, München 40. Wieder einmal hatte er einen Tag in geruhsamer Gelassenheit verbringen dürfen, befreit von den aufdringlichen Problemen anderer Menschen. Einsam wie immer, doch niemals allein – er war umlagert von seinen Büchern und Schallplatten. Seine heimliche Welt war jene eines Shakespeare, voller Königsmörder und mordender Könige, besiedelt von Narren und Toren, durchwuchert von verbrecherischer Dummheit und dummen Verbrechern. Dazu umrauscht von Musik – oftmals Bach, immer wieder Schubert. In dieser Welt war er – glücklich.

Dennoch wurde er, wieder und immer wieder, von dem aufkommenden Verlangen heimgesucht, Menschen zu begegnen – möglichst solchen mit Verstand und Gefühl. Greifbar dicht wollte er sie vor sich sehen – möglichst ohne sie gleich auch riechen zu müssen. Was er begehrte, war Nähe, zu der zugleich auch ein Abstand zu gehören hatte.

Abermals betrat er den engen Fahrstuhl dieses Hauses, um abwärts zu fahren. Dabei spähte er, wahrlich nicht ohne jene ihn oft beherrschende Neugier, nach in diesem Transportmittel angebrachten Signalen. Es handelte sich zumeist um Mitteilungen über Unterleibsregungen – nicht unähnlich jenen, wie sie gewöhnlich in öffentlichen Bedürfnisanstalten vorzufinden sind; vor allem in Bahnhofsnähe. So etwas war auch hier anzutreffen; wenn auch kaum jemals von Dauer. Dafür sorgte der Hausmeister; es wurde behauptet: die Beseitigung dieser Graffiti sei wohl seine Hauptbeschäftigung.

Der also radierte die Obszönitäten aus, überpinselte, etwa ein- bis zweimal in der Woche alles, was dabei so zum Vorschein gekommen war. Zum Beispiel: einen dickgemalten Penis. Oder ein eingeritztes Müllhaufengelände; vermutlich als dazugehörend gedacht. Gelegentlich auch Hinweise wie diese: ›Susanne ist eine Sau‹. Oder ›Miststück Monika macht alles‹.

Das alles wurde vermutlich von schnellen Besuchern dieses Hauses erzeugt, von jenen häufig wechselnden Bewohnern der – zumeist – unteren Stockwerke. Ein- und ausströmende Elemente, die hier ihre

Spuren zu hinterlassen gedachten – hingeschmiert mit Filzstiften, eingeritzt mit Messern, Schlüsseln, Korkenziehern.

Diesmal erblickte der aufmerksame Adalbert Wecker – dem so gut wie nichts entging, was er sich nicht entgehen lassen wollte – eine Sonderproduktion: ein neueres Erzeugnis, das zumindest gestern nacht noch nicht vorhanden gewesen war. Denn da war – mit einem verfließenden Filzstift von sattschwarzer Farbe – plakativ hingeschrieben auf die Rückwand des Fahrstuhls, breit, dominierend das Wort ›Kinderficker‹. Darunter war noch ein Buchstabe zu erblicken, erkennbar als ›W‹. Daneben eine Zahl, eine römische III.

Damit, allerdings, vermochte dieser aufmerksame Betrachter festzustellen, handelte es sich offenbar um ganz direkte, gezielte Hinweise, wie sie vorher kaum jemals hier erfolgt waren – jedenfalls nicht mit einer derartig primitiven Zeigefingerdeutlichkeit. Und Adalbert Wecker fühlte die Versuchung, sich ein wenig näher damit zu beschäftigen. Dafür reichte diese schnelle Fahrstuhlfahrt völlig aus – vom fünften Stock bis zum Erdgeschoß, in etwa 10 Sekunden.

Wenn er nun das Bedürfnis empfand, hier kurz entschlossen eine kleinere Nachforschung zu veranstalten – so vermutlich nicht zuletzt deshalb, weil er sich davon eine amüsante Abwechslung versprach – oder vielleicht auch nicht. Denn als mühelos deutbar, oder etwa gar als eindeutig anzusehen, war das Graffito wahrlich nicht.

Adalbert Wecker begab sich also nicht gleich, wie er zunächst beabsichtigt hatte, in die anlockende vorfrühlingshafte Nacht hinein. Er leistete sich statt dessen eine ungewohnte Anwandlung. Er, der ansonsten eine Art Schattenwesen darstellte, schien jetzt zu beabsichtigen, ganz massiv zu stören.

So zögerte er nicht, die im Erdgeschoß gelegene Wohnung des Hausmeisters aufzusuchen. Den klingelte er, zu dieser späten Stunde, herbei. Und das mit energischer Beharrlichkeit.

Worauf – wenn auch erst nach etlichen Minuten – der Hausmeister erschien. Eingehüllt in einen Bademantel mit knallroten Blumenmustern auf grellgelbem Grund. Betont unwillig, da nun wohl dem tiefsten Frühschlaf entrissen; wenn nicht gar, vielleicht, gestört beim Vollzug der ehelichen Pflichten.

»Verbitte mir eine derartige Belästigung!« knurrte er wie ein Hofhund. Und selbst noch, nachdem er erkannt hatte, wer da vor ihm stand, fügte er unbeirrt ungnädig hinzu: »Sogar von Ihnen muß ich mir das verbitten!«

»Was nichts daran ändert, daß ich nun mal hier bin. Und dafür sollten Sie mir vielleicht sogar dankbar sein. Weshalb, will ich Ihnen zu erklären versuchen, Herr Hausmeister.«

Dieser Hausmeister war ein gewisser Erwin Tatzer; so an die fünfzig Jahre alt. Ein verkniffener, unwirscher, lauernder Mensch, bei dem jedoch jederzeit ein bockartiger Widerstand zum Vorschein kommen konnte. Zumeist dann, wenn er glaubte – Verdacht genügte –, sich wehren zu müssen; gegen jeden, der ihn anzuzweifeln drohte: seine erklärte Tüchtigkeit, sein bewährtes Bemühen, seine beständige Präsenz. Denn so, als der Allerbesten einer, sah er sich. Aber wurde das auch gewürdigt?

»Nun denn, bei allem Wohlwollen, Herr Wecker – Ihnen gegenüber – was wollen Sie denn von mir? Zu so später Stunde?!«

»Lediglich eine gewisse Aufklärung. Vielleicht nur – über eine Kleinigkeit.«

»Na – welche denn?« Ganz abweisend gesagt.

Dabei hatte es den Anschein, als käme – und das nicht zum ersten Mal – so etwas wie ein klassenkämpferisch veranlagtes Wesen zum Vorschein. Anlässe, die ihn zu einer derartigen Haltung animierten, existierten dutzendweise; in diesem dubiosen Mietshaus allemal. Als da wären: Türken und sonstiges, anmaßendes, sich breit machendes Gesindel – immer ungenierter aufdringlich werdend. Sollte etwa nun auch dieser sich bisher einigermaßen bescheiden gebende Frühgreis aus dem fünften Stock, irgendwie mit denen gemeinsame Sache machen?

»Sie können mich mal, Herr Wecker, schlage ich vor – morgen aufsuchen. Jetzt jedenfalls gedenke ich zu schlafen!«

»Was ich Ihnen sonst auch durchaus gönnen würde. Diesmal jedoch nicht. Nicht bevor Sie mich über gewisse Dinge aufgeklärt haben, Herr Tatzer.«

Sie standen immer noch bei spaltbreit geöffneter Tür vor der Hausmeisterwohnung einander gegenüber. Erwin Tatzer schnaufte zunehmend unwillig; er hatte den zwingenden Eindruck, angezweifelt, sogar verdächtigt zu werden. War damit zu rechnen, daß dieser hier heimlich herumschleichende Schnüffler mit spürbarem Verdacht auf ihn zukam? Was wollte denn der von ihm?

Das sollte er unverzüglich erfahren. Denn Adalbert Wecker begehrte ganz einfach dies zu wissen: »Versuchen Sie mir doch mal zu erklären, Tatzer, warum Sie auf einer Fahrstuhlwand das Wort ›Kinderficker‹ hingeschmiert haben. Dazu ein ›W‹, mit dem Zusatz ›III‹. Was haben Sie sich dabei gedacht? Wen haben Sie damit gemeint?«

»Da habe ich wohl nicht ganz richtig gehört, werter Herr!« Tatzer schien die Befähigung zu besitzen, sich von einem Augenblick auf den anderen in überraschender Weise wandeln zu können. Denn nunmehr reagierte er betont sanft – kein Schaf vermochte biederer zu blicken. »Aber, aber, verehrter Herr – Sie wollen doch nicht versuchen, mir irgend etwas anzuhängen?! Und schon gar nicht gleich so was! Das können Sie nicht beweisen – das kann niemand.«

»Da irren Sie sich aber, und zwar mächtig, Herr Tatzer – hier noch Hausmeister.« Und wenn diese beiden auch im Augenblick noch zur gleichen Schafsherde gehörten, so wurde jedoch alsbald erkennbar, wer dabei das Leittier war. »Denn bei dieser fatalen Fahrstuhlschmiererei haben Sie genau den gleichen schwarzen Filzstift verwendet, mit dem Sie uns, den von Ihnen betreuten Hausgenossen, gelegentlich Mitteilungen zukommen lassen. Etwa über Müllabfuhr, Heizungskontrollen, Wasserabrechnungen. Und nun das!«

»Mann – Sie! Herr Wecker! Sie wollen mich da doch nicht etwa verdächtigen? Mich!« Noch nicht ganz ergeben, ganz geduckt gesagt – ein Zustand jedoch, der sich anzubahnen schien.

»Ach, Menschenskind, Hausmeister – Sie sind es doch, Sie allein, der hier im eigenen Mist herumtrampelt; verwegen, leichtfertig – und mit dummdreisten Anwandlungen noch dazu. Sie haben ja nicht einmal versucht, Ihre Handschrift zu verstellen – zumindest Druckbuchstaben hätten Sie produzieren sollen! Was Sie sich da geleistet haben, war pure Stümperei – ganz primitive Manipulierungsversuche, die jedes Kleinkind durchschauen kann. Kapiert?« Feststellungen, die Tatzer sichtlich zu erschrecken vermochten. Wenn er dabei nicht erbleichte, so vermutlich deshalb, weil ihm feinere Gefühlsregungen kaum gegeben waren. »Herr Wecker, ich weiß, hier gibt es gar nicht wenige, die mich hinhängen wollen – bei der Hausverwaltung! Fertigmachen wollen die mich! Und nun auch Sie noch!«

»Ach, bester Herr Hausmeister! Erkennen Sie denn nicht, daß es hierbei um weit mehr geht, als nur um Ihren Job? Durchaus vorstellbar, daß Sie, mit einer derartig nachweisbaren Schmierage, ganz direkt in die Hände der Polizei hineingeraten könnten? Und diese würde eine solche Tat – müßte das sogar – in einen gerichtlichen Vorgang verwandeln. Wollen Sie es darauf ankommen lassen?«

»Will ich nicht!« würgte Erwin Tatzer hervor und schien mit nahezu kleingeduckter Ergebenheit vor diesem schmächtigen mittelgroßen Menschen zu stehen. Der jedoch machte nicht die geringsten Anstalten, auf ihn herabzublicken. Der wartete nur – ohne sonderlich zu lauern. Nicht vergeblich.

»Wie, meinen Sie, Herr Wecker, könnte ich denn da herauskommen?« Aus dem nämlich, was er als eine Art heimtückischer Falle erkannt zu haben glaubte.

Diesbezüglich wurde er aufgeklärt; was sogar einigermaßen entgegenkommend anmutete. »Zunächst einmal, Herr Tatzer, sollten Sie, mir persönlich, das bestätigen, was Sie ja schließlich bereits sozusagen öffentlich verkündet haben. Da ist also von Ihnen ein gewisser ›W‹ als ›Kinderficker‹ bezeichnet worden. Wobei sich ziemlich mühelos herausfinden läßt und zwar durch Ihren Zusatz ›III‹, daß dieses ›W‹ gleichbedeutend ist mit Wesendung. Waldemar Wesendung. Wohnhaft im dritten Stock dieses Hauses. Richtig so?«

»Nun ja, nun ja! Aber – wenn ich das Ihnen bestätige, was dann, Herr Wecker?«

»Dann nehme ich das, zunächst einmal, lediglich zur Kenntnis. Um Ihnen sodann einen ganz praktischen Ratschlag zu erteilen.« Was ein falscher Ratschlag war – im Anlaufstadium dieser Ereignisse, selbst von einem Wecker, nicht gleich als falsch zu erkennen. Er lautete: »Sie beseitigen diese Sauerei unverzüglich, indem Sie die überpinseln; mit möglichst dicker Ölfarbe.«

»Mache ich – jawohl. Sofort!«

»Nicht sofort, Herr Tatzer. Jedenfalls nicht, bevor Sie mir – worauf ich bestehen muß – eine möglichst überzeugende Erklärung geliefert haben. Was hat Sie dazu veranlaßt, diesen stinkenden Mist anzubringen; so gut wie allen Bewohnern dieses Hauses zur Kenntnis?«

»Muß ich – das, Herr Wecker?«

»Müssen Sie, Tatzer! Und weil ich das so will, werden Sie das auch tun. Klar?«

Fast zur gleichen Zeit hielt sich Kriminalrat Wachsmann – Chef der ›Sonderkommissionen‹, auf Kapitalverbrechen spezialisiert – im Polizeipräsidium auf. Wartend, abwartend; wie fast immer um diese Zeit. Noch hatte diese Nacht ihre Scheußlichkeiten nicht ausgebrütet, gewaltsame Tote noch nicht gezeugt – außer jenen des Straßenverkehrs, die ihn jedoch nichts angingen.

Zeit mithin genug, über Akten zu brüten, die sich nicht schließen lassen wollten; Vorgängen nachzusinnen, die sich nicht in den Griff bekommen ließen – ein Streben nach Übersichtlichkeit hatte ihn stets beherrscht – soweit das in seinem Metier, in seinem Leichenalltag, überhaupt möglich war. Ein Theoretiker oder gar Statistiker war er nicht – doch manchmal dazu gezwungen, sich auch in dieser Hinsicht zu betätigen.

Diesmal lag eine Anfrage vor, ein Ersuchen um bestimmte Auskünfte – ziemlich ungewöhnliche –, die jedoch unverzüglich recherchiert werden mußten. Das gebot die Person desjenigen, der diese Details zu wissen begehrte: Keller, Kriminalkommissar ›außer Dienst‹; hier auch, wahrlich berechtigt, als ›der große, alte Mann des Amtes‹ bezeichnet – ein Kriminalist von enormen Erfahrungen und Fähigkeiten. Selbst der Polizeipräsident pflegte von ihm nicht nur mit höchster Anerkennung zu sprechen – er suchte vielmehr in heiklen Situationen dessen Rat; und hörte sogar darauf.

Diesmal hatte ›der große Alte‹ seinem Kollegen Wachsmann – beide schätzten sich – lediglich eine Notiz zukommen lassen, vermutlich seiner unentwegt betriebenen kriminologischen Studien wegen. Und diese besagte:

›Trifft es zu, daß Verbrechen im Bereich der Sexualität beständig zunehmen? Und wenn ja – in welchem Ausmaß?‹

Dieser ihn zunächst leicht erstaunenden Frage war der Kriminalrat nachgekommen – was konnte bei einer Anfrage von Keller selbstverständlicher sein? Das Resultat, das von diversen Beamten miterarbeitet war, lag nun vor und versetzte noch mehr in Erstaunen.

Er griff zum Telefon und ließ sich mit Keller verbinden. Auch der war, wie er, ein erklärter Nachtarbeiter. Auch der saß an seinem Schreibtisch, völlig allein; Wachsmann im Präsidium, umbrodelt von einem Hexenkessel polizeilicher Betriebsamkeit.

Der Kriminalrat, nach kurzer herzlicher Begrüßung: »Wie konntest du das wissen?«

Der Kriminalrat a. D.: »Ich maße mir eigentlich nicht an, sonderlich viel zu wissen – sollte dir doch bekannt sein! Vor dem Wissen kommt die Ahnung; und eben dazu, bei uns Kriminalisten, so etwas wie Berufsinstinkt. Also trifft meine Vermutung zu?«

Wachsmann: »Wie bist du darauf gekommen? Denn Sexualität, deren Arten oder Abarten, sind doch schon lange kein zentrales Thema mehr in unserer Polizeipraxis. Und das bereits seit 1969, seitdem dieses liberalisierte Strafrechtsreformgesetz beschlossen wurde.« Mit erheblichen Änderungen bei Delikten wie Ehebruch, Homosexualität, Sodomie, Prostitution, Kuppelei und pornographischen Schriften. »Na, wie man dazu auch immer stehen mag – einige Arbeitserleichterung hat uns das jedenfalls eingebracht; auch eine Menge Ärger erspart.«

Keller: »Das habt ihr lediglich sehr bereitwillig von euch geschoben. Doch das droht nun wieder auf euch zuzufluten – in fatal verstärktem Ausmaß offenbar. Und in welcher Größenordnung?«

Wachsmann: »In den letzten zehn Jahren – habe ich, wie von dir angeregt, herausgefunden – betrug die Steigerung derartiger Delikte zunächst drei, dann fünf, schließlich sieben Prozent. Neuerdings sind sogar zehn und mehr zu vermuten; von den hierbei bekanntlich besonders großen Dunkelziffern ganz abgesehen. Eine Entwicklung jedenfalls, die ich, offen eingestanden, niemals für möglich gehalten hätte. Kannst du mir erklären, warum das so ist?«

Keller: »Gesetzgebungen basieren nicht selten auf Ansichten, die von den jeweiligen Zeitströmungen bestimmt werden. Daß Urteile auch nichts anderes als voreilig installierte Vorurteile sein können, dafür bieten sich zahlreiche Beispiele an; die Geschichte ist randvoll davon. Doch bleiben wir in unserer kleinen, aber eben unserer Welt, die wir zu bewachen haben; wenn auch nicht zu überwachen, das keinesfalls.«

Wachsmann: »Und was ist dir dabei diesmal aufgefallen – in jenen Bereichen der Sexualität, in die wir uns so wenig wie nur irgend möglich einzumischen haben? Um nicht auch noch Schnüffler genannt zu werden.«

Keller: »Vielleicht werden wir es auch darauf noch ankommen lassen müssen – so grotesk es auch sein mag, sich schnüffelnde Bullen vorzustellen. Jedenfalls droht eine inflationistische Abwertung einiger wesentlicher Werte. Begriffen wie Abseitigkeit, oder gar Abnormität, scheint kaum noch eine sonderliche Bedeutung beigemessen zu werden. Vielmehr fällt das bereits unter Liberalität, oder eben unter Toleranz, was einige unserer Beamten bereits achselzuckend als gegeben ansehen: Laßt die guten Leute doch machen, wozu auch immer sie lustig, oder eben lüstern sind. Also – jeder mit jedem, alle mit allen; wann, wo, weshalb und wie auch immer! Was geht uns das an?«

Wachsmann: »Was sich, eben bei dir, ein wenig verwunderlich anhört, lieber Freund und Kollege. Ein derartig radikal entschlossener Bereinigungsbeamter, wie etwa unser ehemaliger Wecker, bist du niemals gewesen. Auch kein erklärter Moralapostel.«

Keller: »Es gibt jedoch Grenzen – für mich allemal. Die werden dann erkennbar, wenn der Gesetzgeber gewisse Schranken im sexuellen Bereich abbaut – was im Namen der Freiheit geschieht und zu beträchtlicher Freizügigkeit führt – ohne daß dabei die nun noch möglichen Vergehen oder Verbrechen in diesem Bezug radikal abnehmen. Ganz im Gegenteil: Sie nehmen zu! Das heißt, daß hier einiges völlig aus den Fugen geraten ist.«

Wachsmann: »Mein Lieber – das hört sich ja fast so an, als versuchtest du, eine gewisse Mitschuld daran uns zuzuteilen. Der Polizei! Ist aber mit uns nicht zu machen.«

Keller: »Vielleicht doch. Mal sehen, was sich da noch so alles ergeben wird. So etwas könnte, genau gesagt, zu befürchten sein.«

Hausmeister Erwin Tatzer schien einzusehen, daß er gar keine andere Wahl mehr hatte, als sich diesem unerwartet aufdringlichen Menschen gewissermaßen ›anzuvertrauen‹. Notgedrungen – keinesfalls bedingungslos oder bereitwillig – schon gar nicht einem solchen heimlichen Herumschleicher gegenüber!

»Damit will ich Sie wirklich nicht belasten, Herr Wekker! Doch wenn Sie darauf bestehen – zu Ihnen habe ich Vertrauen.«

»Das ist so keinesfalls zutreffend formuliert, Herr Tatzer«, wurde er sanft bohrend aufgeklärt. »Denn belastet sind hier allein Sie. Und was heißt denn dabei Vertrauen – ausgerechnet mir gegenüber? Schließlich bin ich alles andere als ein erklärter Seelsorger – ich bin lediglich neugierig. Irritiert Sie das? Nein? Das sollte es aber – wenn ich Ihnen raten darf.«

Immer noch hielten sie sich im Erdgeschoß auf, vor der Tür der Hausmeisterwohnung – um diese späte Zeit so gut wie ungestört. Tatzer stand leicht gebückt da, schien bemüht zu sein, den Eindruck eines braven Haushundes zu vermitteln. Wobei er es allerdings vermied, sich in die Augen blicken zu lassen; die waren nahezu geschlossen, wie um eine katerhaft auffunkelnde Schlauheit verbergen zu wollen.

Sein Besucher hatte sich gegen die ihm nächste Wand gelehnt. Von dort aus betrachtete er den von ihm Befragten mit lässiger Aufmerksamkeit. »Also? Ich höre.«

»Nun, Herr Wecker, wie Sie ja wissen, bin ich hier der Hausmeister. Ein gewiß recht guter; das ist mir mehrfach bestätigt worden. Zum Beispiel von der verehrten gnädigen Frau, die das Penthouse ganz oben bewohnt; noch über Ihnen. Eine übrigens, nicht nur in dieser Stadt, sehr einflußreiche Dame, welche mich, darf ich sagen, schätzt. Das sollten Sie vielleicht nicht ganz außer acht lassen.«

»Diese Dame interessiert mich nicht!« Hörte sich betont schroff und abwehrend an. »Mir ist völlig gleichgültig, wen diese Dame schätzt oder nicht. Was mich allein interessiert, sind Ihre offenbar sehr persönlichen Beweggründe, die Sie dazu veranlaßt haben, hier eine derartige Schmiererei anzubringen. Warum also, Tatzer?«

»Nun, immerhin habe ich eine Familie!« Tatzer fühlte sich offenbar immer wieder herausgefordert, in die Enge gedrängt. Daß er sich diesen rücksichtslosen Befragungen ausliefern mußte, wenn auch nur zähneknirschend.

»Eine jedenfalls von mir sehr geliebte Familie, jawohl – gehört sich ja auch so. Eine gute Frau und ein braver Sohn; sie sind mir beide sozusagen ans Herz gewachsen. Aber eben auf diesen Sohn kommt es hierbei an. Thomas heißt er, zehn Jahre alt. Ihnen bekannt?«

Konnte sein – konnte auch nicht sein. Das ließ Adalbert völlig offen. Er machte damit deutlich: er war nicht hier, um Fragen zu beantworten, sondern um solche zu stellen. In diesem Hause existierten so an die sechzig Personen, sie einzeln zu kennen, maßte sich dieser Mann nicht an; seine vielschichtigen Erfahrungen verboten ihm das. Einige dieser seiner Mitbewohner nun näher kennenlernen zu müssen, war wohl unvermeidbar. Ließ aber auch hoffen – auf einiges Wunderliche.

»Also – was ist mit Ihrem Sohn Thomas?«

»Ach, wissen Sie, verehrter Herr Wecker – und das müssen Sie ja nun wohl wissen –, der Thomas ist ja eigentlich ein recht lieber, guter Junge. Und ganz ungemein gutmütig veranlagt; leider. Dazu krank, sehr krank sogar – nicht nur rein körperlich, sondern auch geistig, sozusagen. Ein armes, beklagenswertes, schwer geschädigtes Kind.« Mithin war er, so hörte es sich an, ein vielfach geplagter, mächtig heimgesuchter Vater, der litt – nicht ohne Haltung.

»Tut mir leid, Herr Tatzer«, durchaus anteilnehmend gesagt, »derartiges vernehmen zu müssen.«

»Können Sie nun vielleicht so was wie Verständnis für mich entwickeln, für meine Lage? Denn allein daraus, müssen Sie wissen, hat sich diese Situation ergeben. Unvermeidlich.«

»Der wahrlich bedauernswerte Zustand Ihres Sohnes«, sehr gedehnt gesagt, zugleich auch warnend, »ist dabei wohl eine Sache; eine ganz andere jedoch ist Ihre Fahrstuhlbeschriftung. Oder sollte etwa das eine mit dem anderen in einen gewissen engen Zusammenhang gebracht werden können?«

»Das haben Sie absolut richtig erkannt; genau das ist es, Herr Wecker! Wobei Sie wissen müssen, daß ich ein vielbeschäftigter Mann bin. Ich kann wirklich nicht überall zugleich sein.«

»Womit Sie vermutlich sagen wollen, daß Sie nicht ausreichend Zeit und Gelegenheit haben, um Ihren behinderten Sohn Thomas gebührend betreuen zu können?«

»Sie sagen es – und das stimmt! Genau das habe ich

zwar stets gewollt, aber es ließ sich nicht immer machen.«

»Und deshalb haben sich andere mit Ihrem armen, geliebten Kind beschäftigt – nehme ich an. Vielleicht dieser Wesendung vom dritten Stock?«

»Sie wissen also bereits davon?«

»Ich weiß gar nichts – ich beginne nur zu ahnen, was Sie vermutlich behaupten wollen: Da ist offenbar, wieder einmal mehr, ein Bock zum Gärtner geworden.«

»Ja, Herr Wecker, ungefähr so war das wohl. Wogegen ich zunächst, ahnungslos und gutgläubig, wie ich bin, nichts einzuwenden hatte – zumal sich auch mein Thomas bei dem Wesendung geborgen fühlte. Bis sich dieser Kerl als schäbiger Kinderverderber entpuppt und nicht gezögert hat, eine derartig schöne, zutrauliche, hilfesuchende Zuneigung auszunützen – völlig schamlos. Bis hin zum scheußlichsten Mißbrauch! Jawohl!«

Nunmehr schien es, als versuchte Adalbert Wecker zurückzuweichen – was er hier allerdings kaum noch vermochte; schließlich stand er bereits mit dem Rücken gegen eine Wand. Nahezu fluchtbereit blickte er um sich – nur um feststellen zu müssen, daß die räumlichen Verhältnisse in diesem Mietswabenhaus bedrückend eng waren: Die Eingangstür – nichts als ein Schlitz. Der Fahrstuhl – gleichsam ein Käfig. Die Korridore – wie Stollen in einem Bergwerk. Wer hier frei atmen wollte, mußte eine strapazierfähige Lunge besitzen – und Wecker verfügte offenbar darüber.

»Ach, Tatzer – wenn Sie tatsächlich davon überzeugt

sein sollten, daß derartige Fürchterlichkeiten geschehen sind, dann müssen Sie sich unverzüglich an die Polizei wenden. Was glauben Sie denn, mit solchen Schmierereien erreichen zu können? Nichts! Sie schaffen nur böses Blut, nähren böswillige Gedanken, regen Klatschtanten und Quatschkerle an und verzögern auf gefährliche Weise die notwendigen Maßnahmen. Genau die müßten aber schnellstens eingeleitet werden! Bevor es zu spät ist.«

»Darf ich mir mal eine Frage erlauben, Herr Wekker?« Hörte sich verbohrt beharrlich an. »Kennen Sie eigentlich diesen Wesendung?«

»Nein. Auch keinerlei Bedarf, ihn kennenzulernen.« Abermals wurde heftige Ablehnung erkennbar. Noch immer war es, als wehre er sich dagegen, in diesen Sumpf hineingezogen zu werden. »Nicht das geringste Verlangen, mich auch noch mit dem zu beschäftigen.«

»Sollten Sie aber, Herr Wecker! Und dann, kann ich Ihnen versichern, werden Sie mächtig staunen, Sie werden Ihren Ohren nicht trauen – so ein betäubend quatschendes Monstrum ist dieser Kerl! Den sollten Sie mal beriechen – und dann, da bin ich mir ziemlich sicher, werden Sie mich verstehen.«

Ein derartiges Ansinnen empfand Adalbert Wecker nun doch als eine Art Anschlag auf sich – auf seine geruhsam ablaufenden Tage. Ansonsten zögerte er kaum jemals, sich näher mit Menschen zu befassen. Etwa mit solchen, denen es gegeben sein könnte, ihm kleinere Rätsel vorzugaukeln; denen vielleicht auch vergnügliche menschliche Geheimnisse zuzutrauen waren. Aber nicht so etwas Widerwärtiges!

Wenn jetzt, möglicherweise, Adalbert Wecker von dem dringlichen Wunsch erfaßt war, sich von hier zu entfernen – so tat er das dennoch nicht. Einiges existierte noch, das er zu wissen begehrte – sich darauf einzulassen, ersparte er sich nicht.

»Was Sie da vermuten, Herr Tatzer, ist eine ganze Menge! Doch glaubhaft zu beweisen, vermögen Sie das kaum. Zumal Sie anscheinend erkannt haben, daß sich das alles keinesfalls überzeugend genug beweisen läßt – nicht mit Ihrem behinderten Sohn als möglichem Zeugen. Noch dazu haben Sie es eingesehen, daß Sie an diesen Wesendung nicht herankommen; mit dem werden Sie nicht fertig. Der redet Sie und Ihresgleichen in Grund und Boden.«

»Na, also – hab' ich mir doch gedacht! Sie kennen diesen schleimigen Aal, was? Diese schrägste aller Typen!«

»Darauf kommt es doch gar nicht an«, stellte Wecker fest; unentwegt abwehrend. »Immerhin beginne ich, Sie ein wenig näher kennenzulernen – was ich eigentlich auch nicht will. Aber wenn Sie diesen Wesendung ganz gezielt und wohlüberlegt als ›Kinderficker‹ hinzuhängen versucht haben – dann müssen Sie dabei doch wohl etwas beabsichtigt haben. Aber was?«

»Warnen wollte ich ihn – diesen notorischen, dreckigen Kinderschänder! Zum letzten, allerletzten Mal! Damit er endlich aufhört mit seinen heimtückischen Schweinereien; damit er seine dreckigen Pfoten von meinem Jungen läßt! Und wenn dieses verkommene Schwein selbst darauf nicht reagiert...«

»Nun – was dann?«

»Dann nehme ich mir den vor – und zwar endgültig!« Das wurde frappierend ernsthaft erklärt. Hoch und heilig – mit halbgeschlossenen Augen.

»Ach, lieber Mann!« Wecker wurde immer eindringlicher. »Was würde Ihnen das denn einbringen? Falls eine solche von Ihnen geäußerte Drohung bekannt werden sollte – dieses: den nehme ich mir endgültig vor! – dann wäre das beabsichtigte Endergebnis, rein juristisch, als ein geplanter, vorbereiteter Mord zu bezeichnen. Aber: Eine dabei möglicherweise produzierte Leiche ist wahrlich keine erhoffte schlagartige Erlösung. Sie ist nichts als eine Übergangsstation zu weiterer Vernichtung.«

»Sie kennen diesen Waldemar Wesendung also doch nicht!« stellte Tatzer mit erkennbarem Bedauern fest. »Denn sonst, Herr Wecker, würden Sie anders, ganz anders, reden. Aber vielleicht geht Ihnen doch noch ein Licht auf – Sie brauchen sich diesen geschwätzigen Sittenstrolch nur ein wenig näher anzusehen. Sollten Sie machen, läßt sich auch machen. Denn um diese Zeit«, es war inzwischen 22 Uhr, »hält er sich regelmäßig im Fuchsbau-Café auf – wo er sich durchschnorrt und herumtönt.«

»Der interessiert mich nicht!« erklärte Adalbert Wecker. »Und Ihre ganze fatale anrüchige Geschichte geht mich auch nichts an. Die habe ich bereits in allen Einzelheiten vergessen – vor allem Ihre geplanten Endabsichten. Ist das unmißverständlich, Herr Tatzer?«

»Aber ja, verstehe!« Der schaltete schnell und schien sich nun geradezu schlau vorzukommen. »Sie haben also nichts gehört – zumal ich ja auch so gut wie nichts gesagt habe.«

»Dann schnappen Sie sich Farbe und Pinsel, und zwar sofort, um diesen Fahrstuhlmist zu beseitigen!«

Die Nacht, in die sich Adalbert Wecker hineinbegab, war kalt und feucht – mit Temperaturen, die wieder auf den Gefrierpunkt zurückzusinken drohten. Der Frühling, der sich rauschhaft angekündigt hatte, schien auch nichts anderes als eine vorschnelle Täuschung gewesen zu sein. Der Winter wollte nicht weichen.

In jener Nacht jedenfalls wanderte Wecker, wie nahezu tagtäglich, mit der ihm eigenen sanftlauernden Aufmerksamkeit, durch ›seinen‹ Stadtteil Schwabing. Dort herrschte das, was man so mit ›Leben‹ bezeichnet: Lärmende Autos, hellbeleuchtete Schaufenster, flanierende Menschen. Die Häuser an den Straßen waren schwarzdunkel verschattet, schienen dahinzuwittern, signalisierten Verfall – jenen, die bereit waren, ihn zu erkennen.

Dieser witterungssichere Spaziergänger hatte geplant, eine Nachtvorstellung in einem der zwei Leopold-Kinos zu besuchen – deren Beginn für 22 Uhr 30 angesetzt war. Doch er bemerkte, daß dort ein ziemlich großer Andrang herrschte. Und da er sich niemals irgendwo wie eine Sardine in eine Büchse hineinpressen lassen mochte, zog er sich zurück.

Nun begehrte er, nur noch ein Bier zu trinken und dafür ein Lokal aufzusuchen. Und zwar ein ganz bestimmtes.

So bewegte er sich also jenem Café entgegen, das

sich im sogenannten ›Fuchsbau‹ befand – kaum mehr als dreihundert, höchstens vierhundert Meter von dem Kino entfernt. Das war – sagen wir: ›rein zufällig‹ – genau jener Ausschank, in dem sich um diese Zeit ein gewisser Waldemar Wesendung aufhalten sollte – jener angebliche ›Kinderficker‹. Eine sehr zeitgemäße ›Wortschöpfung‹, die Wecker geradezu verwegen vorkam.

Dieses Fuchsbau-Café konnte auch als eine Art ›Theater-Restaurant‹ betrachtet werden – da es zu einer Art ›Studiobühne‹ gehörte, einem bunkerartigen Experimentierschuppen, in dem allabendlich elitär gedachte, schweißtreibende Darbietungen stattfanden; möglichst mit weniger Darstellern als Zuschauern. Ein Unternehmen jedenfalls, das mitsamt dem Café-Restaurant auf lebhafte Weise frequentiert wurde – von zumeist eher jüngeren, wenn auch nicht mehr ganz jungen Leuten. Vermutlich, weil ein kulturelles Bedürfnis eine gewisse geistige Reife zur Voraussetzung hat ...

Dennoch wirkte der hier erscheinende Adalbert Wecker kaum wie ein Fremdkörper. Zumal er offensichtlich nichts und niemanden zu stören begehrte und vermutlich als eine Art noch nicht ganz vergreister Professor eingeschätzt wurde. Er schob sich zum Ausschank hin, wo er den Wunsch nach einem Pils äußerte. Das geschah höflich, ja freundlich; dieser Gast war alsbald sogar als angenehm großzügig erkennbar.

Denn er bezahlte das ihm eingeschenkte Getränk – Kostenpunkt DM 2,80 – mit einem Fünfmarkstück. »Der Rest«, sagte er zu der Bedienung, »ist für Sie – wenn Sie erlauben.« Das Schankmädchen, eine Studentin der Medizin, die diesen Nachtjob dringend notwendig hatte, nahm es sichtlich erfreut zur Kenntnis. Sie lächelte ihn an.

Das empfand sogar Adalbert Wecker als schmeichelhaft. Zwar vermochte er instinktiv zu erkennen: Hier war jeder über vierzig ein angehender Greis – nach Ansicht dieser zumeist Dreißigjährigen. Und gar nicht ausgeschlossen, daß sie wohl dachten: Welch eine ungeheuerliche Zeitspanne: bis dahin!

Wecker trank bedächtig von seinem Pils, als sei er allein deshalb hier. Wollte dann von dem Schankmädchen wissen, so ganz nebenbei: »Hält sich auch Herr Wesendung hier auf?«

»Na, klar!« Was sich allerdings gar nicht sonderlich freundlich anhörte. »Der sitzt wie immer am Tisch hinten rechts – gleich neben der Tür zu den Toiletten.« Und es war, als habe sie damit sagen wollen: dort, genau dort, gehört der auch hin!

Wecker bat um ein weiteres Pils – das er abermals großzügig bezahlte. Worauf er sich mit diesem Getränk zu dem bezeichneten Tisch begab; hinten rechts. Da dort lediglich ein einziges männliches Wesen saß, mußte das wohl Wesendung sein. Dicht bei ihm hielten sich drei durchaus als weiblich zu erkennende Exemplare auf – offensichtlich sehr junge.

»Ist es erlaubt, sich an diesen Tisch zu setzen? Oder störe ich?«

»Mich nicht!« wurde ihm gesagt, weder abweisend noch einladend. »Hier läßt sich niemand stören – von niemandem. Können Sie zur Kenntnis nehmen.«

Dieser Mensch, der zwingend als Waldemar Wesendung zu vermuten war, durfte als rundlich, ja als leicht verfettet bezeichnet werden. Bekleidet war er mit einem großkarierten kanadischen Holzhackerhemd und strapaziert wirkenden Niethosen – die modische Uniformierung der Nicht-uniformiert-sein-wollenden.

Das Bemerkenswerteste an diesem Wesendung war für Wecker dessen schwarzdrahtige, dekorativ ungebändigte Haarflut. Ausgehend von seinem rundlichen Kopf, abwärts wallend über die Ohren, das Gesicht umrahmend, bis hin zu der Backen- und Kinnpartie, um sich dann dort mit einem Vollbart zu vereinigen, der beutelartig herabhing. Dazwischen, gerade noch erkennbar, volle Lippen, eine starke, gerade Nase und eher kleine, doch nicht unkluge Augen.

»Sind Sie sicher, daß ich nicht störe – bei Ihren Gesprächen?«

»Keinesfalls, wenn Sie sich nicht gleich daran zu beteiligen versuchen. Doch zuhören können Sie.«

»Darf ich das?«

»Na, warum denn nicht, alter Herr! Vielleicht lernen Sie noch was daraus – und dazu ist es niemals zu spät.«

»Sie sagen es, junger Mann – und das stimmt!«

Adalbert Wecker stellte sein Glas auf den Tisch und hängte Hut, Mantel und Halstuch auf den nächsten erreichbaren Haken. Wie zumeist war er auch diesmal grau und dunkel gekleidet; dazu bevorzugte er Rollkragenpullover in passenden Farben. Er schien um gediegene Unscheinbarkeit bemüht.

Waldemar Wesendung jedenfalls fühlte sich nicht gestört – so ein alter, hierher verirrter höflicher Trottel ließ sich mühelos übersehen. Daher zögerte der vollbärtige Spätjüngling nicht, seine Erkenntnisse weiter von sich zu geben.

»Die Menschen in dieser unserer Zeit«, führte er aus, gleichsam ein erklärter Prediger in den Wüsten der Gegenwart, »sind wuchernden Heimsuchungen und hinterhältig angelegten Versuchungen und den Schwefeldünsten einlullender Verlogenheiten permanent ausgesetzt. Diese werden erzeugt von fleißig steuereinnehmenden Kirchenpflegern, von dem übelriechenden Matratzenmuff sogenannter Familienbanden, dem oft grotesken Gesabber hochbezahlter Berufsmoralisten, genannt Volksvertreter. Doch aus diesem breiigen, schamlos verlogenen Sumpf muß man sich endlich befreien! Dann, nur dann, kann die wahre Freiheit erreicht werden; die menschliche, die vollkommene!«

»Darum bemühen wir uns ja, Waldemar – na, und wie!« Das zu versichern zögerte eine seiner Anhängerinnen nicht; eine, die besondes jung anmutete. »Schließlich geht schon lange keiner mehr von uns in die Kirche! Und es ist ja auch hinreichend bekannt, daß eine sogenannte Familie im Grunde nichts anderes ist, als ein notdürftig vereinigter Freß- und Scheißhaufen. Mein Vater benimmt sich gar nicht so selten wie ein reichlich brutaler, bornierter Bulle; und meine Mutter ist kaum mehr als eine Mischung aus Schaf und Gans, sie gibt Wolle und Milch und läßt Federn. Noch dazu ist sie abschlachtbar, jederzeit.«

»Nur weiter so«, wurden diese weiblichen Jünger ermuntert; was jedoch kaum notwendig war.

»Was nun«, meinte unverzüglich eine andere von ihnen, »diese absahnend, moralisch abstoßenden Volksverdummer anbelangt, die bloß – ob nun Pädagogen mit Pensionsgarantie, Ärzte voll auf Kasse aus, oder die notorischen Selbstversorger von Politikern aller Macharten – ist doch ganz klar, was sie wollen! Sich den Wanst vollschlagen wollen sie – weiter nichts.«

»Sehr gut so, Mädchen – richtig gesehen!« bestätigte Wesendung mit Anerkennung.

Wobei er den neuen Gast an seinem Tisch offenbar als wenig beachtenswert empfand. Dieser schien versonnen vor sich hin zu dösen. Möglicherweise war der nur schlapp und müde; ein ausgelaugter Greis.

Dann jedoch gab die dritte Halbwüchsige in diesem wohl geistig gedachten Bunde etwas von sich, das sich gar nicht sonderlich einfühlsam oder verehrungsvoll anhörte.

»Möglicherweise haben Erkenntnisse wie diese nichts anderes zu bedeuten als: Jeder scheißt auf jeden – alle ficken mit allen – Gefühle sind Mist! Nur keine Sentimentalitäten. Ist es das?«

»Dir, Mädchen, scheint es nicht gegeben, mich zu verstehen – jedenfalls nicht ausreichend!« Eindringlicher, bedeutsam gedachter Wesendungblick auf sie; nicht ohne Anklage und Verachtung. »Du bist ja noch von vorgestern! Hier hast du nichts zu suchen. Hau ab, du dumme alte Gans!«

Mein Gott – dieses Mädchen, mußte Adalbert Wekker registrieren, war weniger als zwanzig Jahre alt. Worauf er das drängende Verlangen verspürte, sich in dieses Gespräch einzumischen. Wider besseres Wissen, könnte man sagen – sagte er sich selbst. Um es dennoch zu tun.

In dieser Nacht, fast zur gleichen Zeit, versuchte sich Johanna Lenz etwas näher mit ihrer Tochter Irene zu beschäftigen. Die Gelegenheit dazu war günstig. Denn im Augenblick war kein Besucher in Sicht. Auch wenn das sonst, irgendwie und unvermeidlich, mit zu ihrem sogenannten Beruf zu gehören schien.

Irene konnte als eine Art Sommersonnenwesen von sanft leuchtender Schönheit bezeichnet werden; langes Blondhaar, große blaue Augen; das Gesicht einer sorgfältig modellierten Puppe. Doch das täuschte. Denn dieses Kind, das hatte zumindest seine Mutter erkennen müssen, besaß ein äußerst heftig bewegtes Innenleben – heimgesucht von wildwuchernder Fantasie und aufgeweckter Neugier; dazu randvoll von Fragen, die noch unbeantwortet geblieben waren.

An den Vater Irenes wünschte sich Johanna möglichst niemals mehr zu erinnern. Und eigentlich schon Glück's genug, in diesem Fall, daß auch Irene sie nicht an ihren Erzeuger zu erinnern vermochte. Die war wie sie – gleichsam ein Spiegelbild ihrer selbst als Kind. Aber auch das war schlimm genug, glaubte Johanna zu wissen.

Eine gewisse Harmonie war ihnen dennoch manchmal gegeben. An diesem Abend hatten sie gemeinsam gebadet, sich die Zähne geputzt; nun hielten sie sich im Schlafzimmer auf – dem zweiten käfigartigen Raum dieser Wohnung. Dort stand das doppeltbreite Bett, das beiden, Mutter wie Tochter, zu gehören schien – abgesehen von einigen Ausnahmen, die allerdings niemals nächtelang andauerten, sich allerhöchstens bis zu zwei Stunden hinzogen. Berufsbedingte Vorgänge, wie gesagt.

Diesmal war offenbar keine Störung zu befürchten. Sie lagen nebeneinander, Mozartmusik ertönte leise: Das Klavierkonzert Nr. 21 in C-Dur, gespielt von dem Amerikaner Murray Perahia, mit dem English Chamber Orchestra. Irene lauschte diesen Klängen hingegeben; sie wurde mit inniger Aufmerksamkeit betrachtet.

Endlich sagte Johanna nach langem Zögern: »In letzter Zeit kommst du mir sehr unruhig vor, Kind. Offenbar kannst du nicht schlafen. Warum eigentlich nicht? Vielleicht sollten wir mal darüber reden.« Auf eine Antwort mußte sie warten; doch sie war sichtlich um Geduld bemüht.

»Nun – es ist ja nicht gleich so, daß ich Angst habe«, hörte sie Irene sagen. »Doch manchmal, wie etwa gestern nacht, passieren Dinge – die mich beunruhigen; irgendwie.«

»Erzähle mir davon – habe Vertrauen, bitte. Das macht's dir leichter!« Und vielleicht, hieß das, mir auch – was Johanna aber nicht sagte.

»Nun ja – gestern nacht hab' ich auf dich gewartet!« Irene redete sie nur selten mit ›Mutter‹ an; was irgendwie rücksichtsvoll anmutete. »Du bist nicht gekommen. Aber – ein anderer. Und der hat an unserer Tür geklingelt.«

»Mit dem zwischen uns festgelegten Zeichen?« Dieses war als Kurz-kurz-kurz-lang vereinbart worden. Sollte es vielleicht an den Beginn von Beethovens Schicksals-Symphonie erinnern?

»Eben nicht! Doch dann hab' ich gedacht: das könnte

einer deiner Freunde sein.« Hörte sich fast an wie: einer deiner zahlreichen oder zahllosen. »Und dem habe ich dann durch die Tür zugerufen: Meine Mutter ist nicht hier!«

Das war wohl eine nicht ganz richtige Reaktion, stellte Johanna Lenz fest; sie entsprach nicht ihren warnenden Abmachungen. Doch nicht der geringste Vorwurf deshalb. »Und dieser Mensch vor unserer Tür – was hat der gesagt?«

»Nichts. Kein Wort. Aber er hatte sich dagegen gelehnt – und dabei schwer geatmet. Wie ein Tier.«

»Wie ein Tier, Irene? Dabei könnte es sich um einen Hund gehandelt haben, der zu dir wollte? Vielleicht um den kleinen Dackel vom Stockwerk unter uns?«

»Du meinst den niedlichen Goliath? Den hätte ich aber sofort erkannt; auch wenn der nie bellt, nur manchmal knurrt. Der war's aber nicht.«

»Wer denn dann?«

»Weiß ich nicht. Aber da stand einer vor unserer Tür.« Hinter der sie gehockt hatte; zunächst leicht belustigt, doch alsbald dem Erzittern sehr nahe. »Und dort hat der sich lange, sehr lange, aufgehalten« – stundenlang war es ihr vorgekommen. »Und dabei hat er ganz gepreßt geatmet, und dann nur noch geschnauft – wie eine Lokomotive, welcher der Dampf ausgeht. Ja – fast so, wie das auch manche Männer machen, wenn sie bei dir im Schlafzimmer sind...«

Das allerdings, war dann doch ein wenig zuviel an Deutlichkeit, die sich hier ein Kind seiner Mutter gegenüber leisten durfte. Johanna Lenz war alarmiert, auch besorgt. Nicht nur ihretwegen.

»Erklärungen dafür wird es geben, liebes Kind. Vorstellbar wäre einiges. Wollen wir uns bemühen, das gemeinsam herauszufinden?«

Nun ja – versucht werden mußte das nun wohl.

Fast zur gleichen Zeit schien Adalbert Wecker, im Fuchsbau-Café, nicht mehr länger bereit, sich weiterhin in Zurückhaltung zu üben. Nicht diesem Wesendung und dessen Anhang gegenüber. Auch er hatte schließlich seine Schwächen.

Vergnügungssüchtig leistete er es sich, die aufklärerisch tönenden Wesendung-Tiraden auf seine Weise zu würdigen, mithin durch einige realistische Erläuterungen.

»Bei den von Ihnen verbreiteten Erkenntnissen, Herr Wesendung, handelt es sich offenbar, soweit ich das zu durchschauen vermag, um eine Art Grundkonstellation des Menschlichen – oder eben des Allzumenschlichen. Das führt dann zu einem auch von Ihnen proklamierten Verlangen – dem nach Veränderung. Bestrebungen, die an sich so alt sind, wie die Menschheitsgeschichte – und oftmals nicht ganz unberechtigt!«

»Na sehen Sie, mein lieber alter Herr – Sie stimmen mir also zu! War zwar nicht unbedingt notwendig, wird aber nicht ungern vernommen.« Ganz gönnerhaft gesagt. »Nur weiter so! Von mir aus dürfen Sie getrost noch mehr ähnliche Ansichten von sich geben!«

»Aber ja – wenn Sie das anregen, Herr – Wesendung. Da reden wir nun also von Veränderungen, von nicht selten dringend notwendigen. Warum jedoch, könnte die Frage lauten – werden diese gefordert?«

»Na – warum denn wohl? Klären Sie mich mal auf – bin ganz Ohr.«

»Da scheint es sich also um sogenannte Vordenker zu handeln. Im Grunde jedoch lechzen die nur danach, sich in den Sesseln, Betten und Häusern jener gezielt degradierten Vorgänger breitzumachen. Kaum jemals klar auszumachen, worum es sich dabei wirklich handelt – um tönende Revolutionsfanfaren, oder nur um intellektuell verbrämte Fürze. Letzteres weist lediglich auf latente Verdauungsstörungen hin.«

»Ja – was ist denn das?« Wesendung äußerte Empörung, der ein gewisser Ernst nicht abzusprechen war. Sollte hier womöglich ein hochgeistiges Wesen wie er angezweifelt werden?

»Wie kommen Sie dazu, Herr«, ›alter Herr‹ sagte er nicht mehr, »sich auf diese Weise in unser Gespräch zu mischen?«

»Weil Sie mich dazu aufgefordert haben, Herr Wesendung. Erinnern Sie sich nicht?«

Der war höchst empört. Wobei er überhörte, daß er bereits zum drittenmal mit seinem Namen angeredet worden war. Konnte auch sein, daß er möglicherweise gedacht hatte: Schließlich bin ich jemand, den hier jeder kennt. »So sehr ich auch stets um Toleranz bemüht bin – mit hinterhältigen Dummheiten darf man mir nicht kommen!«

»Eine Dummheit macht auch der Gescheiteste!«

Wecker hatte, angenähert, den Titel einer klassischen russischen Komödie zitiert. »Fühlen Sie sich gänzlich frei von derartigen Anwandlungen? Sollten Sie nicht.«

»Das reicht – und zwar völlig!«

Worauf Waldemar Wesendung nach ›Margot‹ rief – nach jenem Mädchen beim Ausschank. Und es war, als habe die auf einen derartigen Anruf bereits gewartet. Sie stelzte herbei, blieb vor dem Tisch stehen und fragte neugierig: »Na, was ist?«

»Dieser Herr«, Wesendung deutete auf Wecker, »gedenkt zu zahlen! Er will sich von hier entfernen. Kassier' ihn ab.«

»Wünschen Sie das?« wurde Wecker nun von Margot entgegenkommend gefragt. Das Mädchen mochte ihn ganz offensichtlich: und das vermutlich nicht nur wegen seiner Großzügigkeit in finanzieller Hinsicht. »Beabsichtigen Sie, sich darauf einzulassen?«

»Nicht unbedingt gleich dann, verehrtes Fräulein Margot, wenn hier versucht wird, mir eine derartige Entscheidung aufzuzwingen. Was, wie ich annehmen darf, keinesfalls von Ihnen erfolgen wird.«

»Von mir nicht!« Kein Zögern bei Margot, diesem seltsamen Gast beizustehen. »Falls sich jedoch irgend jemand an diesem Tisch gestört fühlt – dann braucht sich doch nur dieser andere Herr von hier zu entfernen. Möglichst gemeinsam mit seinen zwei übriggebliebenen Miezen.«

»Da bist du wohl verdammt neidisch, was, Margot?« Waldemar gab sich erheitert, was ihm nur mäßig gelang. »Du hast was gegen mich, wie? Brauchst du nicht. Du kannst jederzeit dran teilnehmen – die richtige Einstellung vorausgesetzt.«

Das überhörte sie – ganz lässig, nicht frei von Verachtung. Sie ließ deutlich erkennen, wer hier für sie nicht existierte – sie beschäftigte sich allein mit diesem hier ziemlich ungewöhnlichen Gast. »Noch ein Pils, mein Herr?«

»Wenn Sie mir erlauben, mich Ihnen vorzustellen, Fräulein Margot – mein Name ist Wecker.« Wobei er jedoch Wesendung ansah.

»Freut mich, Herr Wecker.« Derartig gediegene Höflichkeit besaß in dieser Umgebung Seltenheitswert. »Sie werden sofort bedient, Herr Wecker.« Was sich anhörte wie: Sie schon, Sie allemal!

Darauf reagierte Waldemar Wesendung sozusagen instinktiv. Denn irgend etwas – er wußte noch nicht was – veranlaßte ihn, sich diesen ›Herrn‹ ein wenig genauer anzuschauen. Seine zwei restlichen ›Miezen‹ schienen ihn dabei zu stören; deshalb waren sie im Augenblick für ihn Nebensache.

»Geht doch mal pinkeln, Mädchen«, empfahl er ihnen scherzhaft. »Oder beschäftigt euch mit sonst was – aber bloß keine falsche Scham, keine Verklemmungen! Später unterhalten wir uns dann vielleicht weiter!«

Die Mädchen entfernten sich weisungsgemäß – sie flatterten davon wie verscheuchte Hühner. Dann begann Waldemar wesentlich aufmerksamer, diesen Menschen an seinem Tisch zu betrachten. Das allerdings geschah mit dem vorläufigen Ergebnis: Ein offenbar reichlich unbedeutendes Männchen; klein, geduckt, eichhörnchenhaft, lauernd. Keinesfalls beeindruckend. Möglicherweise ein nächtlicher Herumstreuner; wenn auch nicht gleich einer von der niederen Sorte.

Oder – was sonst?

»Also – nun erklären Sie mir mal«, wollte Wesendung sodann von Wecker wissen, »was Sie hier eigentlich beabsichtigen?«

»Ich versuche lediglich, ein Bier zu trinken; oder eben mehrere. Möglichst ungestört, bitte.«

»Sie haben mich aber gestört – soweit man mich überhaupt stören kann. Mann – wer sind Sie denn eigentlich?«

»Irgend jemand – nicht weiter wichtig.«

Bei diesem Mann, und das wurde jetzt erst richtig erkannt, handelte es sich vermutlich um eine ziemlich harte Nuß; es war wohl unvermeidlich, diese zu knakken. Was dann auch versucht wurde: »Ich heiße Wesendung, mit Vornamen Waldemar.«

»Das ist mir bekannt.«

»Tatsächlich?« Woher, fragte der nicht – da er sich als bekannt betrachten durfte, in gewissen Kreisen jedenfalls. »Und wie heißen Sie?«

»Habe ich das nicht bereits gesagt – Fräulein Margot gegenüber? Aber falls es Ihnen entgangen sein sollte, dann also von mir aus noch einmal: Wecker – Adalbert.«

»Na, wenn schon.« Ein Name, mit dem Wesendung immer noch nichts rechtes anzufangen wußte. Darum führte er sein offenbar funktionierendes indirektes Frage- und Antwortspiel weiter fort. »Ich bin diplomierter Pädagoge; für das höhere Lehramt – derzeit jedoch ohne Beschäftigung. Also gewissermaßen eines jener zahlreichen Opfer der sogenannten zeitbedingten Umstände.«

»Während ich mehr als eine Art Nutznießer zeitgemäßer Möglichkeiten bezeichnet werden könnte.« Wecker schien es zu genießen, eine derartige Erklärung von sich geben zu können. »Denn bei mir handelt es sich nämlich um einen frühzeitigen oder vorzeitigen Rentner. Einstmals Beamter in der Verwaltung; dort nichts als ein Herumblätterer in Akten.«

Auskünfte, welche Wesendung leicht verwirrend vorkamen. Sie muteten ihn gleichermaßen viel- wie nichtssagend an. Dann allerdings wurde ihm eine schmeichelnde Ahnung immer deutlicher.

»Irgendwie jedoch habe ich den Eindruck, Herr – Wecker, Sie zu kennen.«

»Sie kennen mich nicht, Herr Wesendung. Doch immerhin, durchaus möglich, daß wir einander, irgendwann einmal, begegnet sind – rein zufällig.«

»Wo?«

»Nun, etwa in oder vor jenem Haus in der Germaniastraße 175, in dem wir wohnen. Zugleich, doch nicht gemeinsam – jedenfalls ohne bisher voneinander Notiz genommen zu haben. Dabei sollten wir es bewenden lassen; von mir aus gerne.«

»Ja, aber ja – das ist es!« Auch wenn diese Erkenntnis Wesendung überfallen hatte, wie ein Blitz aus heiterem Himmel – so begann er sich nun einzureden, daß er etwas derartiges bereits gewittert hatte; instinktsicher, wie er zu sein glaubte. »Sie spüren mir nach, was?«

»Eine derartige Vermutung sollten Sie sich ersparen«, wurde ihm fast entgegenkommend empfohlen. »Voreilige Spekulationen führen, erfahrungsgemäß, zu aufkeimenden Verdächtigungen; welche nicht selten Kettenreaktionen auslösen. Verschonen Sie sich damit – und mich auch.«

»Warum aber, Herr Wecker, Ihre Anwesenheit – ausgerechnet hier und heute, zu diesem Zeitpunkt? Von wegen: nur um ein Glas Bier zu trinken! So dämlich bin ich nicht, Ihnen das so ohne weiteres abzunehmen. Offenbar sind Sie tatsächlich hier, um mir nachzuspüren.«

»Das ist Ihre Ansicht, und die kann ich Ihnen nicht verbieten. Sie sollten sich aber lieber nicht auf derartige abwegige Gedankengänge einlassen.«

Wesendung reagierte, wie es von ihm erwartet wurde – sein Überlegenheitsgefühl war nicht so leicht zu erschüttern.

»Wollen Sie mir jetzt etwa ausweichen, Herr Wekker? Haben Sie das Gefühl, möglicherweise zu weit gegangen zu sein? Ich jedenfalls, müssen Sie wissen, gehöre zu jenen, die sich nicht so leicht etwas gefallen lassen. Wollen Sie das mal ausprobieren?«

»Nicht das geringste Verlangen danach. Erkennen Sie das immer noch nicht?«

Eine Versicherung, die Wesendung offenbar als ein Zeichen von Schwäche auszulegen gewillt war. Aber so waren diese alten Anschleicher nun mal – wenn man denen deutlich genug begegnete, kniffen sie garantiert den Schwanz ein. Was er für eine gescheite Erkenntnis hielt. Sie verführte ihn dazu, nunmehr einigermaßen verwegen zu reagieren.

»Na, was denn, was denn! Machen Sie jetzt etwa auf Vogel Strauß – hinein mit dem Kopf in den Sand? So was sieht euch bieder tuenden, aufdringlichen alten

Knaben ähnlich! Erst mal große Bogen spucken – doch wenn's darauf ankommt, dann drückt ihr euch um jede Schwierigkeit herum!«

»Es hat tatsächlich den Anschein, daß Sie Wert darauf legen, aufgeklärt zu werden. Können Sie haben, wenn Sie unbedingt wollen.«

»Und wie würde das aussehen?« Wesendung sah offenbar immer noch nicht die geringste Veranlassung, aus- oder zurückzuweichen.

»Nun – das könnte ich mir in etwa so vorstellen: Wir unterhalten uns hier weiter, sozusagen völlig zwanglos. Dabei werde ich Ihnen ein paar Fragen stellen, die Sie jedoch nicht beantworten müssen. Und selbstverständlich können auch Sie mir Fragen stellen; alle die, die Sie für angebracht halten – um zutreffende Antworten werde ich mich bemühen. Einverstanden?«

»Na – klar!« Was denn sonst?

Waldemar Wesendung hatte sich, ohne das zu erkennen, mühelos in diese Situation hineinmanövrieren lassen. Er mußte jedoch sehr schnell herausfinden, worauf er sich damit eingelassen hatte. Und zwar:

Den verwirrend vielschichtigen Möglichkeiten – jener jederzeit gegebenen kriminalen und kriminellen Spielarten.

In dieser Nacht begab sich Johanna Lenz zum Fahrstuhl. Doch der war blockiert. Sie hatte beabsichtigt, ihren Briefkasten im Erdgeschoß zu leeren. In der Hoffnung, wichtige Post vorzufinden – vielleicht sogar die Ankündigung eines Engagements; oder auch nur die Anbahnungsmöglichkeiten eines solchen.

Sie benutzte also die Treppe – bekleidet mit einem Hausmantel; mithin korrekt, wie sie glaubte. Sie lief die viermal fünfzehn Stufen abwärts; und unten erblickte sie beim blockierten, weit geöffneten, voll beleuchteten Fahrstuhl: Hausmeister Tatzer. Sozusagen pinselnd am Werk.

Johanna bewegte sich, mit einiger Vorsicht, auf diesen eifrigen Nachtarbeiter zu; wobei sie den Eindruck zu vermeiden trachtete, dem womöglich zuschauen zu wollen. »Guten Abend, Herr Tatzer!« Betonte Höflichkeit. »So spät noch auf – am Werk?«

Der blickte sichtlich unwillig von seiner Beschäftigung auf – musterte dann die Mieterin Lenz prüfend. »Ich bin hier nicht auf, wie Sie zu sagen belieben – ich arbeite noch, wie Sie sehen!« Sollte gewiß bedeuten: bin Tag und Nacht einsatzbereit, wenn das sein muß! »Ich muß wieder einmal den Dreck beseitigen – den andere gemacht haben!«

»Wobei ich Sie nicht stören will, Herr Tatzer.«

»Dann hüpfen Sie Ihre vier Treppen wieder hinauf, Frau – Lenz. Der Fahrstuhl bleibt jedenfalls vorläufig außer Betrieb. Wenn ich hier fertig bin, muß die Farbe zunächst überhaupt einmal trocknen.«

Doch Johanna schien nicht bereit, sich zu entfernen. Sie betrachtete ihn abschätzend – sagte dann behutsam: »Sie sind ein ungemein tüchtiger Mann, Herr Tatzer.«

»Bin ich – jawohl! Auch wenn das hier immer wieder bezweifelt wird. Ich habe aber meine besonderen Vorzüge – und das wird sich schon noch herumsprechen.« Denn stattlich, schließlich, war er, seiner Überzeugung nach, auch noch. Wollte etwa diese ›Dame‹ was Diesbezügliches von ihm? Sah fast so aus! Konnte vorkommen, kam auch vor – gelegentlich.

»Wobei ich gewiß annehmen darf, Herr Tatzer, daß Sie auch ein sehr wachsamer Mensch sind?«

»Aber selbstverständlich! Wie sich das gehört, habe ich ein scharfes Auge auf dieses Haus! So leicht entgeht mir nichts von dem, was ich mir nicht entgehen lassen will oder darf; in meiner Position.«

»Traue ich Ihnen zu, Herr Tatzer – ohne weiteres!«

Sie näherte sich ihm noch ein wenig mehr – was nahezu vertrauensvoll, wenn nicht gar vertraulich anmutete. »Und sollte Ihnen dabei vielleicht etwas aufgefallen sein? Etwa, daß hier irgend jemand lauernd herumschleicht, an Türen horcht...«

»Was sagen Sie da?« Der Hausmeister zeigte sich alarmiert – er brach seine Beschäftigung unverzüglich ab und schob sich, mit dem triefenden Breitpinsel in der Hand, auf Johanna zu. »Was aber – nun möglichst ganz genau! – meinen Sie damit?«

»Ich wollte nur wissen«, sie bemühte sich, ihm auszuweichen, »ob Ihnen bekannt ist, daß irgend jemand nächtlich hier herumstreunt – Unruhe verbreitet; auf bedrohliche Weise, an den Türen...«

»Und dabei, Frau Lenz – sehen Sie mich an?« Die Hand mit dem Breitpinsel wurde leicht geschwungen. »Ausgerechnet mich?«

»Aber, ich bitte Sie, Herr Tatzer!« Johanna verriet gelinde Verwunderung; war jedoch zugleich beharrlich um Verständnis bemüht. »Wen sollte ich denn sonst ansehen – hier gibt es ja niemanden außer Ihnen! Für das, was ich soeben angedeutet habe, kommen Sie doch überhaupt nicht in Frage!«

»Nein? Und warum nicht?«

»Weil Sie der Vater eines Sohnes sind, so wie ich die Mutter einer kleinen Tochter bin.«

»Das also ist es!« Tatzer schien irgendwie erleichtert. »Sie haben also auch herausgefunden, daß hier ein völlig entfesselter Mensch seine Untaten zu treiben versucht! Irgend so ein Kerl schleicht hier herum, bedroht unsere Kinder und jagt ihnen Angst ein. Um sie sich gefügig zu machen.«

»Offenbar wissen Sie, von wem Sie reden?«

»Wie Sie ja auch, was?«

»Nun – dann nennen Sie mir dessen Namen!«

»Ich?« Der inzwischen von Wecker hinreichend aufgeklärte Tatzer reagierte durchaus nicht ungeschickt; wie er glaubte. »Na, warum nennen Sie mir denn nicht diesen Namen!? Wenn er zutreffend ist, werde ich es bestätigen –«

»Ich weiß nicht recht, Herr Tatzer, ob das ratsam wäre.«

»Nicht ratsam? Liebe Frau – das ist aber dringend notwendig! Dann nämlich können wir gemeinsame Sache machen, um diesem Unhold das Handwerk zu legen. Also?«

»Eine Vermutung drängt sich mir zwar auf – die gleiche wie Ihnen, nehme ich an. Beweisen jedoch kann ich nichts. Glauben Sie, daß Sie das können? Doch wohl kaum – oder?«

»Jetzt weichen Sie mir aus, Frau Lenz. Sie machen einen Rückzieher. Da lassen Sie es also darauf ankommen, daß die Kinder hier vor die Hunde gehen! Oder lieben Sie Ihre Tochter etwa nicht so, wie ich meinen Sohn liebe?«

Eine Antwort auf diese Frage ersparte sich Johanna. Sie sagte lediglich: »Falls sich mein Verdacht irgendwie bestätigen sollte, werde ich mich an Sie wenden.«

»Sie – das ist aber ein ziemlich eigenartiges Verhalten! Damit machen Sie einen ganz mächtigen Fehler – der verdammt gefährlich werden kann!«

»Für wen, bitte?«

»Das werden Sie schon noch sehen! Und dann werden Sie's bereuen, daß Sie kein Vertrauen hatten – zu mir!« Was er gewiß doch verdiente, hieß das.

Drüben im ›Fuchsbau-Café‹ jedenfalls hielt es Adalbert Wecker zunächst einmal für angebracht, diesem nun folgenden ›Gespräch‹ mit Waldemar Wesendung einen Vorschlag vorausgehen zu lassen. Man möge sich stärken – jeder nach Wunsch; und auf eigene Kosten.

Fräulein Margot trug herbei, was gewünscht wurde. »Nur Ihnen zuliebe, Herr Wecker!« Sie tranken sodann; doch keinesfalls einander zu. Sie belauerten sich auch nicht – sie warteten ab. Hockten gleichsam da wie Jäger auf dem Hochsitz; schienen Ausschau zu halten nach einem Wild, das ein Ziel bot.

»Soweit ich informiert bin, Herr Wesendung«, begann Wecker schließlich behutsam mit seinen Fragen, »wohnen Sie im dritten Stockwerk unseres Hauses?«

»In einer Eigentumswohnung, Herr Wecker«, bestätigte der bereitwillig. »Sie gehört einem Bruder meines Vaters. Denn ich selbst könnte mir nicht einmal diese

Bruchbude leisten – nicht bei der pädagogenfeindlichen derzeitigen Regierung; sei es in Stadt, Land oder Bund.«

Wecker nickte lediglich – ja, gehört hatte er da diesbezüglich so manches; reichlich Betrübliches, zugegeben. Worauf es hier jedoch nicht ankam. »Um vom dritten Stock bis hin zum Erdgeschoß zu gelangen, benutzen Sie selbstverständlich den Fahrstuhl. Vermutlich auch heute abend.«

Was Wesendung zu bestätigen nicht zögerte. Mein Gott – er war ein Daseinsdurchschauer, wenn nicht gar ein Welterkenner! Von diesem Schnüffler der vorgestrigen Sorte war er wohl kaum aufs Kreuz zu legen! Wovon schwätzte dieser alte Pinscher da – von einem Fahrstuhl?

»Diesmal müßte Ihnen allerdings etwas Besonderes aufgefallen sein!« Na, was denn wohl, schien Wesendung zu fragen. »Eine Schmiererei, die möglicherweise Sie betrifft.«

Wesendung reagierte mit nahezu lässiger Überlegenheit – versuchte es zumindest. »Ich muß doch sehr bitten – Herr Wecker! Wie kommen Sie darauf, daß ich mir derartige Sauereien überhaupt ansehe? Nicht während der vier bis fünf Sekunden im Fahrstuhl. Den dort angesammelten Mist nimmt doch kein Mensch von Kultur zur Kenntnis. Oder gehören Sie vielleicht zu denen, die sich an derartigen Fäkalienschmierereien ergötzen?«

So lief das nicht, merkte Wecker. So leicht, wie er gehofft hatte, ließ der sich nicht aufs Glatteis locken.

»Lassen Sie mich noch ein wenig konkreter werden,

Herr Wesendung, ein Knabe namens Thomas Tatzer – der Sohn unseres Hausmeisters. An dem, scheint man nicht ganz unzutreffend zu behaupten, nehmen Sie – nennen wir es Anteil. Möglicherweise gar nicht unerheblichen.«

»Das hört sich aber reichlich fragwürdig an – so wie Sie das sagen. Das sollten Sie lieber nicht tun, Herr Wecker!«

»Nun, dann klären Sie mich doch mal auf – und zwar darüber, wie ich eine solche Zuneigung zu betrachten habe?«

»Der kleine Thomas ist ein unsagbar armseliges, ein heimgesuchtes Geschöpf – und nur das stimmt! Der hat, allein durch seine Existenz, immer wieder mein Mitleid erregt und herausgefordert. Das ist doch wohl eine ganz menschliche oder eben humane Regung. Sie können sich die Formulierung aussuchen, die Sie am liebsten zu vernehmen wünschen.«

»Hört sich ja nahezu edel an! Aber irgendwie nicht ganz einsichtig. Also muß ich mich fragen: Was hat Sie wirklich dazu bewegt, sich für diesen Jungen einzusetzen?«

»Wenn Sie unbedingt darauf bestehen, dann erlauben Sie mir, mit sozusagen letzter Deutlichkeit festzustellen: Bei diesem schönen, wohl auch zart veranlagten Jungen handelt es sich jetzt um ein vielfach verkrüppeltes Wesen.«

»Bedingt wodurch – einen Unfall?«

»Erzeugt von einem Unglück, könnte man da wohl zutreffender sagen. Denn dieses Kind ist, offenbar mehrmals, und zwar absolut brutal, zusammengeschlagen worden. Das erstmals vor etwa zwei oder drei Jahren. Und zwar von seinem Vater, diesem Tatzer. Als der seine Wutanfälle bekam.«

»Scheußlich! Schwer vorstellbar. Aber Sie meinen, das stimmt?«

»Dabei ist es wohl nur notwendig, sich diesen armen Thomas ein wenig näher anzusehen. Sie, Herr Wecker, haben das offenbar nicht getan! Denn sonst würden Sie hier nicht derartig ahnungslos herumreden.«

»Rede ich hier ›herum‹ – glauben Sie das tatsächlich?«

»Jedenfalls ist das Gleichgewichtsgefühl dieses Kindes dabei stark beeinträchtigt worden; sein Gehör funktioniert nicht mehr richtig; er vermag nur noch gutturale Laute auszustoßen; auch nur halbwegs zusammenhängende Sätze besitzen Seltenheitswert bei ihm. Und sein ganzer Körper ist voller Narben.«

»Sein – ganzer Körper?« wurde gedehnt gefragt. »Woher wissen Sie das?«

»Nehme ich an.« Das war eine schnell erfolgende Korrektur. »Denn allein schon der Kopf dieses Jungen, auch sein Nacken und beide Arme weisen Spuren von Mißhandlungen auf. Mit wahrscheinlich lebenslänglichen Folgen.«

»Und das, glauben Sie, könnte Tatzer anzulasten sein?«

»Das, Herr Wecker, weiß ich nicht; keinesfalls genau. Schließlich wohne ich erst seit einem Jahr in diesem Haus, und den Thomas kenne ich erst wenige Monate. Aber ich hatte das Gefühl, mich um diesen armen, lieben Jungen kümmern zu müssen.«

»Wie – sehr?«

»Nun – vielleicht so sehr – daß dieser wüste Tatzer befürchten muß: ich wußte zuviel von ihm und könnte ihm also gefährlich werden – womit er vielleicht nicht ganz unrecht hat. Denn dieses Kind muß unbedingt vor weiteren rücksichtslosen Zugriffen bewahrt werden! Daß ich dieser Ansicht zuneige, hat der alte Tatzer offenbar erkannt. Und eben deshalb seine entfesselte Wut gegen mich. Damit läßt sich gewiß einiges erklären.«

»Nicht gleich alles. Mich würde auch die Reaktion von Frau Tatzer interessieren, der Mutter von Thomas.«

»Eine unsagbar armselige Person! Ein kaum vorstellbar labiles Wesen. Offenbar hat Tatzer ihr eingeredet – vermutlich sogar handgreiflich –, sie sei das eigentlich auslösende Element für das, weswegen ihr Sohn Prügel bezogen hat. Durch ihre leichtfertigen Versäumnisse, ihre hilflose Unfähigkeit, ihre herumlabernde Geschwätzigkeit. Ihre Schuld also – das alles! Tragisch – was?«

»Der tragische Teil dabei könnte erst noch zum Vorschein kommen! Und zwar dann, wenn der Versuch gemacht werden sollte, diesen armen, kleinen, gequälten Jungen direkt ins Spiel zu bringen. Das könnte von zwei Seiten zugleich geschehen. Vorstellbar wäre, sozusagen Position eins: Thomas gemeinsam mit Ihnen gegen diesen Vater. Denkbar aber auch eine zweite Position: Dieser Vater mit seinem Sohn gegen Sie!«

»Na, zum Teufel, Mensch! Da entwickeln Sie aber eine Fantasie, die selbst mich zum Staunen bringt! Meinen Sie denn tatsächlich«, sichtlich beunruhigt gefragt, »daß mir wirklich so was bevorstehen könnte?«

»Sie müssen, meine ich, durchaus damit rechnen, daß Sie in eine Art Zwickmühle hineingeraten. Und das nur Ihres, wie Sie angeben, reinen Mitgefühls wegen – jungen, ja sehr jungen Menschen gegenüber.« Wecker sprach von einer Mehrzahl, was jedoch nicht gleich erkannt wurde.

»Das reicht mir«, wimmelte Wesendung Wecker ab, »und zwar völlig, Sie seelenbohrender Gemütsgreis! So was an ausgekochter Hinterhältigkeit ist mir bisher noch niemals über den Weg gelaufen! Wissen Sie, was Sie mich können?«

»Mache ich bestimmt nicht, Herr Wesendung, Sie edler Mensch. Darauf sollten Sie nicht hoffen. Nicht bei mir.«

Am nächsten Abend – wieder einer Nacht entgegen – machte sich Adalbert Wecker abermals für einen seiner späten Spaziergänge bereit. Wie magisch angezogen – doch weshalb, wodurch, von wem, wußte er immer noch nicht genau.

Er hatte sich sorgfältig rasiert, hatte gebadet und sich abgesprüht, mit einem scharfen Wässerchen, einem dennoch recht dezent duftenden. Er wünschte es nicht, sich auch noch selbst, ganz direkt, riechen zu müssen.

Seine diesmalige, wie immer sorgfältig ausgewählte Abendmusik war verklungen – das Klavierkonzert C-Dur von Mozart; gespielt von Friedrich Gulda und den Wiener Philharmonikern. Nun zog er sich an – kleidete sich, wie er es bevorzugte, grau-braun-dunkel. Abermals war es, als beabsichtigte er nichts als dies: ein Schatten unter Schatten zu sein.

Als er bereits in der offenen Tür seines Apartments stand, lauschte er, und konnte abermals registrieren: Dieses Haus, in dem er wohnte, mutete um diese Zeit nahezu wie ausgestorben an – wie versickert in den auffangbereiten Klärgruben des Alltags.

Doch während er in dieses leblose Haus hineinhorchte, vernahm er ein Geräusch von höchst seltsamer Art. Das ihm allerdings irgendwie bekannt vorkommen wollte, herstammend aus sehr fernen, doch unvergessenen Tagen – als er noch ein Kind gewesen war.

Alsbald war es deutlich für ihn: Da wurde ein Ball gegen eine Wand geworfen; wieder und immer wieder. Geworfen, zurückprallen, auffangen! Das geschah regelmäßig und mit beträchtlicher Ausdauer – wie es allein Kindern gegeben ist. Aber – das noch um diese Zeit?

Um den Geräuschen nachzuspüren, begab sich Adalbert Wecker von seiner Tür im fünften Stock zu der abwärtsführenden Treppe, die, bei schwacher Beleuchtung, aussah, als sei sie aus Marmor; sie bestand jedoch aus glattgeschliffenem Feldstein. Und dort auf den unteren Stufen beim vierten Stockwerk sah er – ein Kind sitzen, ein Mädchen, das mit einem Ball spielte.

Ein Kind übrigens, das er hier bereits gesehen hatte, wenn auch nur kurz – zuletzt aber in der vergangenen Nacht: nämlich Irene, Tochter der Johanna Lenz, die von Besorgnis alarmiert gewesen war – gestern. War sie das jetzt nicht mehr?

Woraus sich allerdings Fragen ergaben, die den aufmerksamen Wecker zu beschäftigen begannen. Er gesellte sich zu dem spielenden Kind und setzte sich zu ihm auf die unteren Treppenstufen zwischen seiner Wohnung und jener der Frau Lenz. Das geschah zunächst wortlos. Seine Anwesenheit wurde hingenommen; sogar mit fast neugieriger Bereitwilligkeit. Das Kind hatte aufgehört, seinen Ball springen zu lassen – es sah ihn nur an.

Erst nach einiger Zeit, etwa einer Minute, fragte er mit der ihm angebracht erscheinenden Vorsicht: »Du hast doch nichts dagegen, mein Kind, daß ich hier bin, daß ich mich hierhin setze?«

»Nicht dann, wenn Sie Herr Wecker sind. Der sind Sie doch – nicht wahr?«

»Der bin ich«, wurde zugegeben; einigermaßen überrascht. »Nun gut – meinen Namen kennst du. Weißt du sonst noch was von mir?«

»Nur das, was meine Mutter von Ihnen gesagt hat: Ihnen, hat Sie gesagt, könnte ich vertrauen, jedenfalls so gut wie. Na – hoffentlich. Ich würd's ganz gerne hoffen.«

Ob das eine gute Empfehlung war, wußte Wecker nicht – auch nicht, ob er sich nun irgendwie geschmeichelt vorkommen sollte.

Dieses bemerkenswerte Menschenkind gefiel ihm – es war von zarter Schönheit, schien nicht unklug zu sein, sogar anziehende Herzlichkeit zu besitzen. »Deine Mutter«, fragte er behutsam, »ist sicher unterwegs?«

»Nein – das nicht. Sie hält sich in der Wohnung auf –

aber nicht allein. Ein Regisseur ist da – der will mit ihr, sagt sie, eine Rolle durchsprechen; oder so ähnlich. Eine halbe Stunde lang. Dabei störe ich nur.«

Wecker war bemüht, seine Verwunderung über einen derartigen Vorgang dem Kind gegenüber zu verbergen. »Hat sie dir vorgeschlagen, daß du – währenddessen – im Korridor spielen sollst?«

»Nein. Das hab' ich selbst gewollt.« Eine recht ernsthafte Erklärung von Irene folgte, so als habe sie intensiv darüber nachgedacht. »Bei solchen Besprechungen halte ich mich gewöhnlich in der Küche auf; aber manchmal werden die ziemlich laut. Was sie« – ihre Mutter nämlich – »mir wohl nicht zumuten will. Und deshalb bin ich hier.«

»Und das hat sie dir erlaubt – so ohne weiteres?«

»Gar nicht so ohne weiteres, Herr Wecker! Sie hat vielmehr gesagt: Wenn du dich unbedingt im Treppenflur aufhalten willst, kannst du das machen. Aber dann nur in unmittelbarer Nähe unserer Wohnungstür, bei der Klingel. Und dann noch das: Spiel nicht auf der Treppe, die zum dritten, sondern auf der, die zum fünften Stock führt. Also da, wo Sie wohnen, Herr Wecker.«

Worauf dieser sich abermals überrascht fühlte. Denn was er da soeben vernommen hatte, mutete geradezu wie eingeplant an. »Du weißt also auch, wo ich wohne, Irene?«

»Das haben wir eigentlich schon immer gewußt, meine Mutter und ich. Ihnen gehört doch die Wohnung genau über uns, nicht wahr? Weil man hört, wenn Sie dort Musik machen. Mit voll aufgedrehten Lautsprechern!«

Wecker wußte nicht recht, wie er auch noch auf diese Eröffnung reagieren sollte. Von wegen Einsamkeit, Schattenwesen, vor der Welt verschlossenes Dasein! Offenbar wußten hier einige Leute mehr von ihm, als er bisher für möglich gehalten hatte. »Würde mir leid tun, wenn ich irgend jemanden gestört haben sollte durch übermäßigen Lärm – selbst wenn er musikalisch ist.«

»Das haben Sie aber gar nicht, Herr Wecker! Und meine Mutter hat ausdrücklich zu mir gesagt: Mach ihn nicht unnötig darauf aufmerksam – seine Musik ist ja auch die unsere.«

»Ist sie das?« hörte der sich fragen; erneut überrascht.

»Aber ganz genau!« versicherte ihm Irene.

»Da scheint sich ja einiges«, gab Wecker zu, wenn auch ein wenig mühsam, »zusammenzufügen. Jedenfalls hocken wir hier nun beieinander und verstehen uns offenbar einigermaßen. Aber – wir sind nicht die einzigen Menschen in diesem Haus. Da gibt es schließlich noch andere. Das weißt du vermutlich selbst.«

»Ja, das weiß ich: Vor denen soll ich mich vorsehen, sagt meine Mutter – immer wieder sagt sie das. Aber nun sind Sie ja hier, Herr Wecker, bei mir – jetzt habe ich keine Angst mehr.«

»Angst, mein liebes Kind, ist ein fürchterlich schwerwiegendes Wort.«

»Was meinen Sie damit – können Sie mir das erklären?« Dieses Kind schien tatsächlich, glaubte Adalbert zu erkennen, etwas von seiner eigenen Neugier zu besitzen – keine unproblematische Eigenschaft. »Sie wissen das doch sicherlich, Herr Wecker?«

»So ungefähr, Irene. Denn manchmal empfinde auch ich Angst – vor ganz großen Maschinen etwa, aber auch vor sehr kleinen Apparaten – allerdings nicht vor einem Gewitter, und schon gar nicht vor Hunden. Nicht selten aber vor menschlichen Wesen, vor einer bestimmten Sorte von ihnen. Vor denen graust es mich geradezu.«

»Mich auch! Ja – und wie!«

»Vor wem denn – zum Beispiel, Irene?« Das wurde ganz wie nebenbei gefragt – sie unterhielten sich lediglich nur so; das suggerierte Wecker ihr ziemlich wirkungsvoll. Und das Kind zögerte nicht, sich auf seine Fragen vertrauensvoll einzulassen.

Bei dem munteren Hin- und Hergeplauder kamen nach und nach ein paar Einzelheiten zum Vorschein, die für Wecker nicht ganz unerwartet waren. Einiges davon mußte jedoch als nicht nur leicht beunruhigend vermerkt werden. Dieser Mann, der so genau zuhören konnte, vermochte noch so verborgene Zwischentöne herauszufinden – nach langjähriger, sozusagen amtlicher Übung.

Irene äußerte sich über ihre Mutter: »Die ist manchmal sehr nervös. Sie kann sich nicht immer beherrschen. Sie bemüht sich aber sehr lieb zu mir zu sein – ja das ist sie auch.«

Dann über einige ihrer Lehrer, zwei männliche, drei weibliche. »Die versuchen, allen Kindern Angst zu machen, oder Furcht einzujagen. Ist das dasselbe? Nein? Meistens ist es wegen der Noten. Aber bei mir gelingt's ihnen nicht. Schließlich bin ich die Beste der Klasse; mit Abstand.«

Vorsichtig wurde nach den Ansichten über Hausmeister Tatzer gefragt. »Dem gehe ich lieber aus dem Weg, mit dem rede ich lieber nicht.« Warum nicht? »Weil der mich immer so ansieht, wie wenn er mir eine herunterhauen will.«

Ihre Meinung über Waldemar Wesendung: »Der will immer was von mir. Aber ich weiß nicht was. Der ist immer furchtbar freundlich – so komisch freundlich. Das mag ich nicht!«

Schließlich tauschten sie noch Erkenntnisse aus über eine gewisse Barbara Binding, Frau oder Fräulein, vom dritten Stock. »Na – das ist vielleicht eine Zicke! Allein wie die mich immer ansieht! Als ob ich richtig eklig wäre! Oder eben das Kind von was richtig Ekligem!«

Adalbert Wecker nickte bedächtig, zugleich anerkennend. Dieses Mädchen, stellte er fest, war nicht auf den Kopf gefallen, das war ein hellwaches kleines Geschöpf, noch dazu mit einer recht guten Beobachtungsgabe ausgestattet. Somit also wohl nicht unmittelbar gefährdet, und glücklicherweise so gut wie frei von willenloser, dumpfer Ergebenheit gegenüber irgendwelchen gefährlichen Zudringlichkeiten.

»Du hast vermutlich ein gesundes Mißtrauen entwickelt, liebes Kind.« Sie hatte es hier entwickeln müssen! »Habe ich übrigens auch getan. Und zwar bereits vor mehr als vierzig Jahren – als ich noch so alt, oder ebenso jung war wie du.«

»Mutter schätzt Sie so an die fünfundfünfzig Jahre. Stimmt das?«

»Ja – so ungefähr.« Weckers Erstaunen über soviel direkte Anteilnahme an seiner Person nahm zu – doch warum das so war, hütete er sich zu fragen. Er flüchtete vielmehr in eine weitere Ablenkung hinein – allerdings in eine solche, die ihm höchst wissenswert erschien.

»Da fällt mir übrigens etwas ein, worüber du mich vielleicht aufklären könntest. Denn hier in diesem Haus gibt es einen Jungen, etwa in deinem Alter – den Thomas Tatzer. Ich nehme an, daß du ihn kennst.« Er sah sie nicken. »Womöglich sogar ein wenig genauer?«

»Na – und ob! Der Thomas ist hier bekannt wie ein bunter Hund – der hat viel Zeit, der lauert überall herum. Aber sonderlich nett ist er, offen gestanden, nicht, ich jedenfalls finde das nicht.«

»Und – warum nicht?« fragte Wecker sanft. »Soweit ich informiert bin, ist dieser Junge verstümmelt – er soll sich nicht einmal mitteilen können.«

»Aber – wer hat Ihnen denn das eingeredet, Herr Wecker?«

»Nun – könnte ja sein, daß ich nicht richtig hingehört oder falsche Folgerungen gezogen habe. Jedenfalls habe ich mir vorgestellt: dieser kleine Thomas ist ein vielgequältes, dumpf-dummes Geschöpf.«

»Aber – der doch nicht!« Irene lächelte ihn an, nahezu nachsichtig. »Wenn Sie das von dem annehmen, Herr Wecker, dann liegen Sie aber mächtig schief!«

»Nun ja – ich irre mich so manches Mal; bin aber gerne bereit, mich aufklären zu lassen. Also, dann sag mir mal, was du von dem weißt!«

»Na, jedenfalls das: Thomas ist alles andere als das, wofür er gewöhnlich gehalten wird. Der ist keinesfalls ein Idiot oder ein Kretin, wie hier manche behaupten.«

»Tatsächlich?« Wecker fand Veranlassung, über sich

zu lächeln; auch er lernte immer noch dazu. Und diesmal von einem Kind, das offenbar einen ziemlich ausgewachsenen Verstand besaß. »Wenn er das aber nicht ist – was ist er dann, Irene?«

»Nun ja, wenn er will, kann er reichlich blöd um sich gucken. Wenn er Zuschauer hat, kann er auch herumwanken, wie wenn er betrunken wäre. Nur seine Sprachschwierigkeiten sind echt. Ansonsten ist der ein ziemlich cleveres Kerlchen. Mir jedenfalls kann der nichts vormachen – das versucht der aber auch erst gar nicht.«

»Das hört sich ja interessant an«, mußte nun sogar Wecker, der Vielerfahrene, zugeben. »Ich könnte mir jetzt durchaus vorstellen, was der Thomas mit seinem Verhalten bezweckt oder worauf er spekuliert: auf Nachsicht, Aufmerksamkeit, Betreuung, Näschereien und sonstige Annehmlichkeiten. Sehe ich das richtig, Irene?«

»Ganz richtig, Herr Wecker! Dieser Knabe hat es faustdick hinter seinen großen Ohren! Aber das, worauf der sich da so einläßt, und nicht nur gelegentlich, kommt mir gar nicht ungefährlich vor. Was meinen Sie?«

Eine Frage, die nicht beantwortet wurde – wohl auch nicht beantwortet werden konnte. So gut wie alles schien hier offen – und zugleich verwirrend.

Jetzt aber hielt Adalbert Wecker eine harmonische Ablenkung für dringend angebracht. Er bot Irene an, sich an dem Ballspiel zu beteiligen.

Somit also wanderte der Gummiball – groß wie ein Kinderkopf – von der einen zu dem anderen. Da spielten sie nun miteinander – ein bereits recht alter Mann und ein ungemein junges Mädchenkind. Es war ihnen zunächst auch vergönnt; einige Minuten lang, völlig ungestört.

Dann allerdings kam ein weibliches Wesen auf sie zu. Das stellte sich vor sie hin, breitbeinig, mit deutlichem Selbstbewußtsein. Und begann die beiden mit einem Ball spielenden Menschen zu mustern – anhaltend und scharf.

»Darf ich wissen«, fragte sie, »was hier vor sich geht?«

»Aber ja, werte Dame, wir beschäftigen uns hier mit einem Ball.« Wecker reagierte mit betonter Höflichkeit; wie das bei ihm, zunächst, immer üblich war. Doch ein Entgegenkommen signalisierte er nicht. »Sie können sich, falls Sie wünschen, an unserem Spiel beteiligen.«

»Was Sie da tun, sehe ich!« sagte sie ablehnend. »Aber was soll das hier im Treppenhaus! Das würde ich gerne wissen!«

Nun erst begann Adalbert Wecker diese Person ein wenig genauer zu betrachten. Sie durfte so an die Vierzig geschätzt werden; eine üppige Person, mit rundem Gesicht und kräftiger Stimme – nach volkstümlichen Begriffen sozusagen bestens ausgestattet. Doch bevor er dazu kam, eins seiner mehr oder weniger planvollen Frage- und Antwortspiele zu beginnen, mischte sich Irene ein. Sie flüsterte ihm etwas zu, und zwar gleich so deutlich, daß sie auch von der dritten hier nun anwesenden Person vernommen werden konnte. »Das, Herr Wecker, ist sie! Die, von der ich Ihnen bereits erzählt habe – das ist das Fräulein Binding vom dritten Stock!«

»Na, was ist denn das!« Die betreffende Person fragte es mit ungläubiger Empörung. »Redet dieses vorlaute Kind etwa über mich?«

»Ich«, Irene schob sich in die unmittelbare Nähe Weckers, »rede nicht über Sie – ich spreche von Ihnen. Das ist ein Unterschied!«

Das allerdings war einer. Wecker stellte es mit Anerkennung fest. Er trat vor Irene, wie um sie gegen diese resolute Dame abzuschirmen.

»Wenn ich nun mal fragen darf, Frau Binding...«

»Fräulein – bitte!«

»Aber ja, warum denn nicht – wenn Sie Wert darauf legen. Also, Fräulein Binding, dann erklären Sie mir doch mal, was Sie mit Ihrer Anwesenheit beabsichtigen?«

»Das ist doch völlig klar!« rief Irene streitbar aus, hinter Weckers nicht sonderlich breitem Rücken. »Die kann uns nicht leiden! Meine Mutter nicht – und mich auch nicht!«

»Dieses unerzogene Kind weiß überhaupt nicht, wovon es redet!« erklärte Barbara Binding – selbstbewußt, wenn nicht sogar sendungsbewußt. »Dieses Mädchen ist ein vermutlich höchst labiles Wesen – und in diesem Hause nicht das einzige. Doch gerade solche Geschöpfe üben, wie man weiß, eine gewisse Anziehungskraft aus – zumal auf ganz bestimmt veranlagte Männer.«

Wecker mußte erst einmal die ungewöhnlich erregte Irene beruhigen; indem er einen Arm um ihre Schultern legte – wie bereit, sie zu beschützen. An sich eine schöne Geste. Sie wurde jedoch von Fräulein Binding wesentlich anders gedeutet; und das sehr bereitwillig. Was sie da erblickte, schien ihre Ansichten zu bestätigen.

»Das möglicherweise Labile«, bemerkte sie, »oder das angeblich rein Kindliche, scheint auch Ihr Interesse zu erregen, Herr – wie immer Sie heißen mögen!«

»Wecker! Fräulein Binding! Der bin ich. Allerdings verlangt nichts von dem, was hier geschieht, nach irgendeiner Ausdeutung durch Sie; es geht Sie einfach nichts an! Wir spielen hier mit einem Ball, weiter nichts.«

»Ich will ja auch nicht gleich etwas Fragwürdiges behaupten. Ich fühle mich lediglich veranlaßt, wachsam zu sein. Ich bin höheren Beweggründen verpflichtet – in dieser verrotteten Zeit, dieser gezeichneten, verblendeten Welt der Un- oder Halbmoral! Wenn wir nicht total versumpfen wollen, müssen wir auf jegliches Warnsignal achten! Das sind wir uns und unseren Mitmenschen schuldig!«

Nunmehr schob Wecker Irene in den Hintergrund – was diese hinnahm; offenbar wünschte sie, sich ihm gegenüber einigermaßen artig zu zeigen. Er selbst wandte sich der nicht weichen wollenden und sich für wachsam haltenden Person zu. »Höchst bemerkenswerte Erkenntnisse, Fräulein Binding. Wären Sie bereit, mir diese noch ein wenig näher zu erläutern?«

»Was sollte es denn da noch groß zu erläutern geben? Ich bin besorgt. Und nicht nur ich allein – auch andere, noch nicht völlig abgestumpfte Bewohner dieses Hauses. Hier ist ein unkontrolliertes Kommen und Gehen – neuerdings oftmals verbunden mit nächtlichen Ruhestörungen. Es ist kaum noch auszuhalten!«

»Das ist an sich nichts Besonderes – es kommt, wie man so sagt, in den besten Familien vor; erst recht dort, wo diese in Massen auftreten. Schließlich kann so ein Mietshaus unruhiger sein als ein Taubenschlag – denn bei Tieren existieren geordnete Ruhezeiten.«

»Na, vor allen Dingen werden von denen keine unflätigen Schmierereien angebracht – wie in unserem Fahrstuhl. Den kann man kaum noch betreten, ohne angewidert zu sein. Auch Ihnen dürfte eine gewisse Beschriftung nicht entgangen sein. Oder sollten Sie diese womöglich gar nicht zur Kenntnis genommen haben?«

»Welche«, sehr gedehnt, lockend gefragt, »meinen Sie?«

»Die von gestern! Dieses absolut eindeutige Geschmiere: Kinder-F.«

Schau an! Diese Barbara Binding war offenbar weder unklug noch ungeschickt; auf penetrante Deutlichkeiten ließ sie sich in Gegenwart eines kleinen Mädchens nicht ein.

Diese reagierte jedoch gleichermaßen ungeniert, wie unerwartet. Selbst Wecker erkannte nicht rechtzeitig genug, daß es dringend angebracht gewesen wäre, Irene zurückzuhalten. Denn nun rief sie, hinter seinem Rücken: »Von wegen Kinder-F! Da stand, und zwar ganz klar und deutlich: Kinderficker!«

»Pfui!« Barbara Binding zeigte sich hell empört. »Du solltest dich schämen, derartige Wörter zu gebrauchen.«

»Wieso ich? Schämen muß sich doch wohl der, der das hingeschmiert hat! Ich kann doch nichts dafür, daß ich lesen gelernt habe?«

»Eine gute Erziehung wäre bestimmt wichtiger gewesen für dich!«

»So etwas hinzuschmieren«, gab nun Adalbert Wekker wie neutralisierend zu bedenken, »ist eine Sache. Eine andere jedoch, und eine ungleich wichtigere«, wobei er die Binding fest anblickte, »ist diese: Wer könnte damit gemeint gewesen sein? Haben Sie, Fräulein Binding, diesbezüglich vielleicht bestimmte Vorstellungen?«

Ihre Antwort auf diese Frage zögerte sie hinaus; ausweichen schien sie jedoch nicht zu wollen. »Dafür kann hier so mancher in Frage kommen.« Sie sah ihn starr an. »Na, wer eigentlich nicht?« Was vielleicht heißen sollte, was sie aber nicht auszusprechen wagte: Auch Sie! So sagte sie nur: »Vermutlich jemand, dessen Name mit einem ›W‹ beginnt.«

Adalbert Wecker hielt es jetzt für dringend angebracht, deutlich zu reagieren. »Was, bitte, bezwecken Sie mit derartigen Andeutungen, Fräulein Binding? Entweder sagen Sie, was Sie wirklich wissen – oder Sie halten den Mund.«

»War ich nicht deutlich genug, Herr Wecker?«

»Andeutungen sind keine Deutlichkeiten – Vermutungen sind keine Beweise. Also schweigen Sie lieber! Das Ausposaunen solcher Fragwürdigkeiten könnte nämlich zu höchst unangenehmen Folgen führen; das sollten Sie sich lieber ersparen.«

Das war allerdings nicht mißzuverstehen. Barbara

Binding entfernte sich verächtlich schnaubend. Was sich bedrohlich anhörte – und vermutlich auch so gemeint war. Doch immer noch ahnte Adalbert Wecker, dieser Fachmann ohne Beispiel in den abseitigsten Bereichen, nicht, was sich an kriminellen Dingen in diesem Hause begeben sollte.

An diesem schönen Abend – nahezu zur gleichen Zeit – geschah, nur einige hundert Meter entfernt vom Haus Germaniastraße 175, etwas, von dem man sagen könnte, es sei besonders scheußlich gewesen. Das wurde auch von den wenigen Menschen behauptet, die daran mehr oder minder direkt teilgenommen hatten. Es handelte sich dabei um Polizeibeamte, welche meinten: Nun ja, zwar reichlich scheußlich – doch an sich nichts Besonderes.

Es hatte, wie fast immer, scheinbar völlig harmlos begonnen. Gegen 22 Uhr betrachtete eine Frau namens Maria Berger einen Kriminalfilm, der über ihren Bildschirm flimmerte, in Farbe und mit Stereoton. Doch gerade jetzt mußte sie feststellen, daß ihr die Zigaretten ausgegangen waren. Ein entsprechender Ziehautomat befand sich jedoch in der Nähe, Ecke Ungererstraße. Sie suchte nach Geldstücken, ausreichend für zwei Päckchen jener Sorte, von der die Reklame zu behaupten pflegte: Der Weg lohnt sich!

Später, als es dann sozusagen ›zu spät‹ war, versicherte Frau Berger: Erstens: Das sei schon häufiger vorgekommen; somit keinesfalls als etwas Besonderes zu bezeichnen. Zweitens: Bei dem vorgeführten Film habe es sich zudem um eine fragwürdige, leicht blutrünstige

Darbietung gehandelt; ihren Sohn davon abzulenken, sei ihr dringend angebracht erschienen. Drittens: Heinz, ihr Sohn – er bildete mit ihr eine geschlossene Kleinfamilie – sei ausreichend aufgeklärt gewesen; ganz bestimmt im Hinblick auf sogenannte ›nächtliche Abenteuer‹.

Alles das hörte sich vernünftig an – einschließlich der Beschreibung der ›örtlichen Gegebenheiten‹. Denn die Ungererstraße, wo sich der Zigarettenautomat befand, war eine große Verkehrsader, die stadtauswärts lief. Sie war ziemlich gut beleuchtet, trotz der dichten, schattenwerfenden Bäume. Doch sie war eben um diese Zeit so gut wie menschenleer. Und die Kraftfahrer, die da mit ihren Autos durch die Gegend brausten – pflegten starr geradeaus zu blicken. Denn auf die Verkehrssicherheit war schließlich stets zu achten. Vor allem bei überhöhter Geschwindigkeit.

Gegen 22 Uhr 15 jedenfalls war Sohn Heinz – ein stämmiger, rosiger und stets freundlich wirkender Junge, zwölf Jahre alt – bei dem mäßig, doch ausreichend beleuchteten Zigarettenautomaten angekommen. Dort programmierte er die gewünschte Sorte, warf zwei Zweimarkstücke hinein, betätigte den Auslieferungsschub. Alles funktionierte – wie immer.

In diesem Augenblick schoben sich zwei Gestalten auf ihn zu – zwei Männer – das zumindest stand fest. Sie kamen aus den Schatten der Nacht, umstellten ihn, kreisten ihn ein. Zwei – oder waren es drei? So ganz genau konnte Heinz das später nicht sagen.

Jedenfalls – griffen sie nach ihm, ergriffen ihn, zerrten ihn an sich, zerrten an seinen Kleidern, zerrten sie ihm herunter. Wortlos – doch keinesfalls lautlos: Sie keuchten und schnauften. Heinz begann zu schreien – versuchte es jedenfalls. Darauf hielten sie ihm den Mund zu; stopften ihm mit brutaler Rücksichtslosigkeit ein Taschentuch hinein. Sein eigenes, wie sich herausstellen sollte.

Bei dieser Gewaltanwendung begann sein Mund zu bluten – lediglich eine der bei ihm festgestellten Verletzungen. Eine andere, weitere, wurde, nach polizeilich geschultem Fachurteil, als ›nur leichte Beschädigung des Afters‹ registriert; als Verletzung der ›vordersten Eingangszone‹. Wenn auch mit einigen Blutungen, sei sie jedoch kaum als sonderlich gefährlich zu bezeichnen.

Daß es dabei jedoch nicht noch zu anderen Weiterungen kam, vielmehr zu einer Unterbrechung, war einem Hund zu verdanken. ›Das hatte den Abbruch eines versuchten gewaltsamen Verkehrs zur Folge.‹

Bei diesen Vorgängen war nämlich ein bedrohliches, helles, scharfes Gebell zu vernehmen gewesen, durchsetzt von dunkelknurrenden, beißbereiten Tönen. Lautgebilde allerdings – was diese entfesselten Kinderbedränger nicht wußten –, wie sie eigentlich nur ein kleiner Hund, in Selbstbehauptung geübt, hervorbringt. Ausgestoßen wurden sie von einer kaum mittelgroßen Promenadenmischung; gezeugt etwa von Pudel und Terrier. Ihr Name war Friedrich.

Dieses instinktiv wütend gewordene Tier zerrte mit erheblicher Kraftentfaltung einen älteren Mann hinter sich her. Dieser drohte dabei sein Gleichgewicht zu verlieren, schwankte heftig und fuchtelte mit seinem Stock durch die Luft – was zusätzlich bedrohlich wirkte. Und schrie schließlich höchst empört, was allerdings allein seinem derartig heftig reagierenden Hund galt: »Pfui, aber pfui – so was tut man doch nicht!«

Daraufhin ließen ›diese Kerle‹ von ihrem ›Opfer‹ ab. Sie fühlten sich wohl ihrerseits bedrängt, wenn nicht gar bedroht durch ein derartig lautstarkes Gebell, Geknurr und Geschrei. Sie stießen den Jungen weg, der zu Boden fiel, und ließen ihn liegen. Friedrich, der streitbare Hund, beschnüffelte ihn erregt.

Nun erst vermochte der ältere Mann, der solide Rentner Riemenschneider, zu erkennen, in was er da hineingeraten war! Aufgeregt und hilflos starrte er den Davonlaufenden nach. Auch er konnte später nicht genau sagen, ob es zwei oder drei Gestalten gewesen waren. Er betrachtete den daliegenden Knaben nahezu eine Minute lang – in totaler Ratlosigkeit.

Dann erst, nach anhaltendem Kopfschütteln, schien er sich seiner bürgerlichen Pflichten zu entsinnen. Er ließ seinen Hund Friedrich gleichsam als Wächter bei dem gekrümmt daliegenden Knaben zurück – ein Ansinnen, dem das Tier gelassen gehorchte. Er selbst begab sich zum nächsten Telefonhäuschen, das sich in unmittelbarer Nähe des Zigarettenautomaten befand, warf, mit behenden Händen, zwei Zehnpfennigstücke ein und wählte die Nummer 110, die Polizeinummer. Um dann, von dort aus zielstrebig befragt, einen kurzen Bericht zu erstatten.

Knapp zehn Minuten später – gegen 22 Uhr 30, traf am ›Ort der Tat‹ ein Polizeistreifenwagen ein.

»Da geht sie hin«, stellte Irene fest, nachdem Barbara Binding entschwunden war. »Geht dahin und singt nicht mehr! Ist verstummt, die Gute. Das ist allerdings ein schnell vorübergehender Zustand bei der.«

»Darüber, liebes Kind, mach dir mal keine Gedanken. Auch das Fräulein Binding muß, wie jeder andere, zusehen, wie es mit seinem Leben fertig wird.«

»Was Sie da sagen, das sagt meine Mutter auch. Aber ich kann nun mal lesen, sehen und hören; ich versuche sogar mitzudenken; finden Sie das nicht auch richtig?«

Adalbert Wecker wich aus – auf einige Gemeinplätze, die sich ihm anboten. »Das solltest du vielleicht so sehen: Was man manchmal zu hören glaubt, muß nicht immer stimmen – dabei kann man sich, ganz einfach, verhört haben. Und so ähnlich ist das auch mit dem, wovon man überzeugt ist, es gesehen zu haben – es könnte nämlich sein, daß man lediglich nur eine Seite einer Medaille erblickt hat; oder zwei oder drei Seiten von sechs Seiten eines Würfels. Und da kann noch eine Fülle sonstiger Irrtümer hinzukommen – durch akustische oder optische Täuschungen.«

»Glauben Sie das tatsächlich, Herr Wecker?« Irene saß dicht neben ihm; sie war offen und vertrauensvoll. »Oder versuchen Sie, mir das einzureden, damit ich meinen vorlauten Schnabel halte, wie meine Mutter manchmal sagt? Nun gut, wenn Sie meinen, tu' ich das. Ich kann auch stumm sein wie ein Fisch. Aber – muß ich das wirklich?«

»Nein – nicht unbedingt. Doch ich rate dir, Irene: Überlege dir immer möglichst genau, was du sagst;

achte darauf, wie du es sagst; und mach dir vor allen Dingen klar, zu wem du es sagst. Sei also vorsichtig!«

»Bin ich auch – na, und wie! Aber – Mutter gegenüber muß ich das doch nicht sein; und bei Ihnen wohl auch nicht. Jedenfalls fühle ich mich immer wesentlich leichter, wenn ich einiges von dem loswerden kann, was ich alles weiß – na schön: zu wissen glaube. Dann schlafe ich auch besser.«

Wecker schwieg, lächelte sie jedoch an – wie um sich und sie zugleich zu ermuntern. Hier waren offenbar zwei ausgeprägt neugierige Wesen einander begegnet. »In bestimmter Hinsicht, mein liebes Kind, scheinst du ungleich mehr zu wissen als ich – zum Beispiel über die Leute in diesem Haus.«

»Na, klar! Schließlich habe ich Zeit genug, um mich gründlich umzusehen, Adalbert.« Sie sprach erstmals, mit großer Selbstverständlichkeit, seinen Vornamen aus, als wäre der ihr voll vertraut. »Meine Schularbeiten, müssen Sie wissen, erledige ich mit links. Und meine Mutter kann sich auch nicht immer um mich kümmern – die ist oft total abgelenkt; wie ja jetzt auch. Na gut – dann mache ich hier eben auf Eichhörnchen.«

Auf diese ihm suggerierte Konstellation ließ sich Wecker dann auch ein. Nicht einmal mutwillig, wie sich herausstellen sollte, sondern geradezu berechnend – was er oft genug praktiziert hatte. »Also, Irene, inzwischen haben wir ja schon einiges miteinander besprochen. Aber zwangsläufig ergeben sich aus Fragen weitere Fragen; die eine Antwort verlangt sehr oft die Ergänzung durch eine andere. Dabei können dann die verschiedenartigsten Menschen zum Vorschein kommen; die beachtet werden müssen.«

»Und wer zum Beispiel?« Bereitwillig und entgegenkommend gefragt. »Wen – meinen Sie? Etwa jene Person, die uns hier soeben aufgesucht hat?«

Adalbert Wecker war entzückt. Dieses Kind verstand ihn – so gründlich, wie das einstmals nur die besten seiner Kriminalbeamten vermocht hatten: Irene besaß einen wachen Instinkt, der noch durch nichts verfälscht war. »Du bist genau auf dem richtigen Weg.«

»Die Barbara Binding also! Von der habe ich Ihnen bereits erzählt – nun ja, sicherlich noch nicht genug. Die ist Ihnen auf die Nerven gegangen, was? So wie mir – und nicht zum ersten Mal. Die spielt sich beständig auf. Sie will hier unbedingt wer sein. Bloß – wie die sich über meine Mutter ausläßt – das ist zum In-die-Fresse-Hauen!«

Wecker nickte; nicht eben zustimmend, eher mechanisch. Die Erkenntnis schlich ihn an, daß es wahrscheinlich besser wäre, mit diesem Kind nichts als Ballspiele zu treiben. Doch die ihn beständig heimsuchende Verlockung, möglichst viel zu erfahren, wich nicht.

»Also, Irene, was meinst du, welche Beweggründe könnten eine solche Person beherrschen? Dabei gibt es vielleicht ein sogenanntes auslösendes Element. Kannst du dir das vorstellen?«

»So ganz genau weiß ich das natürlich nicht – Sie haben mir ja auch angeraten, zu bedenken: Was weiß man denn schon wirklich?« Dieses Kind lernte tatsächlich verblüffend schnell. »In diesem Fall könnte das immerhin, vielleicht, möglicherweise so aussehen: Die Binding fühlt sich mächtig angezogen – oder heißt es hingezogen – ausgerechnet von oder zu Herrn Wesendung. Interessiert Sie das, Herr Wecker?«

Der hatte nun abermals erhebliche Mühe, seine Überraschung zu verbergen – die ihm ausgerechnet ein Kind bereitete. »Es ist nicht etwa so, Irene«, versuchte er auszuweichen, »daß mich diese sehr privaten Vorgänge sonderlich interessieren. Doch ganz übersehen sollten wir sie nicht. Was, meinst du, geht dann da vor – zwischen diesen beiden?«

»Eben nichts – so gut wie nichts!« berichtete das Mädchen, das wahrlich viel herumzukommen schien. »Doch gerade das ist vermutlich das Schlimme dabei – für die Barbara Binding.«

»Und – warum?« Das hörte sich recht nebensächlich an – aber das konnte dieser hochbegabte Ausfrager immer noch, auch wenn er sich selbst versicherte, daß er das gar nicht mehr sonderlich gern machte. Doch gelernt ist nun mal gelernt; könnte man sagen.

»Um Herrn Wesendung jedenfalls«, erzählte Irene weiter, »scheint diese Dame – und die hat tatsächlich gesagt, sie ist eine Dame – sich geradezu zu bemühen; jawohl. Immer wieder versucht sie sich an ihn heranzumachen, ich hab' sie beobachtet, öfters. Dem lauert sie richtig auf.«

»Kann vorkommen – mehr, als man gemeinhin so annimmt. Eine sehr menschliche Regung – oder eben Zuneigung; hier vielleicht eine unerwiderte. Aber wie hat sich das denn abgespielt?«

Die diesbezüglichen Einzelheiten wurden, allerdings

mit folgenden Einschränkungen, berichtet: Soweit ich das richtig gesehen oder genau zugehört habe. Offenbar kam hier auf Adalbert Wecker, was dieser niemals gewollt, auch kaum jemals erwartet hatte, eine Art Schülerin zu – noch dazu eine ziemlich begabte, höchst aufmerksame.

Jedenfalls kamen nicht nur einige recht interessante Details zum Vorschein, auch die eine oder andere Einzelheit, die ganz amüsant war. Wie etwa dies: Fräulein Binding habe, bei seiner Tür lauernd, Herrn Wesendung angeboten, ihm jeden Morgen frische Brötchen zu besorgen, sowie für sich – was abgelehnt wurde. Und weiter: Fräulein Binding habe Herrn Wesendung beim Fahrstuhl darauf aufmerksam gemacht, daß sein Briefkasten überfüllt sei – dem war das gleichgültig. Schließlich: Fräulein Binding habe Herrn Wesendung bei der Haustür mitgeteilt, daß sie, rein zufällig, zwei Theaterkarten besitze; sogar für die Staatsoper, für ›Traviata‹ – leider keine Zeit, hatte er ihr bedeutet; wie stets in Eile.

»Na – soweit ich das richtig mitbekommen habe«, sagte Irene abschließend, »kam dabei immer wieder das gleiche zum Vorschein: Sie wollte – er nicht.«

»Beweggründe dafür, meine liebe Irene, kann es, an sich, mehrere geben, hier aber vielleicht einen ganz besonderen. Kannst du dir vorstellen, welchen?«

»Kann ich nicht, Herr Wecker, wirklich nicht – nun ja, jedenfalls nicht so genau. Aber weil Sie es sind, der es von mir wissen will, werde ich Ihnen den Gefallen tun; allerdings nicht gern. Also – den tatsächlichen Beweggrund, den kann ich mir gut vorstellen.«

Lassen wir das – fühlte sich Adalbert Wecker versucht zu sagen; was er jedoch nicht tat. »Und wie« hörte er sich vielmehr fragen, »könnte – der – aussehen?«

»Na, vermutlich ganz einfach so, wie das hier im Hause manchmal geflüstert wird – und nicht nur neuerdings und nicht nur geflüstert. Ungefähr so: Wesendung legt offenbar keinen Wert auf die ausgewachsenen Damen. Was auf den zutrifft, ist vermutlich genau das, was im Fahrstuhl...«

»Was du vergessen solltest, Irene – bitte.«

»Schon vergessen! Wenn Sie wollen, dann sag' ich fortan kein solches Wort mehr!« Gesagt mit nahezu heiligem Eifer. Doch unmittelbar danach fügte sie hinzu: »Aber es gibt Leute im Haus, die behaupten, und zwar reichlich laut: Der bevorzugt Milchkälber oder Lämmer. Und dabei wurde auch, nicht mal so selten, ein ganz bestimmter Name genannt – aber ich hab' das nicht gesagt – und zwar diesen: Thomas Tatzer.«

»Ausschließen kann man dabei wohl nichts.« Wekker gab sich größte Mühe, ablenkend und aufklärend zugleich zu wirken. »Aber wenn er sich nun nicht nur den kleinen Tatzer aussucht – sondern auch andere in diesem Alter? Darauf solltest du auch aufpassen.«

»Muß ich nicht, Herr Wecker – kann der mit mir nicht machen!«

Eine Versicherung, die Adalbert Wecker sogar mit einiger Heiterkeit zu erfüllen vermochte. Eine leider schnell, sehr schnell vorübergehende.

Sie gaben sich Mühe – zögerten nicht, ein gewisses Mitgefühl erkennen zu lassen: Jene Polizeibeamten, in deren Hände nunmehr ›der Vorgang Heinz Berger‹, Nähe Ungererstraße, hineingeraten war.

Die alarmierte Funkstreife kam, sah, registrierte und reagierte. Woraus sich jener sogenannte ›erste Angriff‹ ergab, besser wohl Zugriff, wie das bei jedem Fall üblich war. Hier also: Opfer feststellbar, mit vermutlich nicht sonderlich schweren Verletzungen, Ruf nach einem Krankenwagen daher zunächst nicht nötig. Ein möglicher Zeuge war vorhanden: älterer Mann mit Hund; wurde gebeten, sich zur Verfügung zu halten. Das alles exakt weisungsgemäß.

Sodann erfolgte, über Sprechfunk, eine Verständigung des im Polizeipräsidium zwecks ›Koordination‹ eingesetzten Beamten. Und der entschied, nach einigen knappen, exakten Fragen: »Bleiben Sie am Tatort. Versuchen Sie sich über weitere Einzelheiten zu unterrichten; doch ohne irgendwelche Vorgriffe. Sie warten dort auf das Eintreffen einer von uns angesetzten ›Spezialeinheit‹, welche dann für Sie weisungsberechtigt ist.« Korrekt soweit? Absolut.

Bei dieser ›Spezialeinheit S‹ handelt es sich um eine von vier oder fünf anderen. Diese hatte das ›Dezernat Sitte‹, auf vorsorgliche Anordnung des Polizeipräsidenten, etliche angeregt von einem Kriminalkommissar a. D. Keller, stets abrufbereit zur Verfügung zu halten – um derartige, neuerdings zunehmende heikle Vorkommnisse in den Griff zu bekommen. Und das möglichst rechtzeitig, ehe derartige ›Tatvorgänge‹, Untatenereignisse, Pressestaub aufzuwirbeln vermochten. Denn eben darauf lauerten, nicht nur in dieser Stadt, etliche angeblich Aufklärungswillige.

Während zu dieser hier zunächst eingetroffenen Funkstreife vergleichsweise jüngere Beamte gehörten, zwar einsatzbereite, doch möglichst nicht eigenwillige – bestand diese ›Spezialeinheit S‹ aus zumeist erfahrenen, vielfach auf- und abgeklärten älteren Fachleuten des Metiers. In Zivilkleidung, frei von jeder forschen Aktionsbereitschaft; mehr ordnende Buchhalter einer möglichen Gerechtigkeit als verfolgungsentschlossene Polizisten.

Unmittelbar nach dem Eintreffen dieser ›Spezialeinheit S‹ am Tatort trat eine exakt vorgeplante Arbeitsteilung in Aktion. Einer der Beamten beschäftigte sich unverzüglich und geradezu fürsorglich-väterlich mit dem Opfer – untersuchte es unauffällig-unaufdringlich; unterhielt sich dann behutsam mit ihm. Der zweite Beamte war bemüht, gemeinsam mit den von ihm angeleiteten Streifenpolizisten, irgendwelche ›Spuren‹ zu finden und zu sichern. Der Beamte Nummer drei widmete sich dem möglichen Zeugen und begann ihn intensiv auszufragen – und das gar nicht wenig abgelenkt durch den Hund Friedrich. Wenn, fragte sich der Beamte im stillen, so ein Tier reden könnte – was hätte das wohl alles zu sagen?

Nach etwa zwanzig Minuten zog sich diese Aufklärungvereinigung zurück – die drei Beamten vom Dezernat ›Sitte‹, ein gerade noch davongekommenes ›Opfer‹, dazu ein Zeuge plus Hund. Sie hatten vor, sozusagen amtlich abgesicherte Gefilde aufzusuchen – zwecks protokollgerechter Feststellung aller erkennbar gewordenen Details dieses Vorgangs. Als nächstgelegene offizielle Räumlichkeit bot sich das Polizeirevier des

Stadtbezirks an. Hier durften sie einen abgesonderten Raum benutzen.

Während dessen erhielten die Streifenwagenpolizisten einen Sonderauftrag: Sie hatten Frau Berger, die Mutter des angefallenen Heinz, aufzusuchen. Die Weisung lautete: Höchst taktvolles Vorgehen! Kein Verschweigen der Geschehnisse, aber auch nicht das geringste Aufbauschen derselben. Der Tenor sollte sein: Ihrem Sohn gehe es vergleichsweise nicht schlecht, er befinde sich in guten Händen, es sei kein Grund zur Beunruhigung vorhanden – in etwa einer Stunde würde der wieder zu Hause sein.

Zusätzlich erfolgte noch eine polizeitaktisch absolut richtige Überlegung: »Falls Frau Berger den Wunsch äußern sollte, ihren Sohn sofort zu sehen, ist davon mit höflicher Bestimmtheit abzuraten. Sollte sie dennoch unbedingt darauf bestehen, muß sie herbeigefahren werden.«

Dabei waren sie nahezu alle – wohl außer Friedrich, dem Hund – bei den nun protokollgerecht schriftlich festgelegten Einzelheiten betroffen von Hoffnungslosigkeit und ihrem eigenen beunruhigenden Unvermögen. Denn wirklich beweiskräftig geworden war so gut wie nichts – nichts, was irgendwie greifbar und für Datenvergleiche brauchbar gewesen wäre.

Zwar war ein Opfer vorhanden; also hatte es Täter gegeben. Doch wer waren diese? Wie hatten sie ausgesehen? Wie waren sie zu beschreiben? So gut wie gar nicht! Weder vom Betroffenen noch vom Zeugen.

Alles schien sich im Dunkeln abgespielt zu haben. Zwei Täter oder drei waren es gewesen? Einer womöglich vollbärtig, ein anderer vermutlich mit langen Haaren, die ihm ins Gesicht gefallen waren und dieses verdeckt hatten. Sie seien modisch salopp gekleidet gewesen – sozusagen zeitgemäß zivilistisch uniformiert: Blaue Nietenhosen, vielleicht Holzhackerhemden, dunkle Pullover oder Lederjacken. Solche Typen gab es hier zu Hunderten.

Ob sie, während des Vorgangs, miteinander gesprochen hätten? Wenn ja – welche Worte hatten sie verwendet? Hatten sie sich mit Namen, mit Vornamen, angeredet? Nein? Nichts dergleichen! Gekeucht aber hatten sie, das allerdings – ›wie die Tiere‹. Was jedoch eine Bemerkung war, welche der Hund Friedrich zu verstehen schien – er reagierte unwillig darauf.

»Das Übliche, mithin«, glaubte der leitende Beamte der Sittenwächter feststellen zu müssen; mit stiller Resignation. Schließlich handelte es sich um einen ›Fall‹, der allein in diesem Jahr von dem Dezernat als Nummer 88 oder 79 oder 92 registriert werden würde.

»Vielleicht«, schlug einer der Beamten vor, der anscheinend optimistisch gestimmt war, »sollten wir uns noch ein wenig in der Gegend umsehen. Nach unseren Unterlagen existieren im näheren Bereich etwa drei einschlägige Brutstätten. Einmal eine Disco in der Bonner Straße, dann die ›Can-Can-Bar‹ in der Bielefelder Straße – schließlich noch, nur um nichts auszulassen, das gelegentlich auch genannte ›Café beim Maulwurfshügel‹. Schaden kann es ja nicht, wenn wir dort mal herumhorchen.«

»Irgendwas Konkretes wird eine derartige Unternehmung wohl kaum einbringen.« Der Leitpolizist sprach aus Erfahrung. »Doch immerhin könnte es sein, daß wir dadurch eine gewisse Unruhe verbreiten – in den einschlägigen Kreisen.«

Wobei er ziemlich genau wußte, was das war – eine gewisse ›Unruhe‹. So gut wie nichts! Denn Täter dieser Sorte ließen sich von den Polizeibeamten so leicht nicht einschüchtern.

Inzwischen war Johanna Lenz, Irenes Mutter, im Korridor vor ihrer Wohnung erschienen. Sie war eng in einen Hausmantel gehüllt; einen aus glänzend-hellgrüner Seide. Und wenn der auch ein bißchen strapaziert anmutete, so war er doch fleckenlos sauber. Ihr Lächeln aber mutete unzerstört an; wenn nicht gar unzerstörbar.

Offenbar erfaßte sie jene Situation in diesem Treppenhaus sofort, mit einem Blick. Nicht das geringste Anzeichen, daß sie irgendwie erschöpft oder mitgenommen wäre. Eine ungemein weibliche, präsente Persönlichkeit, die zu zeichnen männlichen Wesen bisher nicht gelungen war – so intensiv die sich auch, durfte vermutet werden, bemüht haben mochten.

»Da bist du also, Kind!« sagte sie zu Irene, mit Herzlichkeit.

»Nicht mehr allein, wie du siehst – Herr Wecker ist bei mir. Dagegen hast du ja wohl nichts einzuwenden, Mutter?«

»Warum sollte ich, Kind?« Sie nickte Adalbert Wekker grüßend zu. »Du befindest dich, wie man so sagt, in guter Gesellschaft.«

»Falls Sie etwa mich damit meinen sollten, Frau

Lenz«, Wecker grüßte sie seinerseits, »so muß ich Sie warnen. Ich bin weder ein ausgeprägter Menschenfreund, noch ein ausgleichsbereiter, um Harmonie bemühter Gemeinschaftsmensch.« Er war, gedachte er da wohl deutlich zu machen, vielmehr eine Art erklärter Einzelgänger – und wünschte es jedenfalls zu sein.

»Aber auskommen kann man trotzdem – mit dem Adalbert!« erklärte Irene ihrer Mutter munter.

Das Lächeln der Johanna Lenz, nun direkt auf Wekker gerichtet, verstärkte sich noch. Der gefiel sich offenbar in seiner Rolle als beharrlicher Warner. Das war gleich bei ihrer ersten Begegnung erkennbar geworden. Aber Männer legten nun mal Wert darauf, ihre Eigenheiten zu haben – und sie auch beharrlich zu pflegen. Das glaubte Johanna zu wissen: ganz genau.

»Ich würde Sie gerne einladen, Herr Wecker – in unsere Wohnung. Auf eine Tasse Kaffee oder Tee. Oder ein Glas Wein.«

»Was sich aber kaum machen läßt – nicht gleich jetzt.« Irene reagierte rasch und sachverständig. »Denn unsere Wohnung befindet sich derzeit, glaube ich, in keinem sonderlich geordneten Zustand.«

»Wofür ich Verständnis habe«, versicherte Wecker.

»Tatsächlich?« Was Johanna Lenz dabei in Besonderheit beeindruckte, war die völlig eindeutige Vertrautheit zwischen diesem Mann und ihrer Tochter. Was bei Irene keinesfalls selbstverständlich war.

»Es könnte also sein«, fragte Johanna, nun höchst aufmerksam, »daß Sie sogar für mich, für meine sehr – spezielle Situation, ein gewisses Verständnis zu entwickeln vermögen?«

Wecker nickte ihr zu; nahezu freundschaftlich. Worauf er jedoch, wieder einmal mehr, nach einer Art Aufklärung suchte. »Wir alle erliegen, gar nicht selten, dem einen oder anderen Irrtum. Auch Vorurteile besitzen wir alle, Fehler machen wir immer wieder – mehr oder minder schwere; und gelegentlich reichlich leichtfertige. Wovon ich mich, selbstverständlich, nicht ausschließe.«

»Aber Sie«, sagte Irene, die nun dicht bei ihrer Mutter stand, »sind so ganz anders – als alle anderen hier.«

»Ach, auch ich bin, im Grunde, gar nicht so ganz anders als andere – ich versuche mich lediglich zurückzuhalten, mich möglichst niemals aufzudrängen, mich nirgendwo einzumischen. Ich gedenke, soweit das geht, mit mir allein zu leben, mit mir selber fertig zu werden. Aber schon damit habe ich eine ganze Menge zu tun!«

»Doch eben diesen Eindruck macht Adalbert nicht«, meinte Irene vergnügt. »Der scheint eher bereit, mitzumischen; noch dazu ziemlich kräftig. Der kann nämlich, in einer Viertelstunde, mehr Fragen stellen, als ein ganzer Lehrerverein in einer Woche.«

»Na, nun hast du mich aber durchschaut!« Wecker lächelte sie an. »Aber vielleicht, empfehle ich dir, solltest du das so sehen: Alte Leute schwatzen nun mal gerne, wenn sie glauben, aufmerksame Zuhörer zu haben. Dann gefallen sie sich darin, gut gemeinte Ratschläge zu erteilen; sogar unerbetene. Etwa diesen: Wie wäre es, wenn du jetzt schlafen gingest? Als eine Art Opa würde ich sagen: Allerhöchste Zeit für kleine Mädchen.«

»Ja – das werden wir tun. Danke Ihnen sehr, Herr Wecker – für vieles.« Johanna legte den Arm um ihre Tochter. »Und diesmal, Irene, bist du nicht allein – niemand wird dich stören oder belästigen. Ich bleibe bei dir.«

»Wie schön!« Das Kind wirkte ungemein erleichtert. Wollte nur noch wissen: »Und was unternimmt Adalbert, der Herr Wecker?«

»Ich werde noch ein wenig spazierengehen.« In diese kaltklare Nacht hinein. Bereit, seine Einsamkeit zu genießen. Nichts wie weg; weg von alledem!

»Wenn das kein allzulanger Spaziergang wird«, schlug Irene lebhaft vor, keinesfalls müde, »könnten wir inzwischen unsere Wohnung aufräumen und einen Kaffee brauen. Was meinst du – Mutter?«

Bevor darauf noch eine Antwort erfolgen konnte, sagte Wecker, selbstverständlich mit großer Höflichkeit: »Danke! Das ist ein ungemein freundliches Angebot – ich komme gerne darauf zurück. Doch jetzt – auf Wiedersehen, mein Kind. Und – angenehme Nachtruhe, Frau Lenz. Schlafen Sie wohl.«

Adalbert Wecker begab sich zum Fahrstuhl – ohne zurückzuschauen. Nicht einmal eine solche Geste glaubte er sich jetzt noch leisten zu können. Er hatte da wohl mehr als genug an Gefühlsregungen investiert – völlig wider Willen.

Doch als er im Erdgeschoß dem Fahrstuhl entstieg, erblickte er den Hausmeister Tatzer. Der schien auf ihn gelauert zu haben; vielleicht bereits seit einiger Zeit. »Da sind Sie, endlich!« stieß der hervor. »Sie haben sich aber verdammt lange aufgehalten – bei dieser Person!«

»Das ist doch wohl allein meine Angelegenheit!«

»Schon gut, schon gut, Herr Wecker – es sei Ihnen gegönnt; von mir aus!« Tatzers dumpf-dunkle Beharrlichkeit entwickelte bedrohliche Anwandlungen von Frohsinn: »Nunmehr jedoch kann ich Ihnen ein weiteres Vergnügen ankündigen: Die gnädige Frau Baronin, jene von ganz oben, legt Wert darauf, Sie zu sehen – sie will sich mit Ihnen unterhalten.«

»Ich nicht.«

»Aber, aber, Herr Wecker! Sie werden sich doch wohl nicht einem derartig höflich ausgesprochenen Wunsch entziehen wollen? Das können selbst Sie sich kaum leisten. Denn was die gnädige Frau darstellt, dürfte Ihnen gewiß bekannt sein.«

»Einigermaßen. Läßt mich dennoch so gut wie völlig gleichgültig.«

Bei dieser ›gnädigen Frau‹ handelte es sich um eine Baronin Senker, Elvira; Gattin, zweite oder dritte, eines auf zigfache Millionen geschätzten Geschäftsmannes in Erbfolge: Stahl, Plastik, Autos und dergleichen. In diesem Hause bewohnte sie das exklusiv ausgebaute Übergeschoß, auch als ›Penthouse‹ bezeichnet – doch nur einige Wochen im Jahr; etwa während des Faschings oder der sommerlichen Opernfestspiele. Ansonsten pflegte sich diese Dame in Paris oder New York aufzuhalten, an der Côte, in Florida oder in der Karibik. Na, und wo sonst noch!

»Unsere Frau Baronin«, Tatzer bemühte sich, Wekker aufzuklären, »besitzt hier nicht nur das Penthouse –

sie hat auch noch etliche andere Wohnungen in diesem Block gekauft.«

»Meine jedenfalls nicht«, konnte Wecker feststellen. »Die ist nämlich mein Eigentum. Somit gehen mich hier sonstige Besitzverhältnisse, etwa jene dieser Dame, nichts an. Und diese selbst interessiert mich auch nicht. Nicht im geringsten. Ist das deutlich genug?«

Worauf sich Tatzer – lichte Momente hatte auch er – eine Formulierung einfallen ließ, die sich da schon wesentlich besser anhörte: »Die gnädige Frau bittet darum, sich mit Ihnen unterhalten zu dürfen. Sozusagen vertrauensvoll und vertraulich.«

»Das hört sich allerdings schon wesentlich brauchbarer an.«

»Dann werden Sie also...«

»Ich bin nun mal ungemein neugierig veranlagt.« Freundlich-lässig gesagt. »Falls Sie sich jedoch, Herr Tatzer, irgend etwas davon versprechen sollten, kann ich Sie nur warnen. Rechnen Sie lieber nicht damit.«

Die Tür zum ›Penthouse‹ befand sich unmittelbar neben jener zu seiner Wohnung. Sein Eingang jedenfalls entsprach exakt dem Muster aller sonstigen derartigen Gebilde in diesem Wohnstall: bestehend aus Sperrholzplatten, welche sich verhältnismäßig leicht zertrümmern ließen. Der Weg jedoch ›nach ganz oben‹ war durch eine massive metallene Stahlfläche abgesichert. Es sah aus, als befände sich dahinter der Tresorraum einer Großbank.

Über dieser Tür war eine Fernsehkamera installiert – welche allerdings inzwischen außer Funktion gesetzt worden war, und zwar von ihm. Das hatte sich, mit schnellem Zugriff, wie im Vorübergehen, erledigen lassen; mit Hilfe eines Spazierstocks. Das schnelle Werk eines Fachmannes, eines kriminalistisch geschulten. Und er war einer – auch dafür.

Nunmehr drückte er auf den diskret beleuchteten Klingelknopf – worauf ein unverzüglich erfolgendes mechanisch schnarrendes Geräusch anzeigte, daß die panzerartige Tür geöffnet werden konnte. Zunächst erblickte er eine ziemlich steil ansteigende Eichenholztreppe von etwa zehn Stufen; belegt mit einem Läufer altpersischer Provenienz. Ganz oben stand dann sie, die sogenannte ›gnädige Frau Baronin‹, in einem dunkelseidenen Hausanzug. Sie produzierte eine einladende Geste und rief ihm zu:

»Schön, Sie endlich einmal kennenzulernen – Herr Wecker. Kommen Sie, bitte, herauf.«

Wie lange lebten sie hier nun bereits – der eine darunter, die andere darüber? So an die drei oder vier Jahre lang? Begegnet jedenfalls waren sie einander bisher nicht – hätten wohl auch kaum irgendeinen Wert darauf gelegt. Glücklicherweise nicht, fühlte sich Wecker versucht festzustellen – beim Anblick dieser prächtigen Dame. Schließlich besaß auch er seine ziemlich massiven Vorurteile; nur eben: er wußte darum.

Diese Dame, zu der nun Adalbert mit zunehmendem Zögern treppaufwärts stieg, erwies sich als ein kaum sonderlich junges Mädchen – dennoch, was ihr Alter betraf, irgendwie unbestimmbar, da ungemein wirkungsvoll auf- und zubereitet; geradezu umstrahlt von teuerstem kosmetischem Glanz. Ihre diesbezügliche Werkstatt, mutmaßte Wecker vergnügt, mußte mindestens das Ausmaß seines Arbeitszimmers besitzen. Nun, jedenfalls roch sie ungeheuer gut – schon von weitem.

»Ich heiße Sie willkommen, Herr Wecker«, rief sie betörend gurrend gleich einer Taube. »Ich hoffe sehr, daß Sie sich bei mir wohl fühlen werden.«

Dafür schienen alle Voraussetzungen gegeben zu sein, welche da wohl als beeindruckend gedacht waren. Zumindest wirksam auf zeitgemäße Normalmenschen, welche vom Fernsehen gebildet, durch Familienillustrierte aufgeklärt waren: so was für lebensnotwendig wirkungsvoll erachteten. Also war er hier umgeben von: Seide, Chrom und Glas; von orientalischen Teppichen und chinesischen Vasen, Muranoleuchten und Mexikosilber. Darüber hinaus, in allen Räumen ringsherum montiert, eine bestaunenswerte Massierung funkelnder amerikanisch-japanischer Medienapparaturen: von Fernsehern mit Video bis hin zu Stereolautsprechern mit Digitalabspielgeräten.

Und kein Renoir? Das zu fragen fühlte sich Wecker versucht. Tat das aber nicht. Denn er hatte zumindest einen Picasso, mittlere Periode, erblickt.

»Sie brauchen mir nur zu sagen, Herr Wecker, was Sie an Getränken bevorzugen!« Ihre Angebote entsprachen allerbesten Werbeinseraten, besaßen international angelegtes Superreklameformat: Whisky – schottischer, irischer, amerikanischer – oder Sherry, selbstverständlich spanischer – aber auch Champagner, direkt aus der Champagne; na, woher denn sonst.

»Mineralwasser, wenn ich bitten darf.«

»Französisches, schweizerisches oder deutsches?« wurde gefragt.

»Diesbezüglich, Frau von Senker, habe ich noch keinerlei spezielle Wünsche entwickelt. Doch ich würde gerne wissen, warum Sie mich empfangen haben; was Sie möglicherweise von mir erwarten?«

»Nichts – jedenfalls nichts Direktes!« Er durfte sich in ihrer Nähe niederlassen, in einem breiten bequemen altenglischen Ledersessel. »Ich wollte mich lediglich ein wenig mit Ihnen unterhalten.«

»Wobei ich mich beharrlich fragen muß, was Sie sich davon versprechen? Schließlich sind Sie, könnte man sagen, eine Dame der ganz großen Gesellschaft – ich jedoch bin nur ein Mensch, der hier rein zufällig unter Ihnen wohnt. Ein ehemaliger Beamter der Verwaltung – ein pensionierter; und das nicht nur frühzeitig, sondern sogar vorzeitig. Das ist alles!«

Elvira Baronin Senker behauptete dennoch, sich lediglich mit ihm unterhalten zu wollen – gewissermaßen von Mensch zu Mensch. Alsbald wurde aber deutlich, worum es ihr dabei wirklich ging: Sie gedachte ihn aufzuklären; über sich, ihre Möglichkeiten.

Diese, versuchte sie ihm klarzumachen, besaßen enorme Ausmaße. Denn nicht nur, daß sie hier zur anerkannt besten Gesellschaft gehörte; offensichtlich glaubte sie auch noch, sich als deren Mittelpunkt fühlen zu dürfen. Eine lebhafte Quelle begann da zu sprudeln – und Wecker, da hockend, ließ sie sprudeln.

Dabei kam unter anderem zum Vorschein: Der Herr Ministerpräsident sei ihr zugeneigt; lediglich auf herzlich-menschliche Weise, was sich wohl von selbst verstehe. Aber auch einige von dessen Ministern, sowie Staatssekretären, gehörten zu ihren bevorzugten Gesprächspartnern und Gästen. Selbst der Herr Kardinal wisse, was sie hier bedeute. Und einer der Bürgermeister dieser Landeshauptstadt versuche stets, ihr dienlich zu sein. Mit dem Polizeipräsidenten habe sie, übrigens einige Male, Tennis gespielt; dabei Mühe gehabt, den gewinnen zu lassen. Und so ging es weiter, mit dieser anpreisenden Selbstdarstellung.

»Hört sich alles imposant an, Frau von Senker. Doch mich beschleicht der Eindruck, daß es sich hierbei nicht so sehr um die mögliche Einflußnahme auf Persönlichkeiten dieser Stadt handelt. Sondern vielmehr, nun mal ganz offen, um die Position eines Hausmeisters. Oder etwa gar um dessen Sohn?«

»So direkt, Herr Wecker, sollten Sie das lieber nicht sehen. Wenn ich diskret auf gewisse Beziehungen meinerseits angespielt habe, so nur deshalb, um anzudeuten: Ich bin stets bereit, meine Verbindungen vorbehaltlos einzusetzen – für Menschen, denen ich behilflich sein kann. Vorausgesetzt, daß die es auch verdienen!«

»Dazu gehört – falls ich Sie richtig verstanden habe – auch der Herr Tatzer.« Einen erneuten Hinweis auf dessen Sohn Thomas unterließ Wecker zunächst noch. »Warum ausgerechnet der? Vielleicht sollten Sie, falls möglich, mir das ein wenig näher erklären.«

»Sie scheinen da, ganz offenbar, unseren Hausmeister zu verkennen.« Was sich nahezu besorgt anhörte. »Der ist ein ungemein bemühter, ein außerordentlich fürsorglich veranlagter Mann; immer hilfreich und einsatzbereit.«

»Derartige Eigenschaften, meinen Sie das tatsächlich, sind für den charakteristisch?« Ohne den geringsten Anhauch von Ironie gesagt. »Wann, wo und wie, bitte – und wem gegenüber? Etwa Ihnen – ganz persönlich?«

»Das gefällt mir aber gar nicht, so wie Sie das sagen.« Ihr Gesicht wurde starr. »Das hört sich nicht gut an.«

»Nun ja – ein angenehmes Thema ist das leider nicht; aber auch kein unbedingt notwendiges. Fortzusetzen brauchen wir dieses Gespräch nicht, Frau von Senker.«

»Aber das – müssen wir wohl, Herr Wecker. Zumal ich jetzt den Eindruck habe, das genau das zutrifft, was auch Herr Tatzer vermutet: Sie mögen ihn nicht. Sie scheinen sogar entschlossen, ihm Schwierigkeiten zu machen: nahezu wie mit Gewalt!«

»Hat er das gesagt – so deutlich? Ihnen gegenüber?«

»Das«, wehrte sie prompt mit warnender Stimme ab, »glaubte ich lediglich bei einem seiner persönlichen Berichte an mich herausgehört zu haben. Mithin doch wohl nicht weiter verwunderlich, wenn ich nun zu wissen begehre: Was können Sie ihm wirklich nachweisen?«

»Vielleicht gar nichts. Vielleicht eine ganze Menge. Es käme darauf an. Wobei mir eine Kleinigkeit als nicht ganz unwichtig vorkommen will: Ihre Bereitschaft, den abzuschirmen.«

»Nichts als eine mitmenschliche Regung, die für mich selbstverständlich ist! Ich jedenfalls pflege sie jedem zuzuwenden, von dem ich mich verstanden fühle – dann kann ich nämlich sehr großzügig sein, Herr Wecker. Ich hoffe, Sie verstehen mich richtig?« Ein maskenhafter Blick traf ihn; von Kosmetik schier eingefroren. »Doch um wieder auf Tatzer zurückzukommen – was sollte dem denn überhaupt zu beweisen sein? Etwa eine gewisse Beschriftung des Fahrstuhls, von der mir berichtet wurde? Die existiert doch gar nicht mehr!«

Was allerdings zutraf. Und Wecker selbst war es gewesen, der Tatzer angeraten hatte, diese Schmiererei zu beseitigen – die geradezu spurenlos auszutilgen. Ein Fehler? Möglicherweise ja. Die kamen, auch bei ihm, immer wieder vor.

»Glaube zu verstehen, Frau von Senker. Denn wie Sie bin auch ich für den beruhigenden Ausgleich und das Vermeiden unnötiger Konfrontationen: selbst wenn sich hier nun derartige Bemühungen nicht mehr ganz einfach erledigen lassen. Denn dabei drängen sich noch weitere Zusammenhänge auf – reichlich unberechenbare.«

»Welche – meinen Sie?« Erregt-begierig gefragt.

»Da sollten Sie eine gewisse Person nicht außer acht lassen.« Womit er, einigermaßen geschickt, bei dem von ihm angepeilten Thema angelangt war. »Ich meine den Sohn des Hausmeisters, Thomas. Den kennen Sie, nehme ich an.«

»Aber ja – dieser Junge hat mich gelegentlich aufgesucht; ohne mich dabei irgendwie zu belästigen, wie ich feststellen möchte. Ein an sich recht netter Junge – doch wohl, geistig gesehen, eine Art Kretin; leider. Nicht wahr?«

»Genau das, Frau von Senker, könnte hier ein gravierender Irrtum sein – möglicherweise ein nicht ganz ungefährlicher. Allerdings wage ich nicht, so was zu behaupten; bitte beachten Sie das. Auch trifft nicht zu, daß ich mir diesbezüglich bereits ein Urteil gebildet hätte. Ich operiere lediglich mit einigen Informationen, die mir zugetragen worden sind.«

»Und die besagen – was?«

»Zunächst einmal dies: Der Thomas ist, wie auch Sie festgestellt haben, ein an sich sehr lieber, vertrauensseliger Junge – dazu noch ein schönes Kind, das Wohlgefallen erregt. Aber – doch wohl kaum anzunehmen, daß der ein geduldig harmloses Objekt darstellt; für Mitgefühl und ähnliche Regungen.«

»Was könnte das bedeuten?« Aufflackernde Beunruhigung wurde erkennbar. Ihr Lackgesicht mutete wie abgestorben an.

»Nach den mir zugetragenen Informationen«, klärte sie Wecker bereitwillig weiter auf, »könnte es sich vielmehr bei diesem Thomas um ein ganz hellwaches Kerlchen handeln. Vermutlich schwelgt der sogar in der Vorstellung, für ein töricht-tumbes Wesen gehalten zu werden.«

»Und daraus folgern Sie – was?«

»Dabei, Frau von Senker, braucht man doch nur ein wenig Fantasie zu entwickeln, etwa so: Dieser Junge kommt hier viel herum. Dabei hat er ganz sicherlich etliches gesehen, sich auch ganz bestimmt eine Menge davon gemerkt – und sich, wer weiß, vielleicht auch etliches geleistet, mit sich hat machen lassen – wen das auch immer betreffen mag!«

»Das hört sich aber reichlich fürchterlich an!«

»Dem könnte so sein – muß aber nicht unbedingt

sein. Doch immerhin – darüber nachdenken sollten Sie.«

Nur knapp vierundzwanzig Stunden später mußte dann dieser, sich im Augenblick so ungemein überlegen fühlende Adalbert Wecker erkennen: Bei diesem Gespräch hatte er sich einige Fehler geleistet. Und zumindest noch einer, von dieser heiklen Machart, sollte in dieser Nacht hinzukommen.

Oder – war das Absicht gewesen?

Diese Nacht gedachte Adalbert Wecker mit einem gut gekühlten Glas Bier zu beschließen. Nur danach schien er ein ihn freundlich stimmendes Verlangen zu empfinden.

Zu diesem Zweck begab er sich wieder in das Fuchsbau-Café. Dort begrüßte ihn Margot, das Mädchen beim Ausschank, mit spürbarer Herzlichkeit; als sei er ein guter alter Bekannter. Was ihm wohltat; nach diesen Stunden aufklärerischer Gespräche.

Er erhielt sein Pils, sie ein Fünfmarkstück. Dann plauderten sie ein wenig. »Ziemliche Unruhe – heute«, vertraute sie ihm an.

»Nichts davon zu merken«, meinte er besänftigend. »Wer hat denn hier wen beunruhigt?«

»Da sind vorher zwei Männer aufgekreuzt – ganz offensichtlich Polizeibeamte in Zivil. Die wollten sich hier nur mal umsehen, sagten sie; sie haben das auch getan.«

»Haben sie was gesagt oder gefragt?«

»So gut wie gar nichts! Sie haben nur herumgeschaut – und dann Bemerkungen von sich gegeben wie ›Aha‹ –

›Na, also‹ – ›Gar nicht schlecht‹. Und dann gingen sie wieder.«

»Und wer hat sich dadurch beunruhigt gefühlt?«

»Kann ich nicht so genau sagen – einige! Irgendwie ich auch! Ich habe sofort nachgezählt – aber meine Kasse stimmt.«

»Auch mein Gewissen ist niemals ganz rein, Fräulein Margot. Aber es ist gar nicht wenig, wenn man weiß, daß es überhaupt noch existiert.«

Nun erst begann Adalbert Wecker sich betont gelassen umzusehen. Er erblickte auch Waldemar Wesendung, der an seinem angestammten Tisch in der Nähe der Toiletten hockte; diesmal mit zwei Jünglingen seiner Wesensart. Diese Gruppe schien Wecker jedoch zu übersehen, sozusagen mit auffallender Unauffälligkeit. Er wählte einen noch leeren Tisch – in nur geringer Entfernung von diesem vermutlichen Gesinnungstrio.

Doch kaum hatte sich Adalbert Wecker dort in lässiger Behaglichkeit niedergelassen, stand Waldemar Wesendung vor ihm. Was nun folgte, entsprach nahezu der gleichen Vorstellung wie der vor ein paar Tagen; besser wohl: Nächten. Nunmehr jedoch gewissermaßen mit umgekehrtem Vorzeichen, vertauschten Rollen. Was sich geradezu als Fortschritt bezeichnen ließ.

Denn jetzt war es Wesendung, der da fragte, und das sogar einigermaßen höflich: »Ich beabsichtige nicht, Sie zu stören – darf ich mich zu Ihnen setzen?«

»Mich kann man nicht stören. Und setzen kann sich hier jeder, soweit ich weiß, wohin er will.«

Daraufhin ließ sich Wesendung bei Wecker nieder. Sein Getränk, eine Cola mit Rum, hatte er mitgebracht;

er roch daran, trank auch davon. Er schien nach den richtigen Worten zu suchen – wofür ihm ausreichend Zeit gelassen wurde. Der Mann, an dessen Tisch er saß, verfügte über beträchtliche Geduld.

Endlich zeigte Wesendung eine Reaktion – mit spontan hervorbrechender Aufrichtigkeit. »Zu Ihnen, Herr Wecker, habe ich Vertrauen – kann ich sicherlich haben. Oder etwa nicht?«

»Davon rate ich Ihnen ab, Herr Wesendung. Ganz entschieden. Zumindest bin ich keinesfalls als blind vertrauenswürdig zu bezeichnen. Auf ein solches Wagnis sollten Sie sich lieber nicht einlassen.«

»Dennoch habe ich das Gefühl«, versicherte Waldemar stockend, »daß man sich Ihnen anvertrauen kann!«

Das war eine unerwartete und ungewöhnliche Versicherung; noch dazu eine, von der sich Wecker angeregt fühlte – wenn auch, was er gerne zu versichern pflegte: ganz wider Willen! »Wenn Sie sich also unbedingt auf eine derartige Leichtfertigkeit einlassen wollen – will ich Sie nicht hindern. Dann schießen Sie nur los! Was beabsichtigen Sie mir anzuvertrauen?«

Waldemar Wesendung brauchte nur noch einige Minuten, und den Rest seiner Rum-Cola, um sich zu einer Art Bekentnis durchzuringen. Und das vermochte dann selbst den so ungemein erfahrenen Wecker zu überraschen. »Ich fürchte, daß ich mich auf eine Dummheit eingelassen habe.«

»Ach, mein Lieber – das ist doch nichts Besonderes! Dummheiten, mehr oder weniger große, leisten wir uns schließlich alle irgendwann einmal. Also! Um welch eine Art oder Abart derartiger Unvermeidbarkeiten handelt es sich diesmal bei Ihnen?«

»Das, Herr Wecker, ist eigentlich eine ganz lange Geschichte.«

»Dann erzählen Sie sie mir, möglichst klar und kurz – viel Zeit dafür habe ich nicht. Sobald ich mein Bier ausgetrunken habe, beabsichtige ich mich von hier zu entfernen.« Er wies auf sein immerhin noch halbvolles Glas; für Wesendung war es ein halbleeres. »Bis dahin höre ich Ihnen zu.«

Und nun kam in der geforderten Kürze diese Geschichte zum Vorschein:

Er, Wesendung, sei ein geschulter Pädagoge, erfüllt vom Gedankengut Pestalozzis, stets bemüht, ein hilfreicher Betreuer zu sein – eben für junge Menschen. Dabei zögerte er nicht einmal, auf Christus hinzuweisen; welcher da gesagt hatte: Lasset die Kindlein zu mir kommen! Was ihn persönlich ungemein anrühre!

Dabei habe er auch, im Rahmen dieser gewiß anerkennenswerten Bemühungen, das Kind jener vermutlich als leicht fragwürdig zu bezeichnenden Person namens Johanna Lenz zu betreuen versucht. Aber bei dieser eigenwilligen Irene könnte es möglicherweise zu Mißverständnissen gekommen sein – sehr bedauerlichen. Er habe das nicht gewollt.

Diese unverzüglich zu bereinigen, habe er sich bemüht. Reden habe er wollen, nichts anderes, mit der Kleinen; sie sozusagen beruhigen, sie aufklären – über seine wahren Beweggründe. Nur deshalb habe er sich neulich nachts vor deren Tür aufgehalten.

»Falls das falsch ausgelegt worden wäre – was leider

bei den hier wuchernden Vorurteilen nicht ausgeschlossen sei – würde ich das bedauern; und zwar sehr.«

Das war allerdings, selbst für Adalbert Wecker, entschieden zuviel des Unguten. »Was versuchen Sie mir eigentlich einzureden, Mensch? Doch nicht etwa, daß es sich bei Ihnen um einen verkannten Ehrenmann handelt? Beseelt von den lautersten Motiven! Und das selbst dann noch, wenn Sie durch eine Tür hindurch auf ein Kind einsäuseln und ihm die schlimmsten Ängste einjagen?«

»Wenn ein derartiger Eindruck, was ich nun wirklich befürchten muß, tatsächlich entstanden sein könnte – so trifft das alles jedoch wahrlich nicht zu. Versichere ich Ihnen! Ich bitte Sie, mir das zu glauben!«

»Glaube ich Ihnen nicht! Warum sollte ich ausgerechnet Sie, Wesendung, für einen reinen Menschheitsbeglücker halten? Einen solchen gibt es hier weit und breit nicht; auch ich bin keiner. Doch warum, muß ich nun fragen, machen Sie mir diese Bekenntnisse? Warum?«

»Nun, Sie könnten vielleicht – das ist mein größter Wunsch – mein aufrichtiges Bestreben um Klärung bezeugen; falls das notwendig werden sollte. Daß ich, in vertraulicher Offenheit, nach einem Menschen wie Ihnen gesucht habe ...«

»Mit mir nicht zu machen!« Ein Ansinnen, das Wekker schroff ablehnte. »Ich werde mich keinesfalls von Ihnen in die Funktion eines Alibigebers hineinmanövrieren lassen – etwa indem ich, ausgerechnet Ihnen, bestätige, daß Sie aufrichtigster Bekenntnisse fähig sind. Es sei denn ...«

»Was?« Wesendung schnappte erfahrungsgemäß zu.

»Es sei denn, Sie werden endlich deutlich und erklären mir, was Ihre Flucht nach vorne tatsächlich zu bedeuten hat. Könnte ja sein, daß Ihre angebliche Aufrichtigkeit, ausgerechnet mir gegenüber, gar nicht so sehr auf Vertrauen basiert – sondern vielmehr als eine gezielte Absicherung zu werten ist. Denn schließlich wissen wir beide, und Irene noch dazu, um diese Vorgänge. Aber offenbar gibt es noch andere, die davon wissen. Oder nicht?«

»Nun ja«, mußte Waldemar bekennen. »Dabei«, also bei seinem Aufenthalt vor der Lenz-Tür, »scheint es tatsächlich einen Zuschauer, einen Mithörer, gegeben zu haben. Daß dem so war, mußte ich einigen Äußerungen entnehmen, die mir zugetragen wurden.«

»Na, schau mal an! Sie sind also beobachtet worden!« Wecker reagierte mit einer gewissen Heiterkeit; er war stets bereit, sich zu amüsieren; wenn auch neuerdings immer mäßiger. »Mithin existiert ein Zeuge – der Ihre fatale Betätigung bestätigen kann. Wem sollte denn das geglückt sein?«

»Nun, vermutlich dieser Barbara Binding! Die kommt in erster Linie in Frage, dessen bin ich ziemlich sicher. Die lauert mir beständig auf, die spioniert mir nach! Und die hat sich bereits ein paar diesbezügliche Andeutungen geleistet.«

»Das beunruhigt Sie? Und gleich so intensiv, daß Sie sich neben dieser möglichen Mitwisserin auch noch einen weiteren Mitwisser zulegen – und zwar mich. Was Sie jedoch, wenn Sie mich richtig informiert haben, gar nicht notwendig hätten! Denn offenbar stellt diese Dame doch gar kein Problem für Sie dar. Sie soll Ihnen vielmehr, wie man hört, ungemein zugetan sein. Mithin brauchen Sie doch nur dieser Dame«, – die er ihm gönnte! – »in gewisser Weise entgegenkommen. Dann würde in diesem Punkt alles in Ihrem Sinne laufen.«

»Könnte wohl sein«, meinte nun Wesendung, nicht ohne Erleichterung, »daß ich mir einfach viel zu viele Gedanken mache – einer Lappalie wegen!«

»So jedoch«, blockierte ihn Wecker mit lauernder Aufmerksamkeit, »sollten Sie derartige Vorgänge aber nicht bezeichnen. Sich Gedanken zu machen – das scheint mir hier doch wirklich dringend notwendig zu sein.«

»Mache ich mir ja auch – ich bin ein ungemein empfindsamer Mensch! Darum quält es mich, in welchem Ausmaß ich hier verdächtigt und verleumdet werde – ja, verfolgt!«

»Von wem?«

»Na«, Wesendung war ganz Märtyrer, »von wem denn nicht? Sogar polizeiliche Schnüffler scheinen auf mich angesetzt worden zu sein. Zwei von dieser Sorte haben sich hier, in diesem Lokal, erst vor kurzem herumgetrieben. Und nun auch noch Sie!«

»Sie scheinen vergessen zu haben, Wesendung, wer sich hier mit wem auf ein Gespräch eingelassen hat. Doch da ich nun mal ein aufmerksamer Zuhörer bin, ist mir keine Ihrer Bemerkungen von vorhin entgangen; auch keine nebensächliche. Denn: mitgehört, sagten Sie, habe vermutlich diese Binding – die in erster Linie!

Wer denn aber, möglicherweise sonst noch – sozusagen in zweiter Linie?«

»Dabei könnte es sich«, glaubte Wesendung zugeben zu dürfen, »vielleicht um Thomas Tatzer handeln. Doch was besagt das schon? Wer wird denn, wenn es darauf ankommt, ausgerechnet dem glauben?« Also diesem armseligen kleinen Kretin – sollte das heißen.

»Das, Herr Wesendung, gefällt mir nicht – ganz und gar nicht! Für Fehler, sogar für Vorurteile, habe ich Verständnis. Aber so ein dämliches Selbstbewußtsein widert mich an.«

»Weil auch Sie mich verkennen! Weil es selbst Ihnen nicht gegeben scheint, mich zu verstehen – meine eigentlichen Beweggründe, mein wahres humanes Anliegen. Somit muß ich sehr bedauern, mich Ihnen anvertraut zu haben.«

»Wovon reden Sie eigentlich, Wesendung – schon wieder von Vertrauen? Kommen Sie mir nicht damit! Sie haben lediglich versucht, mir etliche Äußerungen unterzujubeln. Ausgerechnet mir!«

»Das habe ich nicht!« Vermutlich glaubte Waldemar Wesendung, von diesem von ihm ins Rollen gebrachten Zug schnell wieder abspringen zu können. »Nichts dergleichen habe ich gesagt! Deshalb können Sie das auch nicht vernommen haben – das werde ich beschwören; falls Sie es darauf ankommen lassen sollten. Worauf dann Aussage gegen Aussage steht.«

Und dann erfolgte, mit geradezu bedrohlicher Leichtfertigkeit, noch dieser Zusatz: »Sie glauben doch nicht etwa, Sie munterer Greis, daß Sie mir so ohne weiteres den Arsch aufreißen können?«

»Habe nicht das geringste Verlangen danach! Doch genau so was, läßt sich vermuten, werden andere besorgen. Und ich habe den Eindruck sehr bald.«

TEIL 2

Die Untersuchung

Am Morgen danach – so etwa gegen 7 Uhr 00 – begab sich ein in diesem Haus lebender Handelskaufmann wie alltäglich zu seinem Fahrzeug in die Tiefgarage. Dabei hätte er eigentlich eine Besonderheit registrieren müssen – einen dort befindlichen Körper; einen zwar nur kleinen, doch eben den eines Menschen, der unterhalb der Kellertreppe lag, in einer Ecke, zwischen Fahrstuhl und Garagentür.

Der jedoch – sein Name war unwichtig – befand sich in Eile, hatte sich bereits um Minuten verspätet. Außerdem konnte er glaubhaft versichern: Die Beleuchtung sei, wie fast immer in diesem dunklen Untergeschoß, völlig unzureichend gewesen; dazu stinkende Luft, knarrende Türen, die zu klemmen drohten.

Allerdings könne – so ganz genau vermöge er das nicht zu sagen, aber auch nicht völlig ausschließen –, dort so etwas wie ein Sack gelegen haben. Nun ja, vielleicht auch ein Mensch – möglicherweise lediglich so eine Art Penner; denn daß sich einer von dieser Sorte hierher verirrte, um seinen Rausch auszuschlafen, konnte schon vorkommen. Damit jedenfalls könne er sich nicht auch noch abgeben! Dafür reiche seine Zeit nicht!

So, oder doch so ähnlich, reagierten zumindest noch zwei weitere Mitbewohner dieses Hauses in der nächsten halben Stunde; nichts anderes also als weitere fatale Zeugnisse morgenmüder Gleichgültigkeit. Auch sie waren vorbeigegangen – an dieser kleinen gekrümmt daliegenden Gestalt – eben wohl mehr Sack als Mensch. Wohl nicht zuletzt in der sie anschleichenden Erkenntnis: Was man nicht weiß, belastet das Gewissen nicht!

Dann jedoch, so gegen 7 Uhr 40, fühlte sich ein weibliches Wesen dazu veranlaßt, das dort liegende Bündel ein wenig näher zu betrachten und erkannte dieses als ›eine Art Leiche‹. Für die Auffinderin eine Entdeckung, welche zugleich die Konfrontation mit dem Tod eines Kindes bedeutete, das sie kannte. Sekundenlang stand sie da wie erstarrt. Und rief dann: »Oh, mein Gott!«

Denn was sie vor sich sah, war Thomas Tatzer. Klein, verkrümmt, mit blutverschmiertem Gesicht. Doch die Augen darin waren weit geöffnet; wie erstarrt in staunendem Erschrecken.

Bei der Entdeckerin dieser Knabenleiche handelte es sich übrigens um eine gewisse Barbara Binding, die beabsichtigt hatte, zu jener Apotheke in Pasing zu fahren, in der sie beschäftigt war. Während sie da stand, begann sie nachzudenken; wenn auch nur kurz, so doch recht intensiv. Worauf sie beschloß, die Polizei zu verständigen – und nur diese – niemand anderen sonst in diesem Haus. Doch eben das sollte sich als ein besonders heikler Entschluß erweisen.

Jedenfalls begab sich die Binding wieder zurück in ihre Wohnung, im dritten Stockwerk. Von dort aus stellte sie eine Telefonverbindung zur Polizei her; deren Rufnummer, 110, war ihr bekannt. Das war an sich kaum ungewöhnlich; halbwegs aufmerksame Mitbürger, zumal solche aus dem Apothekerberuf, wissen zumindest drei Telefonnummern auswendig: Polizei, Feuerwehr, Notarzt.

»Ich habe die Leiche eines Knaben gefunden.« Damit begann eine Meldung, die man durchaus als exakt, geradezu als polizeigerecht bezeichnen konnte: die auch unverzüglich so gewürdigt wurde. »Und zwar aufgefunden vor wenigen Minuten im Untergeschoß des Hauses, in dem ich wohne; Germaniastraße 175, München 40.«

»Danke! Ist notiert. Nennen Sie uns, bitte, Ihren Namen, Ihren Vornamen, Ihre Telefonnummer.«

Das erfolgte ebenfalls. Der betont höfliche Beamte sagte erneut ›danke‹ und fuhr fort: »Bitte, bleiben Sie in der Nähe Ihres Telefons – wir werden zurückrufen.« Zwecks Kontrolle, sagte er nicht. »Um Sie, in wenigen Minuten, über unsere ersten Maßnahmen zu verständigen, Frau Binding.«

Diese ›Verständigung‹ erfolgte prompt, erwies sich als erste polizeigerechte Maßnahme. »Ein Funkstreifenwagen ist bereits unterwegs. Dürfen wir Sie bitten, unsere Beamten bei der Haustür zu empfangen, um sie unverzüglich zum Fundort sowie zum Fundgegenstand zu führen?«

Auch darum wurde nicht vergeblich gebeten. Da war wohltuend mitbürgerliche Kooperationswilligkeit erkennbar. »Danke, Frau Binding – für Ihre Bereitschaft, uns behilflich zu sein.«

Nur einige wenige Minuten nach diesem Anruf – amtlich registriert um 8 Uhr 14 – rauschte vor dem Haus Germaniastraße 175 ein Streifenwagen herbei; Fabrikat BMW. Der Wagen wurde scharf abgebremst. Kaum stand er, als ihm zwei sehr männliche Polizisten entstiegen; und das keinesfalls gemächlich.

Sie wurden, wie angekündigt, vor der Tür des Hauses von Barbara Binding erwartet. Die Männer salutierten, was tatsächlich nach einer Ehrenbezeugung aussah. Dann wollten sie wissen: »Wo?«

Sie wurden ins Erdgeschoß geleitet. Dort war, etwa acht Meter von der Haustür entfernt, die Kellertreppe – neun Zementstufen abwärts. Ein schmaler, unzulänglich beleuchteter Korridor, verdreckt, mit muffigem Geruch – auch wenn sich die von den Bewohnern fleißig gefüllten Mülltonnen in einem Nebenraum befanden. Hier jedoch lag die Leiche.

»Das ist ein Kind, das hier wohnt.« Erklärte Barbara Binding den Beamten. »Ein gewisser Thomas Tatzer – der Sohn unseres Hausmeisters.«

Damit war dieses Objekt erstmals identifiziert worden – gar nicht wenig für den Anfang. »Falls Sie zu wissen oder zu vermuten glauben, was zum Tode des Kindes geführt haben könnte – dann teilen Sie das den Kollegen von der Kriminalpolizei mit. Diese werden alsbald hier eintreffen.«

»Nein! Ich weiß nichts, kann auch nichts vermuten«, wich die Binding aus. »Aber – wäre es nicht angebracht, zunächst einmal die Eltern dieses toten Jungen zu verständigen?«

»Wir nehmen hier lediglich einen Vorgang zur Kenntnis und schirmen den vermutlich dazugehörenden Ort ab«, klärte sie der offenbar ältere der beiden Beamten gemessen auf. »Uns auf Weiteres einzulassen, ist nicht erlaubt.« Das war sogar verboten.

»Wobei immerhin sein könnte«, glaubte nunmehr der jüngere Polizist feststellen zu dürfen, und das noch dazu schwungvoll, »daß es sich hierbei um einen Unfall handelt. Zementierte Treppen, unzureichende Beleuchtung, erstickend schlechte Luft – unter derartigen Voraussetzungen hat sich schon so mancher das Genick gebrochen. Und das Genick von einem Kind, doch wohl kaum sonderlich belastbar, läßt sich knicken wie ein Strohhalm.«

»Ja – so könnte es gewesen sein!« stimmte die Binding spontan zu. »Aber ja, vielleicht; warum nicht – ein Unfall!«

Auf derartige Bemerkungen reagierte der ältere dieser Beamten höchst unwillig – schließlich besaß er eine mehr als zehnjährige Erfahrung; sogar mit Leichen. »Wenn hier auch nicht gleich Komplikationen zu erkennen sind, so ist dennoch die übliche amtliche Absicherung angebracht.«

In der polizeitaktischen Praxis lief das auf folgende Maßnahmen hinaus: Das Polizeiprädisium wurde über Sprechfunk verständigt, dabei ein erster, kurzer, doch ziemlich präziser Befund durchgegeben. Außerdem wurde ein Todesermittlungsbeamter angefordert.

»Muß das unbedingt gleich sein?« wollte die mithörende Barbara Binding wissen.

»Reine Routine«, wurde sie unverzüglich aufgeklärt. Das sei das Übliche – werde bei nicht eindeutig bestimmbaren Unfällen stets praktiziert; wie auch immer sie geschehen seien: beim Baden, durch Elektrizität, beim Verkehr auf den Straßen.

Das Präsidium reagierte schnell und bestätigte: »Todesermittlungsbeamter kommt. Sofort.«

Sofort bedeutete diesmal: etwa eine Viertelstunde.

Diese Zeitspanne gedachte offenbar der ältere, hier wohl maßgebliche Polizeibeamte keinesfalls untätig verstreichen zu lassen. Hatte vermutlich was mit Berufsehrgeiz zu tun.

»Ich beabsichtige nun, Ihrer speziellen Anregung zu folgen, Frau Binding. Oder: Fräulein – ganz wie Sie wünschen. Also werde ich jetzt die Eltern des Kindes verständigen und eine Bestätigung Ihrer Bezeugung einholen. Tatzer – sagten Sie, nicht wahr? Der ist hier Hausmeister? Vermutlich wohnt der im Erdgeschoß?«

Das wurde ihm bestätigt.

»Also – gut, gehen wir!« Sonderlich wohl schien sich der Polizeibeamte bei seiner Aufgabe nicht zu fühlen – doch das mußte wohl absolviert werden; gehörte nun mal mit zu seinen Pflichten, versicherte er sich.

»Hier im Keller«, ordnete er zuvor noch an, »darf nichts verändert werden!« Das wäre einer möglichen Spurenvernichtung gleichgekommen. »Eine Absperrung also!« Sein jüngerer Kollege nickte – er wußte, was das zu bedeuten hatte.

Der hauptverantwortliche Streifenpolizist, der sich neuerdings nicht nur gelegentlich ungemein alt vorkam, begab sich nunmehr vom Vorkellerraum, neun Stufen aufwärts, zum Erdgeschoß. Dort ließ sich die Wohnung des Hausmeisters mühelos ausmachen. Diese befand sich, wie in derartigen Mietshäusern meist üblich, im Erdgeschoß; unmittelbar neben der Treppe.

Er klingelte; zunächst manierlich, dann ausgedehnt.

So lange jedenfalls, bis dann ein Mann die Wohnungstür öffnete. Und der erwies sich als höchst mißtrauisch, zugleich von massiver Unfreundlichkeit.

»Was«, rief der dem Polizisten zu, »wollen denn Sie hier? Und überhaupt – von mir? Dafür besteht nicht die geringste Veranlassung – außerdem haben Sie kein Recht dazu! Also keinerlei Anmaßungen, wenn ich bitten darf – da kann ich Sie nur warnen!«

Der so herausfordernd angeredete Polizist übte sich dennoch in Geduld – welche ihm gewiß amtlich intensiv beigebracht worden war. Sogenannte ›Bullenbeschimpfungen‹ waren möglichst zu überhören. Was ihm auch gelang – nicht ohne Mühe. »Sind Sie Herr Tatzer?«

»Der bin ich!« Höchst unzugänglich gesagt. »Na und?«

»Haben Sie einen Sohn, der Thomas heißt?«

»Den habe ich!« Die betonte Höflichkeit des Polizisten wurde offenbar prompt als amtlich verordnete Schwäche ausgelegt. »Aber das ist mein Sohn – was geht der Sie an?«

»Ist Ihnen bekannt, wo sich dieser Ihr Junge derzeit aufhält?«

»Weiß ich nicht! Vermutlich treibt der sich irgendwo herum. Soll ihm gegönnt sein – ist auch als zeitgemäße Freiheit zu bezeichnen. Was dagegen?«

Dieser Kerl, glaubte der Polizist, war ein ganz grober Klotz, der dringend einen ebenso groben Keil nötig hatte. »Im Keller dieses Hauses ist eine Leiche aufgefunden worden; die Leiche eines Knaben. Es könnte die Ihres Sohnes sein.«

»Sie – was sagen Sie da?« stieß nun Tatzer hervor, nahezu mit mit ungläubigem Erschrecken. »Wollen Sie mich etwa verarschen?« Worauf es dann jedoch den Anschein hatte, als vermöge er schnell zu erkennen, daß dem nicht so war. Völlig übergangslos glitt er in gefühlsschwangere Seelentiefen hinein.

»Mein Gott«, rief er aus, »das darf doch nicht wahr sein! Wo ist – mein geliebter Junge? Was haben diese Schweine mit ihm gemacht? Ich will, ich muß – zu ihm!«

Tatzer stürzte, wie völlig entfesselt, zur Kellertreppe. Dort allerdings wurde er entschlossen aufgehalten – von dem jüngeren, wachsam gemachten Polizeibeamten. Dieser erklärte unzugänglich: »Kein Zutritt!« Für Unbefugte, hieß das.

»Der darf!« wurde ihm nahezu vorgesetztenhaft bedeutet. »Der muß den Toten identifizieren. Dabei jedoch keine direkte Berührung! Ein Abstand ist unbedingt einzuhalten – drei Meter dürften genügen.«

Worauf dann eine Art Schauspiel erfolgte; nahezu im Skakespeare-Format, Abteilung Königsdramen. Tatzer sank, angesichts seines nun nicht mehr lebenden Sohnes, in die Knie; schien sogar bereit, mit seiner Stirn den reichlich verstaubten Boden zu berühren. Er stöhnte anhaltend, warf die Hände empor, preßte sie dann vors Gesicht; rang mühsam nach Luft. Die Männer, die ihn dabei betrachteten, schienen nicht unbeeindruckt.

»Laßt mich – zu meinem Sohn!« rief Tatzer schrill. »Ich will ihn umarmen – mein armes, geliebtes, hinterhältig ermordetes Kind.«

»Später«, erklärte ihm der ältere Beamte. »Keinesfalls vor einer ersten amtlichen Untersuchung, welche in Kürze erfolgen wird. Nunmehr jedenfalls ist die Identifizierung des Toten bestätigt worden – alles weitere wird sich finden. Bis dahin jedoch, Herr Tatzer, müssen Sie sich gedulden. Vor allen Dingen sollten Sie sich bemühen, jede verdächtigende Andeutung zu unterlassen.«

Derartige Ratschläge schien Tatzer, immer noch kniend, ziemlich genau vernommen zu haben – zeigte sogar Bereitschaft, sich danach zu richten. Denn so plötzlich, wie er hingesunken war, erhob er sich auch wieder – blickte sodann mit schmerzverzerrtem Gesicht um sich; seine Habichtaugen allerdings waren frei von Tränen. Erst jetzt erspähte er Barbara Binding.

»Was«, stieß er hervor, »hat denn diese Person hier zu suchen! Ausgerechnet die!«

»Frau – Fräulein Binding«, wurde er verbindlich aufgeklärt, »hat den Toten entdeckt; und daraufhin, wie es sich gehört, Meldung erstattet.« Der Polizeibeamte stellte sich, wie vorsorglich abschirmend, vor sie.

»Die – tatsächlich die!« Tatzer schien bereit, die Binding verachtungsvoll anzufauchen – seine Trauer hatte er offenbar im Augenblick völlig vergessen. »Ausgerechnet die! Das ist ja der Höhepunkt der Unverschämtheit!«

Der ältere Polizist reagierte darauf nicht frei von einer gewissen Ratlosigkeit. »Hatte ich Sie nicht ersucht, Herr Tatzer, derartige Andeutungen zu unterlassen? Dafür sind andere Beamte zuständig.«

»Das soll und muß aber jeder hören!« schrie Tatzer.

»Da sind ganz offenbar Leute am Werk, die nichts anderes versuchen, als sich abzusichern – wobei die vor nichts zurückschrecken! Das muß geklärt werden! Oder ist das zuviel verlangt – von Polizisten?«

Eine derartig fatale Fragestellung brauchte jedoch, zunächst, nicht beantwortet zu werden. Denn in diesem Augenblick erschien, hier am Fundort, jener vom Polizeipräsidium angeforderte Todesermittlungsbeamte. Und damit änderte sich einiges – schlagartig.

Dieser ›Todesermittlungsbeamte‹, so seine offizielle Bezeichnung, gehörte zu jenem halben Dutzend ständig einsatzbereiten Spezialisten im Präsidium. Er war ›da‹, weil er ›dran‹ war; ganz einfach. Ansonsten pflegte er im Labor Dienst zu tun, dort zumeist mit Blutuntersuchungen beschäftigt – aber jederzeit auf Abruf bereit.

Bei diesem Beamten, der diesmal, auch er wie rein zufällig, in Funktion trat, handelte es sich um einen Oberinspektor namens Wagmüller. Das war ein leiser, ruhiger, nahezu unscheinbarer Mensch – zugleich ein Fachmann von hohen Graden. Er war nicht nur ausgestattet mit beträchtlichen medizinischen Kenntnissen; noch dazu verfügte er über ein umfangreiches Wissen in den Bereichen Chemie und Biologie. Was wahrlich kein Zufall war. Denn der kam aus der Schule jenes bereits legendär gewordenen ›großen alten Mannes‹ des Präsidiums, des universalen Beherrschers der Todesermittlungswissenschaft. Kriminalkommissar Keller, der mit dem Hund.

Wagmüller begleitete, lasteselartig, ein schwer bepackter Assistent. Beide wurden bereits vor dem Eingang des Hauses Germaniastraße 175 von dem älteren der beiden Streifenpolizisten in Empfang genommen. Von diesem wurden sie kurz vertraut gemacht, mit den erkennbar wesentlichsten Details des Vorgefallenen.

Worauf der Leichenspezialist lediglich nickte. Und zwar zweimal. Einmal seinem Kollegen von der Polizei zu; sichtlich anerkennend; sodann seinem Assistenten, durchaus ermunternd.

Kriminalinspektor Wagmüller – im Amt ebenso schlicht wie berechtigt ›der Spürhund‹ genannt – betrat die oberste Stufe der Kellertreppe. Von dort aus verschaffte er sich einen ersten Überblick; für den er sich etwas Zeit ließ. Die Personen, die sich bei der Leiche aufhielten, waren ihm bereits angekündigt und bezeichnet worden – als ›zweiter Polizist‹, ›Entdeckerin‹, ›Vater des Toten‹.

Diese ließ er bitten, sich zu entfernen. Und zwar durch die Garage, also nicht über die Treppe. Außerdem, ordnete er an, hatten die sich zur Verfügung zu halten.

»Ableuchten!« befahl sodann der Todesermittlungsbeamte.

Worauf sein Assistent – wortlos, als wäre er stumm – einen tragbaren Scheinwerfer anschaltete. Dessen grelles Licht tastete nun, langsam und sorgfältig, eine Treppenstufe nach der anderen ab; hierauf das Geländer, die gegenüberliegende Wand. Und erst dann, Zentimeter um Zentimeter, die Leiche und deren nähere Umgebung. Es war, als werde der Tote eingekreist.

Der allererste Befund ergab: Keine Besonderheit zu

erkennen. Das aber war lediglich der Anfang; ein noch dazu ziemlich bescheidener. Wobei es, wie halbwegs Eingeweihte wußten, diesem Todesursachennachspürer allein und ausschließlich um die Leiche ging. Es kam jedoch auch darauf an, möglichst keine der vorhandenen Spuren zu gefährden.

»Nunmehr – die Temperaturen«, befahl Wagmüller.

»Temperaturen?« erlaubte sich der ältere, sich für erfahren haltende Streifenpolizist zu fragen. Vielleicht hatte er noch einiges hinzuzulernen; möglich aber auch, daß er bei der Grundausbildung gerade mal nicht genau zugehört hatte. »Welche?«

»Zu achten wäre zunächst auf zweierlei Temperaturen«, wurde er bereitwillig aufgeklärt. »Nämlich auf zeitgleiche Außen- und Innentemperatur. Diesmal ist allerdings nicht ganz auszuschließen, daß mit gewissen Schwierigkeiten gerechnet werden muß.«

»Dieser Temperaturen wegen?«

»Aber ja, lieber Kollege. Denn hier, in unserer Stadt, ist inzwischen, gewissermaßen über Nacht, ein enormer Witterungsumschlag erfolgt – mithin sind die Temperaturen um mehr als zwölf Grad gestiegen; von feuchter Kühle bis zu dumpfer Wärme. Was dann allerdings ein nicht unheikles Problem erzeugt.«

»In welcher Hinsicht, bitte?«

»Es betrifft den Versuch, jenen Zeitpunkt möglichst genau zu bestimmen, an dem der Tod eingetreten ist. Denn die Temperaturen der Umwelt sowie jene einer langsam erkaltenden Leiche korrespondieren sozusagen miteinander. Was bedeutet: Die eine nimmt Einfluß auf die andere.«

»Verstehe«, wurde versichert. »So was gefährdet die Untersuchungsergebnisse.«

»Macht sie lediglich ein wenig schwieriger. Denn die Außentemperaturen verändern sich wesentlich schneller als jene in Kellerräumen. Diese also sind ungleich beständiger: was einiges vereinfacht – glücklicherweise.«

Inzwischen hatte Wagmüllers Assistent selbständig Messungen an dem toten Körper vorgenommen: die Temperaturen im Munde, in der Herzgegend, im After; dafür gab es spezielle im Labor des Polizeipräsidiums entwickelte Instrumente. Sie entsprachen der ›Methode Kriminalkommissar Keller‹ – diesbezügliche Einzelheiten ließen sich nachlesen, im Fachbuch ›Todesermittlung‹, herausgegeben vom Bundeskriminalamt.

Die Daten wurden in vorgefertigten Tabellen eingetragen – plus Berücksichtigung des zu schätzenden Gewichtes der Leiche und der Wärmeerhaltung durch die Bekleidung des Toten. Das daraus resultierende Ergebnis – nichts Geringeres als die Berechnung der Todeszeit, vielleicht auch der Tatzeit – wurde sodann dem Chefspezialisten vorgetragen: 6 Uhr 30 – plus-minus 20 bis 30 Minuten.

»Dürfte stimmen«, bestätigte Wagmüller. Diese Feststellung entsprach ziemlich genau seinen Schätzungen. »Also – weiter.« Das näher zu erklären war unnötig – dieses ›weiter‹ bedeutete: Nun die Leiche!

Einen ersten Scheinwerfer hatte der Assistent bereits für seine Messungen der Körpertemperaturen und für die Erstellung der Todeszeitbestimmungstabelle montiert. Nunmehr installierte er auch noch einen zweiten. Und das Licht von beiden warf sich nun auf ›das Objekt‹, also den Toten.

Zögernd bewegte sich Wagmüller darauf zu, kniete sich hin, betrachtete die Leiche anhaltend und gründlich. Hunderte davon hatte er gesehen, von Berufs wegen begutachten müssen – doch nicht viele Kinder. Bei deren Anblick überfiel ihn immer noch Trauer; sie jäh zu verdrängen, gelang selbst ihm nicht.

Jetzt griff er zu – ungemein behutsam, nahezu sanft. Er begann den kleinen, vor ihm liegenden Körper abzutasten und zu entblößen. Er betrachtete dessen Hände und Arme, dann Beine und Füße; danach beschäftigte er sich mit Brust und Rücken; Bauch, Schenkel und den Geschlechtsteilen; schließlich mit Kopf, Gesicht und Nacken. Das geschah lautlos.

Der ältere Streifenpolizist schaute zu – mit zunehmendem Erstaunen; das alsbald immer respektvoller wurde. Wohl war ihm die besondere Bedeutung Oberinspektor Wagmüllers keinesfalls unbekannt; diesem Muster-, wenn nicht gar Meisterschüler des Kommissars Keller. Doch ›den großen Spürhund‹ bei der Arbeit zu sehen, war ihm noch niemals zuvor vergönnt gewesen. Und in diesem Augenblick empfand er, endlich wieder einmal, so etwas wie Stolz; sogar darüber, daß er sich gerade diesen Beruf ausgesucht hatte.

Wagmüllers Assistenten jedenfalls vermochte dessen Gründlichkeit schon lange nicht mehr zu beeindrucken. Für ihn, den Mitarbeiter, war das der Alltag

– nur karge, treffsichere Polizeiroutine. Er hatte seinen Notizblock entfaltet und stand schreibbereit da. Auf den Befund brauchte er nicht lange zu warten.

»Also dann – erstens!« diktierte nun der wahrscheinlich zu Recht als hochrangig geltende Todesermittler seinem Assistenten. »Keinerlei Schleifspuren erkennbar – weder an der Bekleidung noch am Körper.« Das bedeutete: nicht anzunehmen, daß der Tote erst nach dem Tatvorgang in diesen Kellerbereich hineingezerrt worden ist.

»Zweitens: Keinerlei Biß- und Kratzwunden oder Prellungen festzustellen; weder Ausrenkungen, noch sonstige in möglicher Abwehr erzeugte Verletzungen.« Das bedeutete: nicht nachzuweisen, daß diesem Tod ein Kampf vorausgegangen ist.

»Drittens: Nach den bisher erfolgten äußeren Untersuchungen kann als direkte Todesursache ein einziger Schlag auf die vordere Schädelpartie angenommen werden, wodurch deren Zertrümmerung erfolgte. Sie wurde vermutlich durch ein hartes, vermutlich aus Metall bestehendes, stumpfes Instrument hervorgerufen. Der Gegenstand wurde mit erheblicher Kraftentfaltung gehandhabt.«

Eine ergänzende gerichtsmedizinische Untersuchung der Leiche würde noch folgen – doch das Wesentliche stand nun bereits fest. Wagmüllers Assistent nickte lediglich vor sich hin – keinesfalls zustimmend oder anerkennend; das stand ihm nicht zu. Der ältere Streifenpolizist aber zeigte sich aufgestört und bewegt. »Mithin also – ein Mord!« sagte er.

»Eine Formulierung«, wurde er sanft belehrt, »die es

eigentlich in unserem Metier gar nicht geben sollte, lieber Kollege! Ein derartig fürchterliches Wort wie Mord, sollten wir den Journalisten überlassen – oder gleich den Kriminalromanautoren. Nach unserem Sprachgebrauch handelt es sich hier um einen vermutlich gewaltsam herbeigeführten Tod. Allein das mußte zunächst einmal festgestellt werden. Alles weitere, das ›weshalb, durch wen und wie‹ werden andere Beamte erledigen.«

Er verständigte das Polizeipräsidium über seine Ergebnisse. Nun kamen andere zum Zuge – wer auch immer; das konnte ihm gleichgültig sein – sein Auftrag war für diesmal beendet.

Das Übliche war also erledigt, einschließlich der Verständigung jenes Vorgesetzten, der für derartige Vorgänge zuständig war. Dieser war ein Kriminalrat namens Wachsmann. Und der konnte als urbaner Mann gelten; als entgegenkommend, verständniswillig, auch so gut wie unerschütterlich gelassen.

Im Polizeipräsidium war er der Verantwortliche für die ›Sonderkommissionen‹; derzeit gab es fünf. Eine Bezeichnung, die kaum mehr als ein zeitgemäßes ›Etikett‹ war – denn diese Spezialgruppen hatten einstmals, ebenso schön wie schaurig, als ›Mordkommissionen‹ firmiert. Da sich das aber nicht gut angehört hatte, war dieser Begriff inzwischen bereinigt worden.

Jedenfalls meldete sich Kriminalrat Wachsmann unverzüglich, wie immer, wenn ihn Beamte von einem gewissen Rang zu sprechen wünschten. Zu denen gehörte auch Oberinspektor Wagmüller. »Also, mein lieber Kollege – ich höre.«

Dessen Bericht war korrekt, klar, eindeutig, überzeugend. Wachsmann erkannte prompt, daß nun eine seiner Sonderkommissionen in Aktion treten mußte.

»Wie sieht es denn überhaupt dort aus?« verlangte er zunächst einmal zu wissen. »Irgendwelche Besonderheiten? Oder Komplikationen?«

»Wohl kaum, Herr Kriminalrat – nicht soweit sich das hier, jetzt schon, überblicken läßt.« Wagmüller wußte ziemlich genau, worauf der Chef der Sonderkommissionen – stets absicherungsbereit – auch diesmal hinzielte; ein gewisses Verständnis dafür zu entwickeln, war ratsam. »Es handelt sich um ein Mietshaus – eines unter hundert anderen; keine interessante Adresse, vermutlich keine Mitbewohner von irgendwelcher Bedeutung.«

»Und – der Tote?«

»Ein Kind, ein Knabe, etwa zwölf Jahre alt – und dazu, falls Sie auch das noch interessiert, möglicherweise körperlich und geistig behindert gewesen.«

»Warum mich, Kollege Wagmüller, jede Einzelheit interessiert, dürfte Ihnen bekannt sein. Denn erst nach Ihren Informationen treffe ich meine Wahl, welchen Beamten ich auf diesen Fall ansetze.«

»Ich verstehe, Herr Kriminalrat – eine gewiß gebotene Abwägung von Mitteln und Möglichkeiten. Was besagt das diesmal?«

»Nun, da dieser Fall nicht sonderlich gravierend anmutet, könnte ich einen Beamten darauf ansetzen, der zwar als recht tüchtig bezeichnet werden kann, wenn auch, vielleicht, noch nicht als sehr erfahren. Was meinen Sie dazu, lieber Kollege?«

»Ich?« Wagmüller begriff, daß das Gespräch einen reichlich heiklen Verlauf nahm. Da sollte ihm offenbar eine Art Mitentscheidung in die Schuhe geschoben werden; zumindest wurde eine Zustimmung von ihm gefordert. Warum? Das allerdings wurde ihm unverzüglich deutlich, sogar sehr deutlich gemacht. »Mit der Klärung«, das hieß Aufklärung, »jener Vorgänge in der Germaniastraße beabsichtigte ich, Kommissar Bachmeier zu beauftragen. Was halten Sie davon?«

»Nichts!« wehrte Wagmüller schroff ab. Um dann, um Höflichkeit bemüht, was bei diesem Kriminalrat stets angebracht war, hinzuzufügen: »Das ist allein Ihre Entscheidung.«

»Ach, mein Lieber«, Wachsmann gab sich nun ganz jovial, verständnisbereit und ausgleichswillig, »ich kenne ziemlich genau die Vorurteile, die diesem Beamten gegenüber bestehen. Auch von hochrangigen Kollegen.« Womit er Kommissar Keller meinte – aber noch dazu andere, ganz andere. Der Name Wecker fiel dabei nicht – stand jedoch sozusagen im Raum. »Das darf aber kein Dauerzustand sein. Meinen Sie das nicht auch, Wagmüller?« Ganz amtlich bestimmt gefragt – also im Augenblick nichts mehr von wegen ›mein Lieber‹ und ›Herr Kollege‹.

Wenn Wagmüller nunmehr anhaltend schwieg, so beruhte das keinesfalls auf Furcht vor Vorgesetzten. Vielmehr handelte es sich dabei um etwas wesentlich anderes: Mitentscheidungsbefugnisse maßte er sich nicht an – schon gar nicht auf dieser Ebene.

»Bachmeier«, meinte der Kriminalrat suggestiv, »sollte nämlich endlich mal wieder zum Zuge kommen.« Daß der danach gierte, und zwar beharrlich, war amtsbekannt. »Mag ja sein, daß der sich, vor etlichen Monaten, wenn nicht Jahren, die eine oder andere Dummheit geleistet hat. Sie wissen sicherlich genau, welchen Vorgang ich meine. Aber wer, bitte, darf sich völlig frei von Fehlverhalten fühlen? Nun ja, vielleicht ein Keller!«

Jener seltsame Kriminalkommissar, der Menschen- und Hundefreund, schien für den Kriminalrat immer noch ein nicht überwundenes Trauma darzustellen. »Jedenfalls sollten wir dem Kollegen Bachmeier endlich einmal die Möglichkeit geben, gewisse Dinge vergessen zu machen, indem er sich überzeugend bewährt. Und gerade dafür bietet sich dieser Fall an – zumal Sie ihn für nicht sonderlich kompliziert halten.«

»Das, Herr Kriminalrat, habe ich nicht gesagt! Nur dies: Komplikationen sind momentan nicht erkennbar.«

»Das reicht aus, Bachmeier auf den Vorgang Germaniastraße anzusetzen. Ich muß Sie allerdings darüber hinaus noch ganz vertraulich dahingehend informieren: Kein anderer Beamter ist derzeit im Bereich meiner Kommissionen verfügbar. Also – warum soll der das nicht machen!«

Damit wurde ein Vorgang ausgelöst, der unerwartete Folgen zeitigen sollte. Ein Zufall mehr? Oder nur ein weiterer Fehler?

Oder wieder einmal nur dies: Nichts ist völlig durchschaubar, nichts bis in die letzten Einzelheiten überschaubar. Kein Mensch – auch nicht der scheinbar einfachste, geringste, für einfältig Gehaltene, läßt sich total ergründen.

Wie so oft, begann nahezu alles ohne irgendeine Besonderheit. Kriminalkommissar Bachmeier erhielt von Kriminalrat Wachsmann per Telefon die ›Anweisung‹ – das hieß: den Befehl –, den Fall Germaniastraße 175 zu übernehmen. Auf etwas dieser Art hatte der lange gelauert.

»Wird erledigt«, bestätigte er betont sachlich. Seine spontane Freude über den Auftrag vermochte er zu unterdrücken.

Seine stets abrufbereite, jedoch beklagenswerterweise nur selten abberufene Sonderkommission, wurde zumeist im Präsidium mit Aktenaufarbeitungen beschäftigt, führte dort die Nummer fünf. Bachmeiers von ihm persönlich ausgesuchter unmittelbarer Mitarbeiter, sein Assistent, hieß Kriminalinspektor Gutbrod. Eine nicht unkluge Wahl, aus der Sicht Bachmeiers. Denn dieser Gutbrod besaß beträchtliche Fähigkeiten; nicht nur als Aktenaufbereiter, auch als Protokollführer. Ein ungemein verläßlicher Befehlsempfänger war er auch.

»Einsatz Germaniastraße 175«, brauchte ihm nur gesagt zu werden.

Der schnappte zu, sichtlich erfreut. »Ein Kapitalverbrechen?« Wurde ihm bestätigt. Das bedeutete: Kein weiterer Papierkram mehr – von dem er, weiß Gott, die Schnauze voll hatte. Nun also, endlich – nichts wie hinein in die so lange entbehrte Praxis!

Bachmeier, der es nicht liebte – was Gutbrod eigentlich hätte wissen müssen –, mit überflüssigen Untergebenenfragen konfrontiert zu werden, ordnete an: »Die derzeit in Bereitschaft befindliche Untersuchungsgruppe voraus.« Damit waren Spurensicherung und Erkennungsdienst gemeint.

»Und sonstiges Personal, Chef?« Geradezu schwungvoll angeregt. »Zusätzlich?«

»Ob dafür Bedarf besteht, wird sich erst nach unseren Untersuchungen an Ort und Stelle ergeben – werde ich dann entscheiden. Sie, Gutbrod, besorgen zunächst alle Unterlagen – die allgemeinen und jene von Funkstreife und Todesermittlung.«

Er selbst würde sich, was er selbstverständlich nicht erst eigens zu erklären brauchte, inzwischen mit Stadtteilplänen beschäftigen; auch mit den im Amt vorhandenen, gesammelten Unterlagen der sogenannten Infrastruktur der in Frage kommenden Gegend. Nur kurz, jedoch gründlich; eben um nichts auszulassen.

Knappe dreißig Minuten danach war es dann soweit: Das dem Leiter der Sonderkommission fünf, Kriminalkommissar Bachmeier, zur Verfügung stehende Fahrzeug, ein mittelklassiger BMW, setzte sich in Bewegung – am Steuer Kriminalinspektor Gutbrod. Die Fahrt vom Polizeipräsidium bis zum Tatort in Schwabing würde erfahrungsgemäß, jetzt am späten Vormittag, so an die fünfzehn, höchstens zwanzig Minuten betragen.

Zeit genug für Bachmeier, sich die inzwischen von Gutbrod gesammelten Auskünfte ein wenig näher anzusehen. Diese waren auf ein Kartenbrett geklemmt worden, muteten ziemlich übersichtlich an, auch gut aufbereitet.

»Ich nehme an, Chef«, sagte Gutbrod nun, »daß Ihnen bereits aufgefallen ist, wer dort als Todesermittlungsbeamter gewirkt hat? Oberinspektor Wagmüller!« Was heißen sollte: Ausgerechnet der!

Bachmeier stutzte, nur kurz; ohne dabei von seinen Unterlagen aufzusehen – blickte also Gutbrod nicht gleich warnend und mit einem Verweis an. Schließlich sagte er: »Worauf Sie, wenn ich bitten darf, im Augenblick intensiv achten sollten – ist der Straßenverkehr.« Ein kleiner Hinweis darauf, wer hier ›das Sagen‹ hatte.

Der Kommissar war jederzeit bemüht, sich als äußerst korrekt zu erweisen: Betont höflich, zugleich bestimmend, energisch, unentwegt sachlich. Darüber hinaus war er auch noch gepflegt gekleidet: Dunkler Anzug, weißes Hemd, dezent blau-grau gestreifte Krawatte. Ein mittelgroßer, gedrungen wirkender Mann, mit blassen Jägeraugen – die stets bereit schienen, nach einem Zielobjekt Ausschau zu halten.

Eine jener Thesen, welche Bachmeier bei jeder sich bietenden Gelegenheit vom Stapel ließ, lautete: »Gründlichkeit ist alles. Dem Zufall darf nichts überlassen werden. Zweifach gewonnene Erkenntnisse mögen Mühe machen, vermeiden jedoch die Folgen lässiger Unterlassungen.«

Goldene Worte, sozusagen – an die sich sein Assistent Gutbrod inzwischen gewöhnt hatte. Der mutete ungemein stabil an, überaus belastungsfähig – ein schrankartiger Kerl von barockem Zuschnitt. Es gelang ihm, jederzeit den Eindruck zu machen, ausschließlich auf seinen Vorgesetzten fixiert zu sein. Den schätzte er, er erhoffte sich vermutlich einiges von ihm – zumindest eine baldige Beförderung.

»Das erste Objekt jedenfalls«, Gutbrod ließ sich nicht so leicht um seinen kriminalen Optimismus bringen, »das wir uns vorzunehmen haben, dürfte dieser Tatzer sein, der Hausmeister.«

»Ganz richtig erkannt, Gutbrod!« bestätigte Bachmeier, nicht ohne den unverzüglich folgenden Zusatz: »Dabei müssen wir allerdings auf gediegene dienstliche Formulierungen Wert legen. Ausdrücke wie: Den nehmen wir uns vor! sollten Sie vermeiden! Korrekt heißt das: ›Den ersuchen wir um seine Mitarbeit‹; mit Behutsamkeit und Takt; bevor wir mit unseren Nachforschungen beginnen.«

Das hörte sich zwar wesentlich besser an, kam jedoch in der Praxis ziemlich genau auf das gleiche heraus.

Im Hause Germaniastraße 175 begaben sich Bachmeier und Gutbrod Seite an Seite zur Tür der Hausmeisterwohnung. Der Assistent des Kommissars klingelte dort, ungeniert und ausdauernd.

Schließlich erschien Tatzer – äußerst mürrisch, dazu betont leidend; zumindest hörte sich seine Flüsterstimme so an. »Was denn noch alles! Läßt man mich nicht einmal in Ruhe – trauern?«

Das allerdings war offenbar nicht beabsichtigt. Auf derartige Gefühle, falls überhaupt vorhanden, Rücksicht zu nehmen, wäre pure Zeitverschwendung gewesen. Darum erfolgte eine bereits mehrfach erprobte, eingespielte ›Zeremonie‹, eine Art amtlich-offizieller Vorstellung.

»Das«, Gutbrod wies auf seinen Chef, »ist Herr Kriminalkommissar Bachmeier – Sonderkommission, Polizeipräsidium. Ich bin sein Assistent.« Er nannte, betont deutlich, seinen Dienstgrad und Namen. »Und Sie sind – Herr Tatzer?«

»Der bin ich.« Tatzer musterte zweifelnd und aufbegehrend die Polizisten – waren es die vierten oder bereits die sechsten von dieser aufdringlichen Sorte? »Was wollen Sie denn – vielleicht endlich wirklich gründlich nachforschen?«

»Dafür«, Gutbrod aufklärend, »sind wir hier. Zunächst bei Ihnen.«

»Wird auch höchste Zeit! Damit sich nicht einige von den hier herumlungernden Sittenstrolchen einfach verpissen. Die will ich baldmöglichst überführt sehen! Ich nehme an, daß Sie wissen wollen, wer für die Tat in Frage kommt? Schließlich kenne ich mich hier aus.«

»Immer eins nach dem anderen, Herr Tatzer – Zug um Zug! Was ich für notwendig halte, werde ich Ihnen mitteilen – rechtzeitig.« Womit der Kriminalkommissar gleich zu Beginn klarmachte, wer hier die Entscheidungen traf – nämlich er allein!

Bachmeier trat in den Korridor der Wohnung ein – ohne um Erlaubnis gefragt zu haben. Das hatte er nicht nötig. Ein Versuch Tatzers, ihn daran zu hindern, wurde lässig abgeblockt. Derartige Manipulationen beherrschte Gutbrod gekonnt; sozusagen auffallend unauffällig.

Der Korridor, in dem sie nun standen, ähnelte einem

dunklen, kurzen Schlauch. Vollgestellt mit Möbeln vom Sperrmüll, verhangen von Tuchfetzen; der Fußboden war ohne jeden Belag. Assistent Gutbrod schnupperte unüberhörbar provozierend – wie angewidert; als wolle er feststellen: Hier – stinkt es.

Derlei Bekundungen überging Kommissar Bachmeier jedoch mit ausdruckslosem Gesicht; mitriechen wollte er schon gar nicht. Ohne sich ablenken zu lassen, verlangte er zunächst von Tatzer die Bestätigung: »Handelt es sich bei diesem im Keller aufgefundenen Toten, den Sie ja gesehen haben, um Ihren Sohn?«

»Ja. Mein lieber, guter, armer Junge – mein Thomas! Den haben sie mir umgebracht!«

»Wird geklärt werden, Herr Tatzer. Wird sich klären lassen – zumal, wenn Sie bereit sind, mitzuarbeiten! Darauf komme ich noch zurück; dessen dürfen Sie sicher sein. Zunächst jedoch: Wann haben Sie Ihren Sohn zum letzten Mal gesehen – noch lebend?«

»Na – gestern! Oder vielleicht noch heute – so etwa gegen oder kurz nach Mitternacht.«

»Und wo?«

»Hier – im Korridor! Der Junge hat sich, nach dem Fernsehen, in sein Bett da drüben gelegt.« Er wies auf ein in eine Ecke hineingezwängtes Klappbett mit verknautschten, unordentlichen Wolldecken, die nicht gerade sonderlich sauber anmuteten. »Ja, so ist das nun mal – wir schwelgen nicht gerade in Reichtümern, wir sind hier sehr beengt.«

»Danach, also kurz vor oder nach Mitternacht, haben Sie Ihren Sohn nicht mehr gesehen?«

»Nein. Schließlich muß ja auch ich mal schlafen – oder etwa nicht?«

»Und wie war das heute morgen, als Sie aufwachten?«

»Da war der weg! Ganz einfach! Ob mich das besorgt gemacht hat? Eigentlich nicht – nein. Mein Thomas ist – war, muß ich nun wohl sagen – ganz gewiß ein lieber, guter Junge; zutraulich, immer hilfsbereit; aber auch gern und viel unterwegs. Aber nur um zu sehen, ob er sich irgendwo nützlich machen könnte.«

»Hört sich ja fast so an«, bemerkte Gutbrod, »als ob der sich, und zwar gern – herumgetrieben hätte!«

Das war eine vielleicht voreilige Bemerkung, auf die der Kommissar nicht einging. Er sprach unbeirrt weiter: »Zunächst einmal halte ich es für angebracht, daß wir«, na also, da war es ja endlich, registrierte Gutbrod, dieses ›wir‹, »ganz systematisch vorgehen. Was sich um so leichter ermöglichen lassen dürfte, Herr Tatzer, da Sie hier der Hausmeister sind.«

»Bin ich! Was weiter?«

»Ich beabsichtige, mich mit meinem Assistenten zu einer Besprechung zurückzuziehen; das dauert etwa eine halbe bis eine Stunde. Inzwischen werden Sie eine Liste anfertigen – von allen Bewohnern dieses Hauses, von Stockwerk zu Stockwerk; von unten nach oben. Dabei nicht nur Namen – auch was Sie sonst noch von diesen Personen wissen. Beruf, wie viele Familienmitglieder, Staatsangehörigkeit. Ob die Wohnungsbesitzer oder Mieter sind. Dann: Wessen Fahrzeuge stehen in der Kellergarage, wer parkt das seine am Straßenrand? Schreiben Sie alles auf, was Ihnen irgendwie bekannt ist – lassen Sie nichts aus.«

»Wird gemacht! Und – was dann?«

»Werden wir weitersehen.«

Nach diesem Gespräch zogen sich der Kommissar und sein Assistent zu dieser angekündigten ›Besprechung‹ zurück: was sich geradezu amtlich angehört hatte. Das allerdings sah dann so aus: Sie gingen essen. Schließlich war Mittagszeit – und auch Beamte dürfen ihre Bedürfnisse haben; normale allemal.

Doch mußte nicht gleich angenommen werden, daß ein Kriminalkommissar wie Bachmeier ein dringliches Verlangen nach Speise und Trank empfunden hätte – in dieser Hinsicht war er großer Mäßigung fähig. Wessen er aber nun zwingend bedurfte, war eine Zäsur im gegebenen Zeitablauf.

Denn die Ermittlungsspezialisten und die Spurensucher, angesetzt auf dringend benötigte Grundlagenarbeit, waren noch nicht fertig. Und der Hausmeister hatte Gelegenheit erhalten, mit erhofftem Eifer an der Hausbewohnerliste zu basteln. Seinem Gutbrod aber war, erfahrungsgemäß, eine Stärkung jederzeit von Nutzen – zumal für das, was nun auf sie zukam.

Sie suchten ein in der Nähe gelegenes ehemaliges Wienerwald-Restaurant auf, das nunmehr, wenn auch unter anderem Namen, mit ähnlich gearteten Leistungen aufwartete. Sie fanden einen angenehmen, einigermaßen störungsfreien Eckplatz, der noch dazu eine gewisse Übersicht ermöglichte – Polizisten, zumal von der Art Bachmeiers, wußten das zu schätzen.

»Ein Bierchen?« regte Gutbrod an.

Wurde abgelehnt. Kein Alkohol während der Dienststunden; also – Mineralwasser. »Während ich mich mit meinen Unterlagen beschäftige, verfertigen Sie die üblichen Arbeitsnotizen – auch über unsere erste Unterredung mit Tatzer. Essen«, selbstverständlich sagte er nicht ›speisen‹, »können wir zwischendurch.«

Derartige Anordnungen vermochten den Assistenten weder im geringsten zu überraschen noch zu kränken. Er bestellte sich ein doppeltes Schnitzel mit Bratkartoffeln. Während er weisungsgemäß an seinen Vernehmungsnotizen arbeitete, zerlegte er zugleich sein Fleisch in große Portionen; um diese, sozusagen im gleichen Arbeitsgang, in sich hineinzuschieben.

»Schmeckt nicht besonders«, stellte er fest.

»Hauptsache, es sättigt«, wurde lapidar geantwortet.

Das, zumindest, schien der Fall zu sein. Gutbrod fühlte sich dennoch zufrieden – nicht zuletzt seiner Aufzeichnungen wegen; er besaß ein ausgezeichnetes Gedächtnis und seine Formulierungen durften als exakt bezeichnet werden. Schließlich bestellte er sich noch eine Portion Erdbeeren mit Schlagsahne und meinte, diese mampfend: »Wenn Sie mich fragen, Chef – ich halte diesen Tatzer durchaus für fähig...«

»Ich frage Sie aber nicht, Gutbrod – schon gar nicht danach. Vielleicht aber dies im Augenblick: Sie haben sich zum Nachtisch Erdbeeren servieren lassen – ohne vorher meine Zustimmung eingeholt zu haben. Nun gut, wenn Sie unbedingt Verlangen danach empfinden – von mir aus! Dann aber auf Ihre Kosten.«

Nun allerdings überkam Gutbrod das ungute Gefühl, eine gewisse Beunruhigung zu spüren. Er glaubte seinen Kommissar zu kennen, nach sovielmonatiger Zusammenarbeit. Sonderlich großzügig veranlagt war der noch nie gewesen, auch dann nicht, wenn es sich um Spesen handelte, die zumeist anstandslos von der Amtskasse bezahlt wurden.

Wenn der sich jetzt jedoch als ausgesprochen kleinlich erwies, so mußte das ganz besondere Gründe haben. Genauer gesagt: Der fühlte sich offenbar nicht sonderlich wohl bei diesem Fall, welcher doch kaum mehr als ein kleiner Fisch zu betrachten war. Oder etwa nicht?

Die ihnen vorgelegte Rechnung wurde von Bachmeier begutachtet, sodann Gutbrod mit der Anordnung zugeschoben: »Zahlen Sie die angegebene Summe gegen Beleg – minus Erdbeeren; die sind Ihre Privatangelegenheit. Aber kein Trinkgeld!«

Seine Begründung: Das Tischtuch sei nicht sauber gewesen.

Auf dennoch nicht unangenehme Weise rustikal gestärkt, begaben sie sich dann wieder an den Tatort zurück; dort unverzüglich in die Wohnung des Hausmeisters hinein. Tatzer hockte am Tisch in seinem Wohnzimmer und arbeitete, sichtlich mürrisch, an der ihm befohlenen Hausbewohnerliste. Sie setzten sich dicht neben ihn.

Die leicht rundliche Frau Tatzer, verweint, aber freundlich, kam herein und fragte: »Wäre eine Tasse Kaffee angenehm?«

»Danke, ja«, sagte Gutbrod.

»Danke, nein«, entschied Bachmeier. Kein Kaffeekränzchen! »Wir wissen Ihr freundliches Angebot, Frau Tatzer, sehr zu schätzen. Könnte sein, daß wir später darauf zurückkommen werden.«

Er nickte ihr zu – sie durfte sich entfernen, was sie offenbar sehr gern tat, worauf sich Bachmeier unverzüglich weiter mit Tatzer beschäftigte. »Nun, mein Lieber – haben Sie die Aufstellung fertig?«

»So ungefähr, Herr Kommissar. Aber – möchte ich nun doch mal fragen: Haben Sie etwa die Absicht, sich bei mir häuslich niederzulassen?«

»Mann – wir haben hier zu arbeiten!« bedeutete ihm Kriminalinspektor Gutbrod. »Möglichst ungestört – wo, ist gleichgültig.«

»Muß doch wohl nicht unbedingt hier, bei mir sein, was?« Einen derartigen Ballast gedachte Tatzer schnellstens zu verlagern. »Gleich nebenan existiert nämlich eine derzeit unvermietete Wohnung; eine halbwegs möblierte, sogar mit Telefon – dort können Sie sich breitmachen.«

Der Kommissar blickte seinen Inspektor kurz an, worauf der nickte. Was hieß: Diese Wohnung würde er sich näher ansehen. Das war ein an sich brauchbares Angebot – wenn auch irgendwie gar nicht ganz unverdächtig. Dieser raffinierte Tatzer drohte sich reichlich vielversprechend zu entwickeln.

»Jetzt aber endlich«, verlangte der irritierend unzugängliche Bachmeier, »die von Ihnen erstellte Liste, Herr Tatzer! Wenn ich bitten darf!«

Diese ›Hausliste‹ wurde Bachmeier zugereicht. Der nahm sie entgegen und begann sie durchzulesen. Dabei handelte es sich, auf den ersten Blick, um eine ziemlich sorgfältig erstellte, wenn auch wenig aussagekräftige Ansammlung von etwa drei Dutzend Namen. In fünf Stockwerken. Beginnend bei Tatzer, Erdgeschoß, bis hin zu: von Senker, Baronin, Penthouse.

Dann jedoch stutzte der Chef der Sonderkommission fünf, so als sei er plötzlich gegen eine gläserne Wand geprallt. Er beugte sich vor, wie um einen dort verzeichneten Namen intensiv zu betrachten, zu studieren – von dem wie magisch angezogen.

Worauf dann dieser seinen Kommissar stets aufmerksam beobachtende Inspektor eine Bemerkung vernahm, die er von dem noch niemals zuvor vernommen hatte. Und diese, wenn auch lediglich geflüstert, nur mühsam erkennbar, lautete: »Mein Gott!«

Worauf dann noch ein Zusatz erfolgte, welcher von hellhörigen Ohren gleichfalls deutlich vernommen werden konnte: »Nein! Aber doch nicht gleich der! Der – nicht.« Danach schwieg der Kommissar; etliche Sekunden lang.

»Da haben Sie, Herr Tatzer«, sagte er danach, so sich Sachlichkeit befehlend, »als Bewohner im fünften Stock, den Namen Wecker verzeichnet. Lediglich diesen Namen, ohne jeden Zusatz. Wer ist das?«

»Weiß ich nicht, Herr Kommissar – auch wenn der hier bereits seit ein paar Jahren wohnt. Irgend so ein Beamter, wird gesagt, ein pensionierter – ob nun vor- oder frühzeitig, kann hier niemand so genau sagen; auch nicht die Hausverwaltung, wo ich mal nachgefragt habe. Bislang jedenfalls hat das noch keinen sonderlich interessiert. Na, warum denn auch?«

»Was – für ein Beamter?«

»Mir nicht bekannt. Irgend jemand von irgendeiner Verwaltung, glaube ich. Wohl kein ganz kleiner Beamter – der war, denke ich, irgendwo ein höheres Tier. Denn was der da so manchmal von sich gibt…«

»Wie alt – ungefähr?«

Wobei der Chef, so schien es, nichts als eine routinemäßige Befragung unternahm. Diese jedoch erfolgte diesmal, glaubte sein Inspektor zu erkennen, mit einer geradezu beharrlichen Konzentration. Welche dann, noch dazu, nicht frei zu sein schien von Unruhe.

»Wie alt dieser Wecker ist, wollen Sie wissen?« Tatzer horchte nun auf, als vermöge er irgend etwas zu wittern. »Dessen Alter ist gar nicht leicht zu schätzen. Vielleicht sechzig? Oder – kaum viel mehr als fünfzig? Aber, auch wenn er bereits ein Greis ist, sogar Wert darauf zu legen scheint, als solcher in Erscheinung zu treten – ungemein munterer mutet kaum jemand sonst von dieser Sorte an.«

Bachmeier nickte vor sich hin, als müsse er sich Mut machen. »Kennen Sie – dessen Vornamen?«

»Albert, glaube ich, heißt der wohl. Oder, noch genauer: Adalbert. Sagt Ihnen das was?«

»Also doch – der!« stellte Bachmeier fest. Wobei nicht zu erkennen war, auch nicht von seinem Gutbrod, ob nun sein Kommissar als erregt oder beherrscht zu bezeichnen war, als besorgt oder empört oder beunruhigt. Der jedoch stellte nun fest: »Ausgerechnet der!«

»Ist dabei was Besonderes, Chef?« Sein Assistent signalisierte Einfühlungsbereitschaft; eine ungemein bereitwillige.

»Nichts dergleichen, Gutbrod«, versicherte dann

Bachmeier. »Schließlich besitzt nahezu jeder Vorgang seine gewissen Besonderheiten – mehr oder weniger wichtige. Und kein einziger Fall stellt sozusagen eine Art Abziehbild irgendeines anderen dar.«

Offenbar hatte nun dieser Kommissar eine Art Entschluß gefaßt. Er ließ Tatzer sitzen, wo der saß. Er begab sich wortlos hinaus in den Hausflur, wohin ihm Gutbrod folgte. Selbstverständlich ohne dazu erst noch eine Aufforderung erhalten zu haben.

»Lassen Sie sich, zunächst einmal, jene von Tatzer offerierte freistehende Wohnung zeigen.«

»Die wird vereinnahmt, Chef – falls sie sich als brauchbar erweist. Was weiter?«

»Dann befragen Sie diesen Tatzer. Den verlangt es offenbar danach zu sprudeln, wie eine unverschüttbare Quelle. Woran Sie ihn nicht hindern sollten.«

»Kann ich den also sozusagen in die Mangel nehmen?« wollte der Inspektor wissen; leicht überrascht und zugleich gar nicht ungläubig. »Ohne – Sie?« Was praktisch hieß: Also nicht in Ihrer amtlichen Gegenwart, Chef?

»Sagen wir das mal so, Gutbrod: Dabei muß es sich ja nicht gleich um ein offizielles Verhör handeln – eher um so was wie eine informatorische Befragung mit dem Ziel: ein paar brauchbare Hinweise zu bekommen. Was ich mir darunter vorstelle, ist sozusagen ein vertrauliches Gespräch – von Mensch zu Mensch. Wobei ich annehme, daß Ihre Wellenlänge diesem Hausmeister ungleich weit näher ist – als etwa die meine.«

Hinweise, welche dieser Inspektor als ein ihm entgegengebrachtes Vertrauen registrierte. Und so was vermochte ihn zu erfreuen. »Na – dann werde ich also dem mal einige Würmer aus der Nase ziehen!«

»Tun Sie das – jedoch mit Vorsicht! Vor allen Dingen vermeiden Sie dabei Fehler, die später nachweisbar sein könnten. Und dann noch dies: Wenden Sie, unter keinen Umständen, irgendeinen physischen Druck an. Habe gehört, daß Sie daran, gelegentlich, Gefallen finden sollen. Was ich aber nicht glauben kann.«

»Berechtigt, Chef!« Ganz bieder versichert. »Aber ich doch nicht!« Denn nachzuweisen war ihm so etwas nicht; ganz bestimmt nicht.

Zugleich wußte Gutbrod aber auch, daß derartige Praktiken durchaus, sagen wir: gelegentlich, angewendet wurden. Einem Bachmeier bekannt. Doch da gab es nun mal Dinge, welche ein auch nur halbwegs geschickter Vorgesetzter einfach nicht zur Kenntnis nahm – zumindest, solange er sich nicht dazu gezwungen sah.

Das allerdings war, bei Inspektor Gutbrod, kaum zu befürchten. Der pflegte, nahezu so streng, nach dem Prinzip zu arbeiten: Offiziell stets korrekt! Aber wenn auch mal nicht, dann jedoch keinesfalls in plumper Manier; so was zumindest niemals in Gegenwart eines Dritten.

»Ich mahne zur Vorsicht!« sagte Bachmeier nahezu vertraulich. »Und zwar deshalb, weil ich in diesem Fall einige Komplikationen wittere – vielleicht sogar recht unangenehme.«

Nunmehr begab sich Bachmeier in den Fahrstuhl, um in diesem käfigengen Gebilde zum fünften Stock hinaufzufahren. Das schäbige, verwahrloste, offenbar vielstrapazierte Transportgerät quietschte, schepperte, stöhnte vor sich hin.

Darauf zu achten, fiel ihm nicht ein. Was ihn allein beschäftigte, war das, was ihm nun möglicherweise bevorstand: eine Begegnung, der er sich kaum entziehen konnte. Oder genauer gesagt: Er hatte gar keine andere Wahl.

Oben, im fünften Stock, schritt er, ein wenig steif, zu jener Tür, auf die ihn der Hausmeister hingewiesen hatte. Deren Schild verzeichnete keinen Namen. Dort klingelte er, wie zögernd, kurz – diskret.

Als ihm geöffnet wurde, kam genau das, oder eben der zum Vorschein, den Bachmeier befürchtet hatte; auch wenn er inzwischen darauf gefaßt war: Adalbert Wecker. Eingehüllt in einen saloppen, fußlangen Hausmantel; einen dunkel getönten – der ihn ein wenig klein, oder zumindest nicht eben großartig erscheinen ließ. Keinesfalls so wie einstmals im Präsidium.

»Also doch Sie!« stellte Kriminalkommissar Bachmeier fest.

Allerdings schien auch die Überraschung Adalbert Weckers, bei Bachmeiers Anblick, gar nicht gering zu sein. Er lächelte dennoch – diesen seinen Besucher an; wenn auch nicht gerade sonderlich einladend. »Herr Bachmeier! Da sehe ich Sie also einmal wieder! Wenn ich auch nicht annehme, daß Sie womöglich beabsichtigen, mir einen Besuch abzustatten – einen freundschaftlich-kameradschaftlichen.«

»Was ich mir wohl kaum erlauben dürfte«, sagte Bachmeier steif. »Vielmehr muß ich leider erklären, daß ich mich hier in diesem Hause sozusagen dienstlich aufhalte.«

»Kommen Sie – dennoch – herein.«

Eine Aufforderung, der Folge geleistet wurde; mit leichtem Erstaunen. Bachmeier hatte einen wesentlich anderen Empfang erwartet. Wecker führte den Besucher in sein Wohn- und Arbeitszimmer, in dem Bücher dominierten; sichtlich gelesene, zumindest intensiv durchblätterte, etliche mit zahlreichen Merkzeichen versehen. Dort waren auch einige Sitzmöbel vorhanden, die recht bequem anmuteten – eines davon wurde dem Kommissar angeboten. Der ließ sich darin nieder; ohne sich zurückzulehnen. An etwas wie Gemütlichkeit wagte er nicht zu denken.

Wecker blieb vor dem Besucher stehen – in einer Entfernung von etwa zwei Metern. »Habe ich anzunehmen, Herr Bachmeier, daß Sie es sind«, ›ausgerechnet Sie‹ sagte er selbstverständlich nicht, »der hier auf einen Vorgang angesetzt worden ist – ein zu vermutendes Kapitalverbrechen? Ich habe gehört davon; so etwas spricht sich schnell herum. Sind Sie deshalb hier?«

»So ist es, Herr Kriminalrat.«

»Darf ich Sie, zunächst einmal, darum bitten, Herr Bachmeier«, höchst ernsthaft und höflich fordernd gesagt, »einen solchen Titel, einen sehr weit zurückliegenden, fortan zu vermeiden? Auf eine derartige Bezeichnung lege ich nicht mehr den geringsten Wert. Ich heiße – Wecker.«

»Wie Sie wünschen, Herr Kriminalrat – Herr Wekker.« Der Kommissar hatte offenbar erhebliche Mühe, diesem unzugänglichen Menschen gegenüber die richtigen Worte zu finden. »Ich respektiere jede Ihrer Anregungen – habe das schon immer getan! Könnte jedoch sein, daß meine vorbehaltlose Bereitschaft dazu möglicherweise verkannt worden ist – was ich sehr bedauern würde. Auch wenn das weit zurückliegt. Jedenfalls kann ich nur hoffen, Sie tragen mir nichts nach.«

»Ich sollte – Ihnen – irgend etwas nachtragen?« Wecker schien erheitert. »Ich wüßte nicht, was.«

»Ich erlaubte mir, damit auf gewisse Vorgänge im Präsidium hinzudeuten, welche sich vor einigen Jahren ereigneten. Damals – ehe Sie aufhörten.« ›Damals‹ war Wecker, wie jetzt Wachsmann, Leiter der Sonderkommissionen gewesen. »Es wurde behauptet – was keinesfalls stimmt, versichere ich Ihnen –, daß ich es gewesen sein soll, der Sie bedauerlicherweise zu einem derartigen Entschluß veranlaßt habe.«

»Aber, nicht doch, Herr Bachmeier! Sie sollten sich nicht über-, und mich nicht unterschätzen. Wie kommen Sie nur darauf, daß Sie dabei das auslösende Element gewesen sein könnten? Sie waren nicht einmal jener zufällige Tropfen, der das Faß zum Überlaufen brachte.«

»Wenn dem so ist«, ungemeine Erleichterung bei Bachmeier, »dann darf ich mich beruhigt fühlen.«

»Aber ja – dürfen Sie; und sofern Sie auf Vokabeln Wert legen – wie ›beruhigt‹, mithin wohl auch ›frei von Unruhe‹. Wobei ich es allerdings zu bezweifeln wage, ob derartige Formulierungen in Ihrem Metier angebracht sind; dem ehemals auch meinen. Damals jedenfalls – und so lapidar, wie es sich anhört, war es wirklich – habe ich nichts anderes gewünscht als: Schluß machen! Ich wollte nicht mehr.«

»Kann ich Ihnen – nachfühlen, Herr Kriminalrat. Pardon: Herr Wecker.«

»Tatsächlich, Herr Bachmeier – glauben Sie.«

Das glaube er, versicherte der Kommissar. Und versuchte es sogar zu begründen. »Unser Metier, weiß ich inzwischen, besteht aus härtester Arbeit – einer manchmal vergeblichen. Das vermag einen oft zur Verzweiflung zu bringen.«

»Nun, ich bin keiner von denen, die verzweifeln. Eher gehöre ich zu jenen, die anzweifeln; gelegentlich alles und jeden, nicht zuletzt mich selbst. Doch es ist wohl ratsamer, sich nicht weiter auf derartige Erkenntnisse einzulassen. Sehen wir das einfach so: Als ich damals, im Amt, Schluß gemacht habe, so allein deshalb, weil ich meine sehr speziellen An- und Einsichten nicht durchzusetzen vermochte; es gelang mir nicht, ungehindert zu operieren, weder mit meinen Mitteln und Möglichkeiten, noch mit meinen Methoden.«

»Was Sie ehrt – könnte man sagen.«

»Könnte man – aber ja! Und zugleich behaupten: Er ist gestrandet – wenn auch auf ehrenhafte Weise. Und zwar so: ›Ein Versager!‹ Doch was soll's – das ist gewesen. Jedes weitere Wort darüber ist überflüssig!«

Was von all dem zu halten war, durchschaute nun selbst der fuchsschlaue Bachmeier nicht mehr. Damals, als Chef der Sonderkommissionen im Präsidium, war Wecker eine seltsam irritierende, aber auch furchterregende Mischung gewesen – die zugleich ein griechisches Orakel und eine römische Zirkusdirektion vereinte. Zumindest war er absolut unberechenbar – für einen Normalbeamten.

Die Frage war jetzt: Hatte der sich, inzwischen, irgendwie geändert? Er gab sich jedenfalls ablehnend, desinteressiert – vielleicht, weil er älter geworden war. Oder – täuschte dieser einstige, dann gestrandete Supergreifer solcherart Anwandlungen nur vor? Mußte herausgefunden werden – schon aus Selbsterhaltungstrieb. Also:

»Tatsächlich werden Sie im Amt, Herr Wecker, auch heute noch, als ein bedeutender Kriminalist bezeichnet – was sich doch nicht einfach auslöschen läßt. Worauf auch ich hoffe – wenn ich mich nun sozusagen als kriminalistischer Kollege an Sie wende; voller Vertrauen.«

»Aber, Herr Bachmeier – wie kommen Sie denn ausgerechnet auf so was!« Das war eine eindeutige, ziemlich prompt erfolgende Ablehnung; nicht frei von Heiterkeit. »Erwarten Sie vielleicht, daß ich Ihnen womöglich Ratschläge erteile, Hinweise gebe; oder vielleicht sogar den Versuch mache, in Ihre Arbeit hineinzureden? Nichts dergleichen! Das ist allein Ihr Fall; keineswegs der meine. Mit dem müssen Sie schon selbst fertig werden.«

»Nun – ich habe gedacht: wenn Sie mir nichts nachtragen, könnte ich auf Ihre Mithilfe rechnen, eine indirekte, fachlich fundierte!«

»Nein. So etwas entspricht nicht meinen Prinzipien. Und ganz davon abgesehen, daß Sie einen derartigen Vorschlag weder mir noch sich zumuten sollten. Sie dürfen das gar nicht.«

»Also doch!« glaubte Bachmeier nun sanft-provozierend feststellen zu können. Er meinte: Sie sind dennoch nachtragend! »Habe ich nun etwa damit zu rechnen, daß Sie nicht zögern würden, mir Schwierigkeiten zu machen, falls ...«

»Kein ›falls‹, kein ›wenn‹, kein ›aber‹ – nicht bei mir; soweit sollten Sie mich eigentlich noch kennen, Herr Bachmeier.« Wecker fuhr fort, sozusagen augenzwinkernd: »Da wir gerade von Schwierigkeiten reden – könnte jetzt doch sein, daß Sie es sind, der Schwierigkeiten machen könnte. Und zwar – mir.«

»Wie, bitte«, höchst aufmerksam gefragt, »darf ich das verstehen, Herr Wecker?«

»Als ganz reale Gegebenheit, Herr Bachmeier! Denn in diesem Haus, in dem auch ich lebe, ist ein Kapitalverbrechen geschehen. Ein noch dazu ziemlich scheußliches – meiner Ansicht nach; einer jetzt nicht mehr maßgeblichen!«

»Ein Vorgang allerdings, Herr Kriminalrat – pardon: Herr Wecker –, an dem Sie doch wohl kaum beteiligt sein dürften.«

»Was denn, mein Lieber, macht Sie in dieser Hinsicht, so sicher? Grundsätzlich unverdächtig ist niemand – jedenfalls so lange nicht, bis er sich als absolut unverdächtig erweist. Das sollte eigentlich eine Ihnen absolut geläufige Regel sein. Was praktisch bedeutet: Sie müssen sich sichern, versichern, absichern! Ohne die allergeringste Rücksichtnahme.«

»Aber doch nicht«, mit nahezu ehrsamer Entrüstung gesagt, »Ihnen gegenüber!«

»Jedem gegenüber! Dabei darf es nicht die geringste Ausnahme geben; niemals und nirgendwo – was Sie genau wissen. Mithin müssen Sie mir nun ganz amtlich, einige Fragen stellen. Zumindest eine. Nur zu!«

»Nun – gut.« Das war ein Angebot, das irgendwie fair schien, als hochanständig ausgelegt werden konnte. Aber auch nicht auszuschließen, daß bei einem so vielerfahrenen, ausgekochten Kriminaler pure Berechnung dahintersteckte – und wer weiß, was sonst noch.

»Also«, ganz vorsichtig gefragt, »ist Ihnen dieser hier aufgefundene Tote bekannt; ein gewisser Thomas Tatzer?«

»Nein – nicht direkt.«

»Dann vielleicht indirekt; falls ich das richtig verstehe. Und was heißt das – bitte?«

»Sehen Sie das etwa so: Es besteht durchaus die Möglichkeit, zumindest ist es nicht auszuschließen, daß ich diesem Jungen irgendwann einmal begegnet bin, hier im Haus oder davor.«

»Sie könnten ihm also begegnet sein; ohne zu wissen, wer das war?«

»Ich weiß nicht einmal, wie er aussieht. Auch so gut wie nichts von dem, was der hier möglicherweise angestellt hat.«

»Wenn ich richtig zugehört habe« – er hatte, was denn sonst? – »könnte das bedeuten: Diese oder jene Vermutung hat sich Ihnen aufgedrängt?«

»Vermutung, Herr Bachmeier – das ist oft eine heikle Formulierung; zumal in unserem Metier – das heißt, dem Ihren. Sogenannte Vermutungen mögen sich vielfach anbieten – doch im Grunde sind sie nichts anderes als Seifenblasen; bar zwingender Beweise.«

Bachmeier hatte einige Mühe, sich zu beherrschen, bei soviel ungenierten Belehrungen. Weiteren von dieser Sorte gedachte er sich schnellstens zu entziehen. Deshalb versicherte er: »Es steht also fest, daß keinerlei Beziehungen zwischen Ihnen und diesem Toten existierten!«

»Sie sagen es! Wobei Sie zugleich absolut richtig erkannt haben, daß sogenannte indirekte Möglichkeiten dennoch hätten sein können. Und daß genau Sie der Mann sind, der dabei nichts auslassen wird, was ihm irgendwie wichtig erscheint, darf ich wohl annehmen.«

»Wobei Sie – Herr Wecker, stets auf meine erklärte Loyalität Ihnen gegenüber rechnen können.«

»Diese Bemerkung, Herr Bachmeier, verwundert mich. Schließlich haben Sie hier doch gerade erst angefangen – mithin können Sie gar nicht wissen, was noch auf Sie zukommen wird.«

»Nun gut – aber das weiß man nie.«

»Zumindest sollte uns – oder Ihnen, als beamtetem Kriminalisten – jederzeit bewußt sein: Tote vermögen, sozusagen posthum, ein bestürzendes Eigenleben zu entwickeln.«

»Ich weiß, Herr Kriminalrat – Herr Wecker –, was Sie damit anzudeuten belieben.« Nichts wie weg von hier, war sein Verlangen; nur raus aus diesem Bannkreis suggestiv vereinnahmender Belehrungen. »Sie wollen damit schlicht sagen ›Auszuschließen ist nichts – möglich einfach alles!‹ Das weiß ich auch!«

»Glauben Sie, Herr Bachmeier? Auf Ihre Resultate bin ich nun geradezu gespannt.«

Kriminalkommissar Bachmeier, Chef der Sonderkommission fünf, flüchtete zum Käfigfahrstuhl, bestieg ihn und nahm diesmal dessen gemeingefährliche Geräusche mit Unwillen zur Kenntnis. Er landete, nicht nur dadurch leicht betäubt, schließlich im Erdgeschoß. Und damit bei Inspektor Gutbrod, der in jenem inzwischen provisorisch in der freistehenden Wohnung errichteten ›Büro‹ saß. War brauchbar – konnte nach kurzem, prüfenden Blick bestätigt werden.

Dort ließ sich Bachmeier nieder. Eine gelinde Erschöpfung vermochte er ziemlich mühelos zu verbergen – zumal eine derartige Anwandlung bei ihm schnell vorüberzugehen pflegte. Er griff nach der Tasse Kaffee, die für ihn bereitstand; ein recht gutes, zumindest starkes Gebräu. Daß dafür möglicherweise Frau Tatzer aufmerksam gesorgt hatte, mußte ihn nichts angehen; nicht gleich jetzt. Er trank nicht ohne Genuß. Nickte dann seinem Assistenten aufmunternd zu.

Der berichtete nun, nicht frei von Stolz: »Der Tatzer hat, wie das auch wohl vorauszusehen war, nur so gesprudelt, Chef! Nicht nur wie eine Quelle – eher schon wie ein Wasserfall.«

»Na, schön – und was?«

Gutbrod blätterte schwungvoll in seinem Notizblock – seine Aufzeichnungen waren ungemein zahlreich, aber auch ziemlich exakt. Und sie hatten es sozusagen ›mächtig in sich‹. Sein diesbezügliches ›Referat‹ kam zuweilen einem prasselnden Feuerwerk gleich, einem schnell verpuffenden; wie bei dieser Sorte üblich.

Erstens: »Hier existiert ein gewisser Wesendung, Waldemar, dritter Stock. Bei dem handelt es sich offenbar – ich zitiere Auslassungen von Tatzer – um einen notorischen Sittenstrolch, wenn nicht gar um einen gemeingefährlichen Wahrheitsverdreher. Er wurde erst neulich, sozusagen in aller Öffentlichkeit, durch eine inzwischen gelöschte Fahrstuhlbeschriftung als ›Kinderficker‹ bezeichnet.«

Dann: »Lenz, vierter Stock. Angeblich eine Schauspielerin, doch möglicherweise eine Art Edelprostituierte mit sicherlich nicht geringen Preisen. Zu der gehört auch ein Kind, etwa zwölf, eine gewisse Irene; sie soll ein reichlich vorlautes, aufdringliches Ding sein. Ist, auch Vermutungen, bereits als ziemlich durchtrieben und verderbt anzusehen.«

Weiter: »Binding, Barbara, dritter Stock. Etwa Mitte Dreißig – plus ein paar Jährchen. Ein beständig herumlauerndes Weibsbild, das sich kreuz und quer durch die Gegend geilt. Auch das, Chef, sind Formulierungen im Originalton Tatzer. Die, meint er, will unbedingt irgendwo ran; und schreckt dabei vor so gut wie gar nichts zurück.«

»Reichlich fragwürdige Vermutungen – haben in unserem Metier nichts zu suchen. Dazu eine Menge schlüpfriges Geschwätz.« Bachmeier reagierte sachlich, schien dennoch nachdenklich gestimmt zu sein.

»So allerdings, Chef, kommt mir das auch vor.« Sofortige Zustimmung. »Aber!« Eine ihm angebracht erscheinende Ergänzung folgte unverzüglich. »Bei diesem Tatzer, soweit durchschaubar, handelt es sich kaum um einen hemmungslosen Schwätzer. Der weiß durchaus, was er von sich gibt. Habe sogar den Eindruck: Der macht das ziemlich bewußt. Genau gezielt!«

»Na, wie schön und scheußlich zugleich! Da haben wir nun also gleich mehrere, einschließlich Tatzer, die hier vor nichts und niemandem zurückschrecken. Warum, wird sich finden. Aber ich würde gern wissen: Existieren, in dieser Ihrer ersten Sammlung, auch irgendwelche Äußerungen über einen gewissen Wecker, fünfter Stock?«

»Aber ja, Chef! Auch diese sozusagen in ähnlicher Preislage.« Gutbrod blätterte in seinem Notizblock. »Äußerungen unseres Tatzer, über diesen Wecker, reichen in etwa von ›Herumschnüffler‹ bis ›Besserwisser‹, von ›alter Fuchs‹ bis ›lauernder Schakal‹. Mit dem Tenor: Völlig undurchschaubar – zuzutrauen ist dem manches – ratsam, dem nicht leichtfertig über den Weg zu laufen.«

»Bemerkenswerte Feststellungen.« Bachmeier wurde noch nachdenklicher. »Hat dieser Tatzer tatsächlich nichts anderes als eine derartige Anhäufung von gezielten Denunziationen von sich gegeben? Ohne Ausnahme?«

»Eine allerdings kam dabei zum Vorschein – wenn auch lediglich ganz wie nebenbei«, konnte Gutbrod anhand seiner Notizen berichten. »Und zwar betreffend eine gewisse Frau von Senker, Elvira, genannt ›die Baronin‹, wohnend ganz oben, was auch als Penthouse bezeichnet wird. Eine Dame der großen Gesellschaft, wie dieser Tatzer sagte; er verehre sie, sagte er.«

»Auch so was noch!« Bachmeier reagierte mit spontaner Unwilligkeit, was bei ihm eine Regung von Seltenheitswert war – die er dann auch sofort herunterzuspielen versuchte. »Eine Menge Material. Vielleicht sogar zuviel! Zuviel des Unguten. Weniger wäre möglicherweise mehr gewesen. In unserem Bereich darf niemals Quantität mit Qualität verwechselt werden.«

»Wie meinen Sie das?« Gutbrod gab sich prompt aufklärungswillig.

Woraufhin Bachmeier zu einem ›Zitat‹ ansetzte. Dabei handelte es sich um eine jener ›goldenen‹ Verhaltensregeln, die er einem weithin anerkannten Fachbuch mit dem Titel ›Vernehmungstaktik‹ entnommen hatte. Dessen Verfasser war Kriminalkommissar Keller – jener mit dem Hund. Der sogenannte ›große, alte Mann des Präsidiums‹. Der hatte geschrieben:

›Es ist niemals ratsam, mögliche Zeugen, welche als allzu mitteilungsbereit erkennbar sind, völlig ungehemmt reden zu lassen. Weitaus empfehlenswerter ist der beharrliche Versuch, diese zum Nachdenken anzuregen.‹

»Nachdenken – bei diesem Tatzer? Ist bei dem nicht drin!«

»Ihn dazu zu bringen, hätten Sie vielleicht trotzdem versuchen sollen.« ›Zwingen‹ sagte er nicht. »Denn ein solcher Wasserfall will mir«, dem Erfahrenen, was er jedoch nicht sagte, »nicht selten wie eine endlos rauschende Klospülung vorkommen. Dabei kann jede Menge stinkender Mist in Bewegung geraten – wie auch hier. Also – vielleicht nichts anderes als ein penetranter Verdächtigungssumpf.«

»Aber selbst den, Chef«, ungetrübt zustimmungsbereit versichert, »werden Sie austrocknen!«

Die nächste Station, die sich anbot, war Waldemar Wesendung.

»Soll ich ihn herbeizitieren, Chef?«

»Den suchen wir auf, Gutbrod – gemeinsam.«

Beabsichtigt war: Wesendung in seiner Wohnung zu stellen. Dabei ließen sich Einblicke in dessen sogenannte ›private Sphäre‹ ermöglichen. Das konnte sich, erfahrungsgemäß, als aufschlußreich erweisen.

Das allerdings war hier – um dieses Ergebnis gleich vorwegzunehmen – nicht der Fall. Jener ›erste Eindruck‹, welcher von kriminalen Fachleuten für nicht ganz unwichtig gehalten wird, ließ diesmal keinerlei irgendwie auffällige Besonderheiten erkennen.

Ein Zweizimmer-Apartment; darin einige wenige Möbel, gerade die notwendigsten; scheinbar ausgesucht nach einem preiswerten Kaufhaus-Baukasten-Angebot. Einfache dunkelbraune Auslegware auf dem Fußboden. Keine Bilder, jedoch einige Bücher; zumeist Broschüren. Kaum Zeitungen, doch ein Stapel Zeitschriften, deren Inhalt nicht gleich bestimmbar war. Das Bett war in einem Schrank montiert. Und wenn das alles auch nicht gerade als peinlich sauber bezeichnet werden konnte, so doch auch nicht als schmutzig.

Als Wesendung die Tür seiner Wohnung öffnete, erfolgte prompt die übliche, eingespielte Vorstellung: Der Inspektor nannte Namen und Dienstgrad des Kommissars, dann die eigenen.

Daraufhin wurden die Beamten, durchaus höflich gefragt: »Wenn Sie, verehrte Herren von der Polizei, meine Wohnung zu betreten wünschen, dann darf ich wohl annehmen, daß Sie einen Durchsuchungsbefehl besitzen?«

»Das ist nicht notwendig, Herr Wesendung«, wurde er prompt von Gutbrod aufgeklärt. »Wir beabsichtigen keinesfalls, eine Durchsuchung vorzunehmen. Wir sind hier lediglich einer generellen Aufklärung wegen. Falls Sie uns nicht eintreten lassen wollen, müßten wir Sie ersuchen, uns zu begleiten.«

»Was ein Ansinnen mehr wäre.« Wesendung versuchte, seine wachsende Unruhe zu überspielen – die kalte Höflichkeit dieser Typen begann ihn zu irritieren; verleitete ihn dazu, aggressiv zu werden. »Muß ich dem unbedingt nachkommen?«

»Herr Wesendung, Sie müssen gar nichts«, klärte ihn der Kommissar auf; noch mit einem gewissen Entgegenkommen. »Was wir von Ihnen erwarten, ja erhoffen, ist eine gewisse Bereitschaft zur Mitarbeit.«

»Na – und wenn nicht?« Der Inspektor drängte sich ungeniert in den Raum, wobei er ungleich deutlicher wurde – was wohl mit zu der üblichen Rollenverteilung gehörte. »Dann nämlich könnten wir uns zu der Vermutung veranlaßt sehen: Sie wollen nicht! Und zwar deshalb nicht, weil Sie befürchten müßten, sich selbst zu belasten.«

Gutbrod hatte sich während dieser Eröffnungen bereits schreibbereit mit seinem aufgeschlagenen Notizblock an die Stirnseite des Tisches gesetzt. Gewissermaßen entschlossen, ein Protokoll vorzubereiten. Signalisierend: ihm entgehe nichts.

»Aber – warum sollten Sie denn nicht bereit sein, Herr Wesendung, uns ein paar Auskünfte zu erteilen?«

meinte nun Bachmeier lockend. »Sie werden doch nicht den Eindruck erwecken wollen, daß Sie sich irgendwie mitschuldig fühlen – an diesem Vorgang?«

»Ja – warum sollte ich das?«

Wesendung schien einzusehen, daß er einer Befragung kaum ausweichen konnte – zumal sich auch der Kommissar an seinen Tisch gesetzt hatte; und ihm von dort aus mit einer Handbewegung bedeutete, gleichfalls Platz zu nehmen.

»Schließlich habe ich nichts zu verbergen! Und irgendwie zu belasten bin ich auch nicht.« Etwas Ähnliches würden diese hinterhältig-scheißfreundlichen Polizeiprimitivlinge vermutlich versuchen – säuselnde Bullen, die nach einem roten Tuch Ausschau hielten; was er ihnen nicht bieten würde – er nicht! Und dann setzte er sich zu ihnen an seinen eigenen Tisch.

»Fein. Wenn Sie das so sehen – um so besser.« Der Kommissar schien geradezu dankbar. Daß er dabei kurz seinem Assistenten zublinzelte, war gar nicht notwendig; denn Gutbrod saß ganz unbefangen, aber notizbereit da. »Fangen wir an – mit einer ganz einfachen Frage.«

Derartig einfach, nahezu nichtssagend, belanglos, so wie ganz nebenbei, begann dann das, was zu einem weiteren Tode führen sollte. War es unvermeidlich – war es zwanghaft – oder mit verwegener Oberflächlichkeit herbeigeführt? Ein polizeitaktischer Mißgriff oder kriminaler Kunstfehler?

Diese zu erwartende einfache Frage, die Bachmeier Wesendung stellte, lautete: »Der tot aufgefundene Junge, Thomas Tatzer – war er Ihnen bekannt?«

»Aber ja, aber ja!« Prompte Bestätigung. Ihr folgten unverzüglich, unaufgefordert, einige Erklärungen; mag sein, eine Art ›Flucht nach vorne‹. Wesendung hielt sie vielleicht für notwendig – soweit war er bereits gebracht.

»Ein ungemein guter, sehr lieber und auch recht netter Junge. Doch, was Sie vermutlich bereits wissen, wie gezeichnet; heimgesucht von schweren Krankheiten, körperlichen Beschädigungen – wie immer man das nennen will; von mir aus Schicksal! Das hat mein Mitgefühl erregt. Mitmenschlichkeit – darf ich sagen – ist für mich selbstverständlich; so bin ich veranlagt!«

»Und wie, bitte – hat sich das abgespielt? Sozusagen in der Praxis?«

Eine derartige Frage schien Wesendung mit einer gewissen Ungläubigkeit zu vernehmen – denn was wohl, bitte, könnte dabei irgendwie mißverständlich sein? »Wenn sich dieser arme Junge zu mir hingezogen fühlte, dann nur, weil er nach einem Menschen suchte, der ihn verstand. Der ihn nicht, wie die meisten anderen, einfach stehen ließ, wenn nicht gar beiseite schob wie einen lästigen Gegenstand. Das konnte ich nicht – den konnte ich nicht zurückstoßen!«

»Sondern – was?« Fragen, die Anteilnahme suggerierten – basierend auf langjährigen kriminalistischen Erfahrungen. »Man könnte also sagen, daß Sie diesen Jungen sozusagen ein wenig betreut haben.«

»Ja – durchaus. Gelegentlich. Was ich unter gelegentlich verstehe, wünschen Sie zu wissen? Nun, wie sich das gerade so ergab – manchmal eine Stunde, an einem Tag in der Woche, kaum mehr. Wie betreut? Nun, ich unterhielt mich mit ihm – danach sehnte er sich. Ich half ihm auch gerne bei seinen Schularbeiten; sozusagen mein Beruf – ich bin, wie Ihnen sicher bereits bekannt ist, Pädagoge. Leider derzeit ohne feste Beschäftigung, wegen der Wirtschaftslage. Aber – das interessiert Sie wohl kaum, oder?«

Schien nicht der Fall zu sein. Bachmeier begehrte lediglich zu wissen: »Wann und wo sind derartige Hilfeleistungen erfolgt?«

Den hinterhältigen Sinn dieser Frage vermochte Wesendung unverzüglich zu erkennen – so ganz einfach für dumm zu verkaufen war er nicht. »Wann? Nun, in den Nachmittagsstunden – falls es das ist, was Sie wissen wollen, ausschließlich am hellichten Tag. Wo? Zumeist bei Spaziergängen in Hausnähe; manchmal auch im Treppenflur; sehr vereinzelt auch hier in meiner Wohnung. Was dagegen einzuwenden?«

»Möglicherweise – ja«, mischte sich Gutbrod vorprellend ein. »Und zwar eine ganze Menge!«

»Nicht das geringste«, korrigierte Bachmeier, nahezu abweisend.

Nun hätte der Kommissar hier einfach Schluß machen können, mit diesem heiklen Verfolgungsspiel. Könnte sogar gewesen sein, daß ihm, genau das, ratsam erschien. Ihm durchaus.

Schließlich war er nicht der Mann, der unbedingt Gefallen an aufdringlichen Direktheiten fand. Was er bevorzugte, war, wie er stets behauptete, die sogenannte behutsame Tour. Ein kriminaler Holzhacker jedenfalls wünschte er nicht zu sein – eher vielleicht ein kriminalistischer Seelenbohrer. Und als solcher kam er jetzt zu einer bemerkenswerten, ziemlich geschickt verschleierten Kardinalfrage:

»Da Sie nun mal, Herr Wesendung, philosophisch gebildet, zumindest ausgebildet sind – was ich in diesem speziellen Fall sehr zu schätzen weiß –, werden Sie nun auch meine nächste Frage absolut richtig verstehen. Existiert für Sie ein Unterschied zwischen Zuneigung und Begehren?«

Wesendung fühlte sich jetzt geradezu gewürdigt. Denn in derartigen Feinheiten kannte er sich aus. »Verstehe, Herr Kommisssar, warum Sie diese Frage für sinnvoll halten. Dazu kann ich allerdings nur dies sagen: Über eventuell vorgebrachte, niedrigste Verdächtigungen darf ich mich erhaben fühlen. Meine Bemühungen entsprangen vielmehr ethischen Wertbegriffen. Und davon, nur davon, sollten Sie ausgehen.«

»Na, schau mal einer an!« Abermals mischte sich Gutbrod ein; dieser labile eitle Schwätzer mißfiel ihm mächtig: »Und sonst – war nichts?«

Worauf er erneut von Bachmeier blockiert wurde – was Gutbrod blinzelnd hinnahm; er kannte dessen Taktik. »Ich glaube nicht, daß es«, zunächst einmal, »angebracht erscheint, diese soeben erfolgten Angaben anzuzweifeln.«

Wesendung nahm das erfreut zur Kenntnis. Seine verbesserte Stimmung verführte ihn, auf die nächste Frage des Kommissars schwungvoll überlegen zu reagieren, zumal es sich dabei um eine Frage handelte, auf die er gefaßt war – sie allerdings wesentlich früher erwartet hatte.

»Also, Herr Wesendung! Wo haben Sie sich aufgehalten – in den späten Morgen- beziehungsweise frühen Vormittagsstunden, heute zwischen sechs und acht Uhr?«

»Wo? Na hier – im Bett! Wo denn sonst?«

»Kann jeder sagen«, stellte Gutbrod fest. »Sie behaupten also, um diese Zeit lediglich gepennt zu haben?«

»Na klar! Ich bin nämlich, müssen Sie wissen, ein sogenannter Nachtmensch – eine Eule, keine Lerche. Ich pflege lange in die Nächte hinein zu arbeiten, um mich fortzubilden oder irgendwo Gespräche mit Gesinnungsgleichen zu führen. Erst danach lege ich mich schlafen – bis in den nächsten Tag hinein; manchmal fast bis gegen Mittag.«

»Und das – stets allein?« wollte Gutbrod anzüglich wissen. Eine Frage, die ihm von Bachmeier offenbar erlaubt wurde – mit nahezu lässiger Nachsicht. »Besteht die Möglichkeit, daß irgend jemand sonst dabei gewesen sein könnte?«

»Was, bitte, soll denn diese Frage bedeuten?« Nun wehrte sich Wesendung, sogar mit echter Empörung in der Stimme; er glaubte, sich das leisten zu können; zumal diesem aufdringlichen Inspektor gegenüber. »Schon mal was von Privatleben gehört, Herr Gutbrod?«

»Diese Frage sollten Sie, empfehle ich Ihnen, ganz real sehen, Herr Wesendung«, sagte der Kommissar aufklärend. »Der Inspektor meinte lediglich: Allein zu schlafen ist vermutlich die Regel, wogegen wahrlich nichts einzuwenden ist. Für möglicherweise heikle Situationen bietet sich aber, in unserer Praxis, immer wieder eine gute, klare, überzeugende Lösung an: wenn nämlich die Nennung eines Zeugen erfolgen kann. Das allerdings müßte dann einer sein, der zu einer beweiskräftigen Aussage bereit ist. In diesem Fall – und das ist es, was der Inspektor gemeint hat – dürften Sie sich so gut wie außer Obligo fühlen. Nun?«

»Nun ja«, ganz bedächtig gesagt, »vielleicht – könnte ich das.«

»Dann sollten Sie das auch tun«, riet ihm Bachmeier. »Das würde manches erleichtern. Für Sie – für uns. Also?«

»Was jedoch, bitte, wenn es sich dabei um eine Dame handeln sollte?«

Wesendung, bar jedweder Ahnung in bezug auf die Fallen, die um ihn aufgestellt wurden, schien sich auch noch als ein Kavalier entpuppen zu wollen. Eine Vorstellung, die Gutbrod hörbar empört schnaufen ließ. »Sollten Sie etwa darauf hinauswollen?«

»Sie unterschätzen meine Bereitschaft zur Diskretion. Ich lehne es entschieden ab, eine mir nahestehende Person preiszugeben, nur um meine Situation zu erleichtern. Das habe ich doch gar nicht notwendig! Oder?«

»Nun – zumindest sollten Sie sich das genau überlegen.« Der Kommissar lehnte sich zurück, als müsse er Abstand nehmen.

»Überlegen aber sollten Sie sich das nicht nur genau, sondern auch möglichst bald! Denn Zeit zu verlieren hat hier keiner mehr. Da müssen wir durch – ohne die geringste Rücksichtnahme.«

Bachmeier erhob sich, ein wenig steif, mit starrem Gesichtsausdruck. »Ich muß weiter; ich benötige noch mehr Informationen. In der Zwischenzeit, Herr Wesendung, überlasse ich Sie Inspektor Gutbrod. Der wird noch weitere klärende Gespräche mit Ihnen führen. Daß Sie dazu bereit sind, nehme ich an.«

»Aber ja!« Völlig ahnungslos bestätigt. Diesem kriminalen Primitivling von einem Inspektor war er gewachsen – der reichte nicht an seinen Geist heran. Was auch immer das zu bedeuten hatte.

»Sind wir uns einig, Gutbrod?«

»Na – und ob, Chef! Völlig einig.«

Diese Bestätigung erfolgte mit freudig-dankbarem Erstaunen. Denn nun hatte er – falls er sich nicht verhört haben sollte, was kaum anzunehmen war – hier sozusagen freie Hand! Und er war wahrlich der Mann, eine ihm gebotene, vielversprechende Möglichkeit wirksam zu nutzen. Das wußte nun Bachmeier, sprach es jedoch selbstverständlich nicht aus.

»Wird erledigt, Chef!« Mithin also, ohne es hinzuzufügen: ganz in Ihrem Sinne!

Der Kommissar verließ Gutbrod und Wesendung, die einander gegenübersaßen. Er entfernte sich. Denn was er dort hatte vernehmen müssen, waren tönende Absicherungsphrasen gewesen; die ihn anwiderten. Und was vielleicht noch schlimmer war: So was drohte in pure Zeitvergeudung auszuarten, die er sich nicht zu leisten gedachte.

Bachmeier benutzte den spuckenden summenden Fahrstuhl – nun hinauf zum vierten Stock. Dort suchte er an den Türen, bis er auf ein kleines, schmales Schild stieß. Darauf stand: Johanna Lenz.

Hier klingelte er. Diese Tür öffnete sich, nach nur wenigen Sekunden – einladend weit. Dabei kam ein weibliches Wesen zum Vorschein – ein dunkles prächtiges Geschöpf. Was möglicherweise nichts als eine weitere anlockende Täuschung mehr sein könnte. Davon gab es, zumal in seinem Metier, gar nicht wenige.

Daß ausgerechnet er einer derartigen Lockung erliegen könnte, war kaum zu befürchten. Denn grundsätzlich pflegte er alle ihm bei seinen Nachforschungen begegnenden Personen mit gebotener Vorsicht zu betrachten – er hatte da so seine Erfahrungen machen müssen.

Bachmeier jedenfalls stellte sich vor – nahezu zeremoniell. Nannte auch die Veranlassung, welche seinen Aufenthalt in diesem Hause bedingte – doch nicht gleich dessen Zweck. Er sagte lediglich: »Eine Untersuchung, die amtlicherseits notwendig geworden ist, eines möglichen Kapitalverbrechens wegen. Was Sie jedoch nicht irritieren sollte.«

»Mich irritiert hier schon lange nichts mehr – oder eben alles. Was wohl so ungefähr auf das gleiche herauskommt.«

»Ich jedenfalls würde gerne, wenn Sie erlauben, Frau Lenz, eine Art Informationsgespräch mit Ihnen führen.«

»Wobei ich Ihnen doch wohl kaum irgend etwas zu erlauben oder gar zu verbieten habe?«

»Was Sie, an sich, ganz richtig sehen, Frau Lenz – wenn auch vielleicht ein wenig zu vereinfacht. Ich bin stets bemüht, niemals allzu aufdringlich in Erscheinung zu treten; erhoffe lediglich Ihre Mitarbeit, ich bitte. Darf ich hereinkommen?«

Johanna Lenz war es offenbar gegeben, unproblematisch zu reagieren. »Ich nehme an, Sie können, wenn Sie wollen, hier eintreten – ob nun mit oder ohne meine Zustimmung. Also tun Sie's.«

Was sich Bachmeier nicht zweimal sagen ließ. Er stelzte in das Apartment hinein – auch diesmal ein zwei Zimmer großes. Wo er, zunächst, betörend anmutende Gerüche einatmen durfte – offenbar erzeugt von verschwenderisch versprühtem Parfüm, oder von Seifen, oder sonstigen Pflegepräparaten. Was ihn da anwehte, waren sozusagen kommerzielle Luxusdüfte – die ihm aber kaum unangenehm anmuten wollten. Kam wohl immer darauf an, wen sie umgaben.

»Ich darf vermutlich annehmen, Herr Kommissar, daß Sie mich allein zu sprechen wünschen?«

Der nickte zustimmend, wenn auch ein wenig verwundert. Nun ja, ein informatives Gespräch, sozusagen unter vier Augen und Ohren, war beabsichtigt. Was da jedoch diese Person – wenn auch mit Vorsicht – geäußert hatte, hörte sich beinahe an, wie ein direktes Angebot.

Dann, ganz plötzlich, kam ein Kind zum Vorschein. Das saß da – in irgendeiner Ecke. Blickte ihn an; mit großen, fragenden und klugen Augen. Bemerkenswert!

»Das«, wurde Bachmeier erklärt, »ist Irene, meine Tochter.«

»Und wer ist das?« verlangte dieses Kind unverzüglich zu wissen. »Einer der üblichen Besucher – oder ein besonderer?«

»Das ist ein Herr von der Polizei, der sich mit mir unterhalten will«, wurde Irene von ihrer Mutter aufgeklärt. »Vielleicht könntest du inzwischen draußen im Korridor spielen.«

»Will ich aber nicht! Das ist mir zu langweilig. Warum kann ich nicht zuhören? Oder ist das wieder mal nichts für kleine Kinder?«

»Du könntest dich aber auch, wenn du willst, ein Stockwerk höher begeben; und dort unseren Freund besuchen.«

»Das ist allerdings was anderes!« erklärte Irene bereitwillig. »Das mach' ich!« Sie nickte ihrer Mutter zu, nahezu aufmunternd; auch dem Herrn von der Polizei – aber wesentlich gemessener. Dann ging sie.

Bachmeier, offenbar gar nicht wenig nachdenklich gestimmt, blickte ihr nach. Sein witterungssicherer Instinkt begann zu reagieren. Das konnte, erfahrungsgemäß, eine Verlockung sondergleichen sein und zu erheblichen Erkenntnissen führen. »Ihre Irene ist ein ziemlich ungewöhnliches Kind«, stellte er fest. »Warum ich dieser Ansicht bin, wollen Sie wissen, Frau Lenz? Nun, Kinder, weiß ich aus Erfahrung, vermögen ungemein hellhörig zu sein. Und, falls sie klug sind, dazu noch einigermaßen unverbildet, wie wohl hier, sind solche Geschöpfe ausgesprochen begabt dafür, wesentliche Einzelheiten zu erkennen. Und das oftmals ungleich sicherer als Erwachsene. Denn diese haben, trotz ihrer sogenannten Erfahrungen, oftmals ihre Erkenntnismöglichkeiten nahezu total verschüttet.«

»Habe ich etwa zu befürchten, Herr Kommissar, daß Sie den Versuch machen könnten, sogar ein Kind zu vernehmen?«

»Davon, verehrte Frau Lenz, kann gar keine Rede sein! Was sich lediglich anbieten könnte, wäre eine Art Befragung, ein aufklärendes Gespräch. So was ist zwar nicht unbedingt die Regel, doch keinesfalls ganz unüblich. Dabei kommt es auf die jeweiligen Umstände an, die Gegebenheiten, die Besonderheiten eines jeden einzelnen Falles.«

»Wenn ich um etwas bitten darf, Herr Bachmeier – und ich bitte Sie sehr darum –, dann ist das dies: Lassen Sie meine Tochter Irene aus diesen Vorgängen heraus.«

»Aber selbstverständlich! Ich versichere Ihnen, Frau Lenz, daß ich Ihre Besorgnis recht gut verstehe. Das ist auch nicht beabsichtigt. Es sei denn, daß mich gewisse Umstände dazu zwingen sollten.«

»Dann schließen Sie es also nicht aus?«

»Bedauernswerterweise, verehrte Frau Lenz, existiert so gut wie nichts in meinem Metier, das sich ausschließen ließe. Was Sie aber nicht sonderlich irritieren sollte. Zunächst jedoch müssen wir uns nicht gleich mit Irene beschäftigen – vielleicht noch sehr lange nicht; möglicherweise überhaupt nicht.«

»Also gedenken Sie sich zunächst mit mir zu beschäftigen?«

»Und das sogar sehr gerne.« Davon versprach er sich einiges – selbstverständlich nur als Kriminalbeamter.

An jenem nun zu Ende gehenden Tag hielt sich der ehemalige Kriminalkommissar Keller – immer noch vorbehaltlos respektvoll bezeichnet als ›der große, alte Mann des Amtes‹ – wie üblich an seinem Schreibtisch auf. Hunderte von Notizzetteln lagen vor ihm; wohlgeordnet, gebündelt, sorgfältig signiert. Materialien, mit denen er sich derzeit beschäftigte. Das bereits seit nahezu zwei Jahren. Ein weiteres seiner bedeutenden Lehrbücher der Kriminalistik – diesmal mit dem Thema ›Sexualverbrechen‹ – war in Arbeit.

Das sollte sein drittes Standardwerk werden; möglicherweise sein letztes. Es würde eine neue, beeindrukkende Synthese aufzeigen – aus praktischen Erfahrungen und wissenschaftlichen Erkenntnissen. Basierend auf reinen enormen taktischen und technischen Erfahrungen im Bereich einer ganz bewußt realen Verbrechensaufklärung.

Sein erstes Buch, das ihn sozusagen polizeiweltweit als Kriminalwissenschaftler von hohem Rang bekannt gemacht hatte, beschäftigte sich mit der ›Todesermittlung‹. Beim zweiten, genannt ›Victimologie‹, handelte es sich um eine großangelegte Analyse; ›eine versuchte‹, pflegte er zu sagen. Nachspürend jenen wahrhaft merkwürdigen, vielschichtigen Täter-Opfer-Beziehungen, einschließlich der dazugehörenden Funktion der Gesellschaft.

Was er nun zu konzipieren bemüht war – mit dem Arbeitstitel ›Sexualverbrechen‹ –, schien offenbar selbst er als eine Herausforderung sondergleichen zu empfinden. Worauf er sich damit eingelassen hatte, war eine Reise in die dunkelsten Nachtbezirke menschlicher Möglichkeiten. Darauf wies auch einer jener Notizzettel hin, die er ständig neben seinem Schreibblock liegen hatte. Darauf stand, ebenso lapidar wie warnend:

›In Bereichen der Sittlichkeitsverbrechen existieren keine exakt zu bestimmenden Regeln. Mithin ist es auch nicht möglich, diesbezüglich irgendwelche verbindlichen Ratschläge zu erteilen.‹

Ein anderer Zettel, randgefüllt mit Notizen, befand sich auf dem Stapel drei, rechts von ihm. Und der schien derartige Erkenntnisse ein wenig näher zu erklären. Dort stand: Fall 43, Kiel. Täter sagte: ›Hätte das Mädchen meinem Verlangen nach geschlechtlicher Befriedigung nachgegeben, wäre es noch am Leben.‹ Darunter: Fall 74, Würzburg. Aussage des Täters: ›Warum hat die sich nicht gewehrt? Das hat mich herausgefordert – deshalb ist sie tot.‹

Dieser Keller, einst auch ›Leichen-Keller‹ genannt, war eigentlich, rein körperlich, ein eher kleiner Mensch. Nahezu zierlich, beinahe ein Gnom, hockte er an seinem Schreibtisch. Er war bereits sehr alt, mit tiefen Falten im Gesicht; welche jedoch nicht gleich wie jene eines ›Denkers‹ anmuten wollten – vielleicht eher wie die eines Bankkassierers, der seine Bilanzen unentwegt neu zu erstellen hat.

Auch war dieser Keller nun nicht mehr – was in den Jahren davor eine Art gültiger Kennzeichnung für ihn gewesen war – ›Der Mann mit dem Hund!‹ Denn Anton, seinen geliebten, verständnisvollen Weggefährten, gab es nun nicht mehr. Dieses wundersame, pechschwarz gelockte, ihm liebend zugetane Wesen, mit den aufmerksamen klugen Augen, hatte aufhören müssen, ihn zu begleiten.

Nun war er völlig allein – mit sich und seinen Gedanken, seinen Erfahrungen und Erkenntnissen. Seine Frau war bei der Geburt ihres Sohnes gestorben. Und dieser Sohn, kaum erwachsen, hatte einen Verkehrsunfall nicht überlebt.

Deren Fotos – das einer schönen sanften Frau, eines hellwachen Jungen und das eines seltsamen Trollhundes – standen in Silberrahmen vor ihm auf seinem Schreibtisch. Nun ja – sie alle waren gestorben, doch tot für ihn nicht. Solange er noch zu leben hatte, würden auch sie weiterleben; mit ihm. Wohl war er jetzt allein, doch niemals ganz einsam.

Er hatte seine Erinnerungen an sie und seine Arbeit vor sich. Das ›Amt‹ hatte ihn nicht vergessen; auch diverse Kollegen hatten das nicht getan – ob sie nun Wekker oder Wachsmann oder sonstwie hießen.

Abzulenken jedenfalls vermochte ihn jetzt nichts und niemand mehr. Mithin konnte er sich, absolut ungestört, mit seinen aufgetürmten Notizen beschäftigen. Er suchte nach solchen, die sich einigermaßen logisch einordnen ließen; wobei er sich, nicht nur gelegentlich, vorkam, als wäre er ein Fischer in einem toten Meer. Doch selbst das irritierte ihn schon lange nicht mehr.

Er registrierte: ›Keinerlei Altersgrenzen bei derartigen Vorgängen erkennbar! Täter können Kinder und Greise sein; Opfer gleichermaßen. Diese angesiedelt in Lebensräumen zwischen zwei und neunzig Jahren.‹

Weiter, nunmehr dem Stapel Notizen Nummer sieben entnommen: ›Anteil der Frauen an derartigen Vorgängen, laut bisher existierender Statistiken – falls man denen glauben will – kaum mehr als ein Prozent – in allen dabei anfallenden Sparten. Dagegen schien jedes vierte bis fünfte Kind weiblichen Geschlechts nachweislich sexuell mißbraucht worden zu sein. Und das zumeist durch Väter oder Stiefväter.‹

Offenwar war jene beharrlich verbreitete Legende, von den angeblich herumstreunenden Lustgreisen ein fataler Irrtum. Nichts wie eine beharrlich anhaltende Fehleinschätzung. Eine mehr – unter zahlreichen anderen.

Sodann beschäftigte sich Keller mit den von ihm angesammelten vier- bis fünfhundert Fällen, die er zu analysieren suchte. Dabei handelte es sich um eine geradezu grotesk-scheußliche Ansammlung von überführten Tätern – aus allen irgendwie erdenklichen Arten und Klassen. Allein hier ließ sich, wie nebenbei, nur auszugsweise, etwa dieses registrieren:

Mittelschuldirektor, 32, unternahm mit ihm anvertrauten Schülerinnen praktischen Sexualunterricht – nachweisbar in nur vier Fällen. Ordensgeistlicher, 50, veranstaltete in der Sakristei einer Kirche intensive Körperbetrachtungen – mindestens drei Dutzend Mal. Polizeihauptwachtmeister, 41, übte bei offiziellen Vernehmungen körperliche Untersuchungen aus – offenbar bei jeder sich bietenden Gelegenheit. Ein Prof. Dr. S., Chirurg – mindestens zweimal überführt der Notzucht an minderjährigen Patientinnen. Regierungsrat Dr. I., kaum älter als vierzig Jahre, hatte sich, im Verlauf von knapp drei Jahren, an die 100(einhundert)mal eingehend fatal mit ihm anvertrauten Kindern beiderlei Geschlechts beschäftigt...

Und so weiter, und so fort. Aufzählungen, welche sich wie endlos fortsetzen ließen – wenn man nur wollte. Das Ergebnis davon würde jedoch kaum wesentlich mehr als Erkenntnis enthalten wie diese: Als Täter auszuschließen war grundsätzlich niemand. Jede anfallende Aufklärung derartiger Verbrechen mußte bei Null beginnen. Die größte Gefahr dabei waren sich einschleichende Vorurteile.

Das dennoch wohl Wichtigste hierbei: Im weiteren Verlauf jener Vorgänge, in der Germaniastraße 175, sollte dann auch der Kriminalkommissar Keller mit ins Spiel gebracht werden. Wovon noch keiner der dabei Beteiligten irgend etwas zu ahnen vermochte.

Was da nun von Bachmeier, in der Wohnung der Johanna Lenz, ›Unterhaltung‹ genannt wurde, noch dazu eine vertraulich-vertrauensvolle, schien die sich durchaus vorstellen zu können. Allerdings nicht gleich in allen alsbald zum Vorschein kommenden Einzelheiten.

Da war Komplex eins: Thomas Tatzer. Der, nicht wahr, sei ihr bekannt? »Eher flüchtig. Ich bin ihm nur gelegentlich begegnet; zumeist im Hausflur.« Habe sie sich mit ihm unterhalten? Und wenn ja – worüber? »Manchmal. Immer nur ein paar Worte. Nichts besonderes.« Welchen Eindruck er auf sie gemacht habe? »Einen guten, ganz eindeutig. Das war ein lieber Junge, von angenehmem Wesen.« Verstehe sie darunter auch so etwas wie wohlgefällig? »Aber ja. Ein ausgesprochen schönes Kind, mit gewinnendem Lächeln. Irgendwie – ja, anziehend.«

Dann, schnell übergehend zu Komplex zwei: Erwin

Tatzer, der Vater und Hausmeister. Was halte sie von dem? »Nicht viel. Was vermutlich auf Gegenseitigkeit beruht. Doch als Hausmeister ist er wohl tüchtig.« – »Ein unbequemer Mann?« – »So etwas Ähnliches, ja.« – »Auch unangenehm?« – »Wie man's nimmt. Zumindest so etwas wie ein Aufpasser.« Auch als gewalttätig einzustufen? – »Kann ich nicht sagen. Nichts dergleichen ist mir aufgefallen. Wobei jedoch anzunehmen ist, daß er mich verachtet – vermutlich wegen meines sogenannten Lebenswandels.«

Worauf es bei Bachmeier zu einer Reaktion kam, die bei ihm größten Seltenheitswert besaß – er lachte. Es hörte sich sogar ziemlich herzlich an und sollte vermutlich signalisieren: Nichts sei ihm fremd; nichts, wofür er nicht Verständnis zu entwickeln vermöge – bei einem derart prächtigen weiblichen Wesen allemal.

Eine gewisse Munterkeit schien in ihm aufzukommen; sie führte zu einer Fragestellung, die einen etwas heiklen Vorgriff darstellte. »Was, meinen Sie, könnte diesen Tatzer zu einer derartigen Einstellung bewegen? Eine Art notorischen Feingefühls – oder die Beißreaktion eines getretenen Hundes – oder ganz primitiver Futterneid?«

»Ich weiß nicht recht, ob ich das so einfach sehen darf.« Ungemein bedächtig von Johanna gesagt. »Es könnte sich auch um etwas wesentlich anderes handeln – vielleicht sogar um ein ganz stark ausgeprägtes, nahezu krasses Sittlichkeitsbewußtsein – oder so ähnlich. Denn manchmal beschlich mich fast der Eindruck, daß er sich möglicherweise für einen der ganz

Reinen hält – und damit für einen geforderten Widersacher des oder eben der Unreinen.«

»Das soll es geben«, bestätigte Bachmeier ungetrübt munter. »Aber doch nicht hier!« Eine Ansicht allerdings, die, wie sich herausstellen sollte, eine fatale Verkennung einiger der hier wuchernden Möglichkeiten bedeutete. Nur – wer da glaubt, permanent überlegen zu sein und klug zu denken, der übersieht leicht seine unvermeidlichen Dummheiten.

Jedenfalls wurden nunmehr Details zum Komplex drei erfragt: Waldemar Wesendung. Was halte sie von dem? »Was von dem zu halten ist, weiß ich nicht.« Habe der sich um sie bemüht? »Der – um mich? Warum denn das? Vermutlich bin ich in dessen Augen bereits eine ältere Frau. Wenn ich auch kaum über dreißig bin.« Sie war, wußte Bachmeier, sechsunddreißig Jahre alt; doch ihr das vorzurechnen war unnötig oder auch unangebracht. Habe sie den Eindruck gehabt, daß es sich bei diesem Wesendung möglicherweise um eine Person mit extremer sexueller Potenz handeln könne? Was ja an sich nicht strafbar sei; doch sicherlich sei es gut, so etwas zu wissen. »Ich jedenfalls weiß das nicht, Herr Kommissar – ich will es auch gar nicht wissen.«

Sie schienen sich dennoch ziemlich gut zu verstehen, der Herr Bachmeier und die Frau Lenz. »Recht anregend – das alles!« versicherte er. »Wenn auch, rein praktisch gesehen« nicht nur leicht betrübt gesagt, »kaum sonderlich verwertbar.«

»Was, bitte, haben Sie denn von mir erwartet, Herr Kommissar?« Gesagt nicht ohne Bereitschaft zu einem gewissen Entgegenkommen; möglicherweise sogar, vielleicht, zu einem mehr privaten. Schließlich war er ihr nicht unsympathisch; und ihm war sie es offensichtlich auch nicht.

»Sie dürfen annehmen, verehrte Frau Lenz, daß ich durchaus zu verstehen vermag, warum Sie sich im Hinblick auf diese Vorgänge zurückhalten. Sie gehören wohl auch zu jenen Menschen, die ständig versuchen, sich ihr Eigenleben zu bewahren und bemüht sind, Anschuldigungen zu vermeiden, um sich keine einzuhandeln. Aber auch dann noch, wenn Sie einige der hier zum Vorschein gekommenen Vorgänge durchschauen könnten? Was Sie aber, wie ich annehmen muß, gar nicht wollen?«

»Und was Sie nicht zu respektieren gedenken! Doch was dann?«

»Werden wir ausweichen müssen, Frau Lenz! Auf andere Realitäten. Wenn es Ihnen nicht gelingen will oder kann, konkrete Angaben zu machen, könnte das vielleicht einer anderen Person möglich sein. Und zwar einem Wesen, das völlig frei ist von Vorurteilen – sowohl von den Ihren als auch von den meinen. Ich denke da an jemanden, der noch absolut ungetrübt weiß – was er weiß.«

»Sie wollen damit doch nicht etwa wieder auf meine Tochter Irene hinaus?« Das hatte sie kommen sehen! »Aber die liefere ich Ihnen nicht aus.«

»Die Formulierung ›ausliefern‹ will mir in diesem Zusammenhang unangebracht erscheinen!«

»Wäre Ihnen ›Zumutung‹ lieber?«

»Auch das wäre keinesfalls zutreffend, verehrte Frau Lenz. Denn falls es dazu kommen sollte, werde ich selbst es sein, der sich mit Ihrer Tochter zu unterhalten gedenkt – mit Behutsamkeit und Einfühlungsvermögen – das versteht sich von selbst. Mir kann man da vertrauen.«

»Kann ich das wirklich, Herr Bachmeier?«

»Voll und ganz, Frau Lenz! Denn falls sich ein solches Gespräch als unvermeidlich herausstellen sollte – keinesfalls so etwas wie eine Vernehmung, bitte achten Sie darauf –, dürfen Sie selbstverständlich anwesend sein, und, sobald Sie es für angebracht halten, jederzeit eingreifen. Sie, die Mutter.«

»Als Mutter komme ich mir oftmals reichlich hilflos vor. Bei derartigen Vorgängen erst recht.«

»Müssen Sie nicht, liebe Frau Lenz. Sie können auch, wenn Sie wollen, eine Person Ihres Vertrauens bestimmen, wen auch immer, die dann Ihre Interessen und die Ihrer Tochter wahrnimmt. Nun – das ist doch wohl ein annehmbares Angebot?«

Das war es. Das schien nun auch Johanna Lenz anzuerkennen; sie war nicht mehr ganz abgeneigt, ihre Irene einer derartigen Befragung auszusetzen. »Wenn ich also einen Menschen bitten darf, mir dabei behilflich zu sein, sozusagen unsere Interessen zu wahren – warum nicht?«

Prompt begann dieser Kommissar zu wittern, was so viel Entgegenkommen zu bedeuten haben könnte. Denn es war ihm durchaus gegeben, in möglichen Zusammenhängen zu denken. Zudem verfügte er über ein recht gutes Gedächtnis – wozu es diesmal gehörte, daß er den Wohnplan des Hauses genau vor Augen hatte.

»Sie haben, unmittelbar vor unserer Unterredung, Ihre Tochter sozusagen wegdirigiert – was ich verstehe. Dabei haben Sie ihr gesagt, sie könne zu einem Freund gehen – ein Stockwerk höher. Das wurde von Irene bereitwillig akzeptiert. Wer ist denn dieser Freund?«

»Ein gewisser Herr Wecker.«

Worauf Bachmeier bei sich selbst feststellen mußte: »Auch das noch!«

Nunmehr könnte es angebracht sein, dem nächsten Kapitel eine Warnung vorausgehen zu lassen, gerichtet an empfindsame Leser, die nicht mit schockierend Deutlichem konfrontiert zu werden wünschen.

In diesem Fall wäre es ratsam, die folgenden Seiten, bis zum nächsten Kapitel, einfach zu überschlagen. Wenn inzwischen von einem Vorgang berichtet wird, der nicht verschwiegen werden darf, so muß er dennoch nicht unbedingt in allen Einzelheiten zur Kenntnis genommen werden. Scheußlichkeiten gehören, allerletzter Einsichten wegen, gewiß mit zu der erstrebten Vollständigkeit dieses romanhaften Versuchs, über kriminelle Möglichkeiten zu berichten. Etliches davon läßt sich jedoch auch sozusagen gebündelt zusammenfassen.

Was dabei für eine generelle Information ausreichen dürfte, läßt sich in etwa so beschreiben: Bei dem nachfolgend rekonstruierten Gespräch – welches dem Kriminalinspektor Gutbrod sozusagen im Alleingang zu führen ermöglicht worden war – entwickelte dieser ihm speziell eigene, reichlich brutale, rücksichtslose

Befragungsmethoden. Und damit gelang es ihm, Angst auszulösen.

Nackte, bebende, anhaltende Angst – bei Waldemar Wesendung.

Dort also, im Zweizimmerapartment des Waldemar Wesendung, hockte nunmehr Kriminalinspektor Gutbrod – gleichsam lauernd-sprungbereit. In seiner Stimme schwang jägerhafte Munterkeit. Schließlich war er, wie er glaubte, von seinem Kommissar mit allen Vollmachten ausgestattet worden; im Sinne von: völlig freie Hand.

Noch einmal, und hier nun fast schon zum letzten Mal, gab sich Wesendung Mühe, sich erneut als Philosoph zu erweisen. »Was hier zum Vorschein gekommen ist, könnte durchaus als Shakespearesches Schauspiel bezeichnet werden: Irrungen und Wirrungen, angesiedelt zwischen Traum, Tanz und Tod, heimgesucht von Göttern und Dämonen! Empfinden Sie das nicht auch so, Herr Kriminalinspektor?«

»Verschonen Sie mich gefälligst mit einem derartigen Seich. Ist wohl elitär gedacht, was?« Er reagierte nicht ohne grimmige Vergnüglichkeit. »Das zieht bei mir nicht.«

»Also«, immer noch um Verständigung bemüht, »wünschen Sie offenbar nicht, Herr Gutbrod, sich auf tiefere Deutungen einzulassen – etwa im Hinblick auf jederzeit mögliche, wundersame Signaturen edler Gefühlsregungen, so zum Beispiel jene der Liebe zwischen den Menschen, die da kommen und vergehen kann; die sich ebenso als leere, blasse Hoffnung zu erweisen vermag, wie als schöne, reine, innige Zuneigung. Sollte etwas Derartiges Sie gleichgültig lassen?«

»Völlig, Herr! Was gehen denn mich, als Kriminalbeamten, solche massierten, hirnvernebelnden Schöngeistereien an?« Das saß – Wesendung zuckte zusammen. »Worum es hier allein geht, sind Tatsachen. Und die sehen nun mal so aus: Wir haben einen Toten gefunden – zu finden ist nunmehr ein dazugehöriger Täter. Und zwar einer mit Gelegenheit und Motivation.«

»Und dabei«, nahezu ungläubig erfreut, »sehen Sie mich an?«

»Na, wen denn wohl sonst?« Gutbrod lachte rauh und belustigt auf. »Denn einmal sind Sie hier der einzige im Raum, den ich ansehen kann.« Kleiner sich anbietender Polizeischerz. »Aber dann sind Sie auch noch genau der Richtige. Der, welcher in Frage kommt.«

»Ich?« Jähe Bestürzung, welche durch schnelle Abwehrreaktionen abgelöst wurde. »Das – ist ein Irrtum! Eine fatale Verdächtigung. Das sollten Sie sich, bitte, genau überlegen...«

»Ach, Menschenskind – Herr Wesendung!« Möglichst immer korrekt; zumindest, was die Anrede betraf. »Was ich mir leiste, ist meine Angelegenheit; die habe ich zu verantworten, das kann ich auch. Was Sie sich allerdings geleistet haben, müssen Sie allein verantworten. Und sich dafür zur Verantwortung ziehen lassen.«

»Ich? Wieso denn ich?«

»Was – das wissen Sie nicht? Wollen das wohl nicht wissen, wie? Machen Ausflüchte, zeigen sich zu keiner konstruktiven Mitarbeit bereit; welche übrigens Ihre

Lage verbessern könnte – möglicherweise, ein wenig. Na schön, Mensch, Herr Wesendung! Wenn Sie mich also unbedingt dazu zwingen« – er sah ihn bereits zappeln, wie einen Fisch in seinem Netz – »dann muß ich nun wohl ganz deutlich werden.«

Was dann kam, ließ nicht das allergeringste an Deutlichkeit zu wünschen übrig. »Also! Haben Sie diesen Jungen, dieses Kind – gevögelt?«

»Was sagen Sie da?« Wesendung, derartig provozierend befragt, schnellte hoch – wie erfüllt von auflodernder Empörung; die zunächst noch anhielt. »Da kann ich mich doch wohl nur verhört haben! Was erlauben Sie sich eigentlich mir vorzuwerfen?«

»Ich, Herr Wesendung«, ihn ›Herr‹ zu nennen, schien Gutbrod einiges Vernügen zu bereiten, »erlaube mir gar nichts – Sie sind es, der sich hier ganz offensichtlich einiges erlaubt hat. Doch da Sie nun mal Wert darauf legen, als Feingeist in Erscheinung zu treten – warum, mögen die Götter wissen; ich jedenfalls weiß es nicht –, werde ich trotzdem Rücksicht darauf nehmen. Also sage ich nun nicht: Sie haben diesem Jungen den Arsch aufgerissen, sondern stelle lediglich fest: Sie haben mit einem Kind Geschlechtsverkehr getrieben – haben es also mißbraucht. Das ist dem Gesetz nach strafbar.«

»Verbitte mir – derartige Anschuldigungen!« Wesendung sah sich lächelnd belauert. Erlaubte sich dann, doch keinesfalls einlenkend, die Frage: »Wie kommen Sie darauf?«

»Na, wie denn wohl, Herr – Wesendung?« Gutbrod dehnte sich nahezu behaglich; er reagierte mit wonniger Erbarmungslosigkeit. »Da liegt nämlich inzwischen ein gerichtsmedizinischer Befund vor.« Was zwar nicht zutraf – eine solche amtliche Feststellung sollte erst einen Tag später erfolgen. Diese bestätigte dann allerdings durchaus entsprechende Details, welche hier verwegen vorweggenommen wurden. »Schwere Beschädigungen des Afters, Blut- und Spermaspuren. Eindeutige Merkmale, erzeugt durch einen gewaltsam herbeigeführten Geschlechtsverkehr.«

»Das ist ja scheußlich! Aber ich habe nichts damit zu tun! Ich nicht!«

Fast zur gleichen Zeit hockte der ehemalige Kriminalkommissar Keller unbeirrbar und unentwegt an seinem Schreibtisch. Diesmal jedoch unruhig und unzufrieden. Denn da war es nun wieder – dieses Urproblem Kriminalismus, das ihn beständig, nun schon jahrelang, bedrängte.

Von ihm bezeichnet als: ›Der menschliche Faktor.‹

Ein Begriff, der nirgendwo zu finden war – der weder in Fachbüchern, Zeitschriften, Lehrmaterialien auftauchte; und schon gar nicht in Dienstanweisungen, Befehlen und Meldungen. Es war eine geradezu mit Entschlossenheit vermiedene Formulierung – man konnte sogar sagen: Sie wurde rundherum geleugnet. Was nicht ganz unverständlich schien – auch noch diesen ›menschlichen Faktor‹ in die kriminalpolizeiliche Alltagsarbeit mit einbringen zu wollen, war gefährlich.

Dabei kam es ausschließlich auf Tatsachen an, auf Fakten, auf Ermittlungen und auswertbare Vernehmungen, auf Objektivität, die auf Ergebnissen basierte.

Doch dabei traten Menschen in Erscheinung, auf beiden Seiten – und die erzwangen Subjektivität.

Da also eine klare, deutliche, einwandfreie Abgrenzung nicht möglich erschien – etwa zwischen kriminalen und kriminellen Personen, zwischen Täter und Opfer – waren somit üblich: Unentwegt aufkommende Vorurteile, Mißverständnisse, Leugnungen und Verleugnungen, Täuschungen und Vortäuschungen. Und fast immer auf Gegenseitigkeit beruhend.

Und Keller notierte diesmal, lediglich für einen Stapel seiner Aufzeichnungen bestimmt:

›Das Menschliche ist jederzeit möglich – das Allzumenschliche niemals fern. Ändern wird man das kaum können – doch man muß das wissen; und sich in entscheidenden Augenblicken daran erinnern.‹

»Sie wollen also nichts damit zu tun gehabt haben? Na, wer sollte denn wohl sonst dafür in Frage kommen? Denken Sie doch mal nach, Herr – Wesendung; nur ein wenig. Jedenfalls ist Tatzer diesbezüglich nicht zu belasten. Denn etwas Derartiges – nämlich Vater mißbraucht Sohn, und zwar geschlechtlich – hat in der Kriminalgeschichte absoluten Seltenheitswert. Echte Homosexuelle erweisen sich kaum jemals als funktionsfähige Familienväter. Da aber Tatzer sozusagen als normal gilt, kommt er mithin nicht in Frage. Wer aber dann? Na, was meinen Sie?«

»Männliche Wesen jedenfalls, mit welchen Veranlagungen auch immer, gibt es – auch in diesem Haus – dutzendweise.«

»Worauf wollen Sie hinaus, Wesendung – Herr Wesendung? Vielleicht auf einen jener vielfach wechselnden Mieter aus dem ersten oder zweiten Stock? Womöglich Türken oder Italiener? Hier ist sogar ein Grieche registriert, von denen schon im Altertum behauptet wurde, daß sie mit Knaben... Kommen Sie mir nicht auch noch damit! Jedenfalls liegt nicht der geringste diesbezügliche Hinweis vor. Könnte allerdings noch sein, daß Sie versuchen, auf diesen ältlichen Herrn vom fünften Stock anzuspielen. Wecker heißt er. Doch auch der dürfte kaum verdächtig sein.«

»Aber warum glauben Sie denn etwas derartig Entsetzliches ausgerechnet von mir?«

»Auch darüber, Herr Wesendung, kläre ich Sie bereitwillig auf. Denn während wir uns hier miteinander auf recht vielversprechende Weise unterhalten, sind etwa ein Dutzend Beamte – es handelte sich um vier, was aber auch nicht wenig war – darauf angesetzt, alle irgendwie feststellbaren Details über sämtliche Bewohner dieses Hauses zusammenzutragen. Mit der Weisung, alle irgendwie negativ erscheinenden Einzelheiten unverzüglich zu melden. Wobei höchst bemerkenswerte Details zum Vorschein kamen.«

»Mich betreffend?«

»Na, wen denn wohl sonst, Herr Wesendung? Nach übereinstimmenden Recherchen kommen Sie in allererster Linie als Täter in Frage. Dazu gehört beispielsweise der Hinweis, daß Sie in diesem Haus, und zwar ganz öffentlich, durch eine Fahrstuhlbeschriftung als ›Kinderficker‹ bezeichnet worden sind. Das ist doch wohl absolut unmißverständlich! Oder – sollte Ihnen diese derartig deutliche Bezeichnung entgangen sein?«

»Davon weiß ich nichts!« Wesendung leistete sich diese Behauptung mit nur noch mühsam abwehrender Erregung – noch ein Fehler mehr. Denn genau dies – daß er nichts davon gewußt habe – konnte ihm, nur wenige Stunden später, eindeutig als Lüge nachgewiesen werden; amtlich ›Versuchte Irreführung‹ genannt. Jetzt jedenfalls wagte er auch noch ablenkend zu erklären: »Da sind Feinde, Neider, Verleumder am Werk – und vermutlich sogar Personen, die von sich ablenken wollen. Auf diese aber sollten Sie achten!«

»Außer acht lassen wir nichts. Aber ablenken lassen wir uns auch nicht – schon gar nicht von Ihnen, Herr Wesendung.« Gutbrod sagte das sehr sicher: »Denn schließlich sind Sie alles andere als ein unbeschriebenes Blatt.«

»Was soll ich sein?«

»Wir sind nun mal, müssen Sie wissen, sehr gründlich. Wir lassen so gut wie nichts aus. So haben wir, rein vorsorglich, unsere Kollegen vom Dezernat Sitte um Nachprüfung ersucht, ob etwa bei deren Recherchen auch Ihr Name aufgetaucht sei.«

»Mein Name – dort?« Mit würgender Ungläubigkeit gefragt.

»Aber ja! Und der ist dort tatsächlich registriert worden – anläßlich einer Razzia nach möglichen Sexualverbrechern, anläßlich des Versuchs, einen Knaben zu mißbrauchen – neulich nachts. Sie sind also registriert; wenn auch nur nebenbei. Das ist mühsame, im Endeffekt wirkungsvolle Kleinarbeit. Dabei fügt sich ein Mosaiksteinchen zum anderen.«

»Das – ist doch total irrsinnig. Dabei kann es sich

doch allerhöchstens nur um Spekulationen handeln – ohne die geringste Beweiskraft!«

»Das möchten Sie wohl gerne so sehen?« Auch wenn das zutraf, bestand für Gutbrod keinerlei Veranlassung, es zuzugeben. »Tatsache ist jedenfalls, daß Ihre unsittlichen Beziehungen zu dem Jungen Tatzer einwandfrei erkannt worden sind. Und auch nachgewiesen werden können. Dafür existiert bereits ein Zeuge; was an sich völlig ausreicht. Falls es uns aber gelingen sollte, noch einen weiteren Zeugen aufzuspüren – und dafür sprechen alle bisherigen Erkenntnisse – dann sind Sie fällig!«

»Das ist ja eine Treibjagd!« rief Wesendung aus; bebend wie ein angeschossenes Tier. »Oder sollte ich sagen: Dabei handelt es sich um eine horrende Fehleinschätzung?« Er versuchte nun, sich wie mit letzter Kraft zu befreien. »Doch selbst wenn so etwas Ähnliches, also sehr Mißverständliches, geschehen wäre – dann aus reinsten, innigen Beweggründen. Jawohl – so etwas gibt es! Rein theoretisch betrachtet – denn zuzugeben habe ich nichts. Beachten Sie das bitte! Falls jedoch – ich sagte: falls – Ihre Vermutungen hinsichtlich intimer Vorgänge zutreffen sollten; was, meinen Sie, könnte dann daraus gefolgert werden?«

»Das Entscheidende! Das Motiv – das zu dieser Tat geführt hat. Jenen niedrigen, scheußlichen sexuellen Mißbrauch eines Minderjährigen.«

»Mein Gott – einfach fürchterlich, in was ich da hineingeraten bin!« stelle Wesendung fest, mit würgender Unruhe. Danach schien es ihm allerdings angebracht, auf behutsame Anbiederung umzuschwenken. »Sie wollen mich schockieren – oder sagen wir mal: aufklären. Vielleicht sogar darüber, wie es mir gelingen könnte, dieser Falle zu entgehen?« Dabei blickte er – ausgerechnet Gutbrod – flehend an.

»Ich sehe kaum eine Chance für Sie – nicht die geringste«, stellte dieser Inspektor rücksichtslos fest. »Denn nach dem – was inzwischen erkennbar geworden ist, und soweit ich das als Fachmann zu durchschauen vermag – sind Sie überführt.«

Wesendung überfiel die nahezu absurde, ihn heftig erregende Anwandlung, sich auf den Inspektor zu stürzen. Ein Verlangen, das allerdings schnell wieder abebbte – da er erkannte, daß dieser Polizeibulle möglicherweise genau darauf lauerte. Alsbald überfiel ihn Bestürzung; und schnell weit mehr als das: eine nackte, bebende, anhaltende Angst!

Wesendung fühlte sich nun gleichsam wie ein gestelltes, verletztes, in die Enge getriebenes Tier. Nichts als ein Stück Wild – doch eins, das sich zu wehren begehrte, fluchtbereit nach einem Ausweg suchte. Irgendeinen mußte es geben, mußte er finden.

Jedoch welchen?

Nachdem Johanna Lenz das Gespräch mit Kriminalkommissar Bachmeier einigermaßen überstanden hatte, suchte sie nach ihrer Tochter Irene. Wo die zu finden war, wußte sie: eine Treppe höher – in der Wohnung des Adalbert Wecker.

Dort wurde sie, nach freundlicher Begrüßung hereingebeten. Wecker geleitete sie in sein Arbeitszimmer, wo Irene auf dem Fußboden hockte; vor sich ein aufgeschlagenes Buch.

»Wir besehen Bilder! Und was für welche!« rief das Kind der Mutter zu. Die Formulierung ›Bilder besehen‹ schien der allerdings nicht sonderlich zu gefallen – vermutlich eigener spezieller Erfahrungen wegen, die sie hatte machen müssen. Sie wurde jedoch unverzüglich von ihrer Tochter aufgeklärt.

»Bilder von einem gewissen Feininger!« Irene zeigte sich sichtlich angeregt. »Und weißt du, was der gemacht hat? Der hat ganz normale Landschaften, aber auch Häuser, sogar Kirchen, einfach zerlegt – in Quadrate, Rechtecke, überhaupt in eckige Gebilde; und die hat er dann noch mit völlig unmöglichen Farben ausgepinselt. Da ist nichts mehr richtig, nichts mehr genauso, wie in der Natur – und dennoch stimmt alles! Das entspricht dem Wesen der Dinge, sagt Herr Wekker.«

»Irene«, bestätigte Wecker behutsam und mit sichtlichem Wohlgefallen, »hat das Wesentliche dieser malerischen Deutungen absolut richtig erkannt. Sie ist nun mal ein kluges, waches Kind: ausgestattet mit einer ganz besonderen Beobachtungsgabe.«

»Bin ich«, bestätigte Irene nicht ohne Stolz.

»Bist du – aber ja!« meinte ihre Mutter vorsichtig. »Nur eben willst du mir manchmal fast schon ein wenig zu klug vorkommen – für dein Alter. Und ich weiß nicht recht, ob das gut ist. Haben nicht auch Sie diesen Eindruck, Herr Wecker?«

»Hat der nicht!« Davon war Irene überzeugt. »Wir beide verstehen uns, nicht wahr?«

»Dennoch, mein liebes Kind, würde ich mich nun gerne ein wenig näher mit Herrn Wecker unterhalten. Das, bitte, mußt du verstehen.«

»Aber ja – das schon!« Irene zeigte sich spontan entgegenkommend. »Auch, wenn das wieder mal zu bedeuten hat, daß ich mich entfernen soll. Wo soll ich denn jetzt spielen – wieder auf dem Korridor?«

»Dort nicht, mein Kind. Halte dich in unserer Wohnung auf. Und versuch mich zu verstehen – ich möchte dich nicht mit unnötigen Problemen belasten. Und das entspricht, wie ich annehme, auch der Ansicht von Herrn Wecker.«

»Trifft das zu?« verlangte Irene zu wissen.

»Das, mein Kind, kann ich nicht wissen, noch nicht.« Bemüht besänftigend gesagt. Er wandte sich an Johanna. »Darf ich fragen, Frau Lenz, worüber Sie sich mit mir unterhalten möchten?«

»Über ein Gespräch, das ich mit Herrn Kriminalkommissar Bachmeier geführt habe.«

»Mit – welchem Inhalt?« Volle Aufmerksamkeit.

»Mit keinem irgendwie deutlich erkennbaren, Herr Wecker. Dabei ist jedoch ein heikler Punkt zum Vorschein gekommen. Herr Bachmeier scheint zu beabsichtigen, noch weitere Fragen zu stellen – und zwar an Irene.«

»Dann allerdings«, schnappte dieses clevere Kind sofort zu, »geht mich euer Gespräch doch was an. Oder etwa nicht?«

»Könnte sein – könnte auch nicht sein.« Wecker versuchte, beide zugleich zu betrachten – die Mutter und ihr Kind. »Ob aber nun heikel oder nicht – so was weiß man erst, wenn derartige Fragen gestellt werden. Auch kommt es darauf an, wie sie gestellt werden.«

»Trotzdem«, sagte Johanna Lenz entschieden, »können dabei bei einem Kind Verwirrungen und unnötige Unruhe erzeugt werden. Vielleicht sogar schockartige Nachwirkungen...«

»Aber doch nicht bei mir!« Irenes Interesse war nicht mehr zu bremsen. »Wenn dieser Herr Bachmeier irgend etwas von mir wissen will, warum sollte ich ihm das nicht sagen? Schließlich habe ich da so dies und das gesehen – eigentlich eine ganze Menge.«

»Rede, bitte, keinen derartigen Unsinn, Irene! Halte dich zurück. Was kannst du denn schon wissen von dem, was da alles passiert ist? Sein könnte.«

»Das war kein Unsinn! Was ich weiß, das weiß ich!«

»Vielleicht«, mischte sich nun Adalbert Wecker vorsichtig ein, »solltest du uns, deiner Mutter und mir, ein wenig von dem erzählen, was du gesehen hast. Gesehen zu haben glaubst.«

»Muß das sein?« fragte Johanna Lenz ehrlich besorgt. »Ist das – ratsam?«

»Möglicherweise ist genau das angebracht. Damit wir wissen – wenigstens so ungefähr –, worauf wir gefaßt zu sein haben.«

»Aber, ich bitte Sie, Herr Wecker! So ein Kind vermag doch gar nicht zu erkennen, worum es hier geht?«

»Was ein Irrtum ist!« behauptete Irene völlig ungerührt. »Also, Herr Wecker, was meinen Sie, womit soll ich da anfangen? Etwa gleich bei dem dicksten Hund? Ich habe nämlich gesehen, und nicht nur einmal, wie der Thomas abgeknutscht worden ist – von dem Wesendung.«

Johanna, sichtlich empört, war offenbar nur allzu bereit, in dieses Gespräch einzugreifen; das zu blockieren. Wecker blickte sie intensiv an, schüttelte dann seinen Kopf. Was eine Warnung war. Deren gewichtigen Sinn begann sie, gleich in den nächsten Minuten, zu begreifen.

Adalbert setzte sich zu Irene, was die als schmeichelhaftes Interesse an ihrer Person empfand – ein Eindruck, der zutraf. Der war beabsichtigt worden. »Es gibt da nun mal«, sagte er, »Unterschiede, welche erkannt werden müssen. So etwa dies: Was jemand gesehen zu haben glaubt, muß jedoch nicht unbedingt gleichbedeutend sein mit dem, was dabei tatsächlich vorgefallen ist.«

»Aber ja – das verstehe ich. Das ist, wie Sie damit wohl sagen wollen, so ähnlich wie mit diesen Feininger-Bildern, die Sie mir gezeigt haben.« Mithin wohl nicht ganz zufällig, schien sich nun herauszustellen.

»Genau darauf ist dabei wohl zu achten, liebe Irene. Denn ganz einfach zu durchschauen ist nämlich nichts.«

»Ja – das kann schon sein; zumal, wenn Sie das sagen.« Das gab Irene zu, blieb jedoch unbeirrbar. »Doch immerhin – was ich da gesehen habe, das habe ich nun mal gesehen! Das allerdings war gar nicht so wunderbar feinsinnig, wie von Feininger gemalt, vielmehr ganz direkt, so wie fotografiert. Der hat ihn abgeknutscht – und wie!«

»Unterlasse, bitte«, wurde sie von ihrer sehr unruhig

gewordenen Mutter ermahnt, »derartige ordinäre Wörter! Von wem hast du so was bloß gelernt?« Von ihr jedenfalls nicht, wurde damit versichert; was vermutlich auch zutraf.

»Aber was, bitte, soll dabei irgendwie ordinär sein? So war es – und so sagt man dazu!«

Eine Formulierung wie ›abknutschen‹ gehörte, wie Wecker wußte, keinesfalls zum Vokabular der kriminalen Vernehmungsbereiche. Das war Jargon, der sozusagen amtsgerecht aufgeschlüsselt werden mußte. »Nun, sagen wir vielleicht: Die beiden haben so was wie Zärtlichkeiten miteinander ausgetauscht!«

»Aber nicht doch! Was die da so getrieben haben, war weit mehr als das! Da unten im Keller, bei der Tür zur Tiefgarage. Genau dort, wo der Thomas gefunden worden ist.« Irene war um Klärungen lebhaft bemüht.

»Da hast du nun also«, versuchte Wecker vorsichtig abzuwiegeln, »zwei Menschen erblickt – einander zugeneigt. Dabei kann es sich auch um eine sehr schöne, freundschaftliche, zutrauliche Geste gehandelt haben. Dabei muß man ja nicht unbedingt gleich was Schlechtes denken – so was kann es geben.«

»Da muß ich nun aber wohl mal ganz deutlich werden!« Irene sagte das recht ernsthaft, mit leicht unwilliger Verwunderung auch: Vermutlich fühlte sie sich völlig falsch eingeschätzt. »Die beiden hatten die Hosen heruntergezogen! Jawohl. Na, wenn das nicht eindeutig war – was denn sonst noch?«

»Selbst dabei«, gab Wecker zu bedenken, wie um jede Möglichkeit auszuschöpfen, dieses eigenwillige Kind zum Nachdenken zu bringen, »könnte es sich um einen Irrtum eines zufälligen Betrachters gehandelt haben. Denn gelegentlich entledigt man sich der Kleidung allein der Temperaturen wegen – dann krempelt man sich die Ärmel hoch, knöpft sein Hemd auf; und ähnliches mehr. Nun ja – ein wenig fragwürdig ist das schon; muß jedoch nicht gleich sonderlich viel zu bedeuten haben.«

»Ach was!« Irene schien entschlossen, sich nicht beirren zu lassen. »Die wollten nichts – wie – na, Sie wissen schon! Und der Thomas war da keinesfalls abgeneigt. Jedenfalls hat dieser liebe, gute Kleine, wie stets danach, einen Zwanzigmarkschein eingesteckt.«

»Nun aber mal langsam, Irene! Hierbei solltest du einen Punkt ein wenig genauer betrachten. Nämlich diese Sache mit dem Zwanzigmarkschein. Also, was ist denn da wirklich geschehen? Kannst du behaupten, bei einer derartigen Geldübergabe dabei gewesen zu sein? Kannst du nicht. Sollte dir Thomas davon erzählt haben? Na, und wenn – so hat das praktisch so gut wie nichts zu bedeuten. Doch damit läßt du dich auf eine Behauptung ein, die du keinesfalls zu beweisen vermagst. Allein schon das könnte durchaus ausreichen, dich um deine ganze Glaubwürdigkeit zu bringen. Verstehst du, was ich damit sagen will?«

»Durchaus, Herr Wecker!« Irene reagierte konzentriert und wachsam. Sie lernte verblüffend schnell; kaum verwunderlich bei diesem einzigartigen Lehrmeister. »Sie meinen also, daß ich mich nicht auf Vermutungen einlassen darf; mich allein an Tatsachen halten soll. Und wenn ich etwas äußere, dann so zurückhaltend wie nur möglich. Damit dann keiner sagen kann: Die Kleine lügt das Blaue vom Himmel herunter. Und einmal gelogen, ist immer gelogen! Richtig so?«

»Ja – genau so ist das, Irene«, versicherte Wecker ihr; sehr ernsthaft, nicht ohne Anerkennung. Johanna lächelte ihn an, mit dankbarer Erleichterung, allerdings ein wenig verfrüht. Denn nun kam ein weiterer, äußerst heikler Punkt, den selbst Wecker nur höchst ungern zu berühren schien. »Jetzt würde ich gerne noch etwas ganz Bestimmtes geklärt wissen, Irene, das Einverständnis deiner Mutter vorausgesetzt. Du hast nun einiges gesehen, anderes gehört; mehr oder weniger zufällig. Aber – wie ist es damit: Hast du dich jemals, womöglich sogar direkt, daran beteiligt? Bist du dazu aufgefordert worden? Und, wenn ja – was hat sich dabei ergeben?«

»Das allerdings sind Fragen, Herr Wecker«, Johanna reagierte mit entschiedener Ablehnung, »die ich Ihnen nicht erlaube.«

»Aber warum denn nicht!« Irene schien fast belustigt. »Mit mir ist so was nicht zu machen. Ich bin nämlich aufgeklärt – ganz genau! Und wenn jemand versuchen sollte, mich anzumachen – dann mache ich, daß ich wegkomme. Und ich zeige ihn an. Bei der Polizei. Das habe ich nämlich gelernt.«

»Hört sich gar nicht ungut an!« mußte Wecker zugeben.

»Sollten Sie mir doch ganz was anderes zugetraut haben, Herr Wecker?« verlangte Irene zu wissen. »Oder waren das – hoffentlich – nur einige von vielen Fragen, um nichts auszulassen?«

»So darfst du es annehmen, Irene.« Adalbert sah Johanna zustimmend nicken; endlich erleichtert.

Damit schien es Wecker gelungen zu sein, eine Menge unnötiger Schwierigkeiten abzubauen. Nun konnte die hier amtierende Kriminalpolizei, sogar in Gestalt von Kommissar Bachmeier, auf Irene Lenz zukommen.

Irgendwelche Entgleisungen waren kaum noch zu befürchten. Oder – sollte doch irgend etwas übersehen worden sein?

Die nächsten Situationen der Aufklärung sahen, vereinfacht, gebündelt, auf den wesentlichsten Nenner gebracht, etwa so aus:

Vorgang eins: Der erfolgte, wie alle weiteren, am gleichen Tag.

Kommissar Bachmeier ließ sich von Inspektor Gutbrod ausführlich über das mit dem verdächtigten Wesendung geführte intensive Aufklärungsgespräch Bericht erstatten. Das mit dem Tenor: ›Spuckt große Bogen – ist jedoch eine ganz labile Type.‹ Daraufhin wurde eine Aktion angeordnet, die nach Lage der Dinge angebracht schien.

Für die Wohnung Waldemar Wesendungs wurde nunmehr eine Durchsuchung angeordnet. Dieses Objektes nahmen sich zwei Ermittlungsbeamte an. Sehr gründlich, nahezu schweigend, führten sie ihren Auftrag aus.

Dabei beschlagnahmten sie auch Waldemar Wesendungs getragene Bekleidung: Er habe andere Sachen anzuziehen. Nachdem das geschehen war, wurde er, um nicht weiter zu stören, in den Korridor verwiesen. Während die Aufklärungsbeamten in seinem Apartment werkten, intensiv und hörbar – stand er also herum. Allein. Von niemandem beachtet.

Und immer noch, mit zunehmender Heftigkeit, war er von nackter Angst gepackt. Einer quälend lange anhaltenden. Um ihn nichts als Wände – verbraucht und schäbig. Kein Mensch war zu sehen – nicht einer. Wie ausgestoßen kam er sich vor.

Und wieder, immer wieder, mußte er sich dumpf grübelnd fragen: Was nun – was kann ich tun – um dem zu entkommen? Was – soll ich nur machen?

Vorgang zwei:

Der Kommissar und sein Inspektor – jetzt wieder gemeinsam, wie sich das normalerweise entsprechend der Polizeiregel gehörte – suchten anschließend, um nichts und niemanden auszulassen, das Penthouse auf. Frau von Senker war von betonter Höflichkeit.

»Ich heiße Sie willkommen, meine Herren! Dabei bitte ich Sie um Verständnis dafür, wenn ich hier nun auf meine Rechte hinweise – wie Sie das wohl, nehme ich an, von mir erwartet haben. Aber bitte, bitte, setzen Sie sich doch – machen Sie es sich bequem. Darf ich Ihnen eine Erfrischung anbieten – eine alkoholfreie selbstverständlich, da Sie ja im Dienst sind.«

»Soll das etwa heißen«, Gutbrod schob sich ziemlich entschlossen vor, »Sie wollen nicht ...«

Bachmeier bremste unverzüglich ab – wofür, diesmal noch, ein kurzer Blick ausreichte. »Verbindlichen Dank, Frau von Senker!« Er mimte ganz gediegene, höfliche Polizeikorrektheit; durchaus nicht ohne Wirkung. »Wenn Sie erlauben – ein Glas Wasser, bitte.«

Sie ließen sich nieder, versanken nahezu in mächtigen Ledersesseln, wurden aufmerksam betreut. Sie erhielten, in erlesenen Kristallgläsern, Mineralwasser ohne Kohlensäure. Ein Getränk, welches Gutbrod zutiefst verabscheute; was Bachmeier wußte.

Frau von Senker setzte sich zu ihnen. »Ich empfinde es als erfreulich, meine Herren, so ausgesucht höflichen Beamten zu begegnen. Ein solches Verhalten gehört wohl mit zu jener neuen demokratischen Linie unserer Polizei. Auf diese erfreulich positiven Bestrebungen hat mich unser Innenminister aufmerksam gemacht.« Dem waren die Polizeikräfte des Landes unterstellt. Deutlich genug? Absolut! »Erst neulich haben wir diesbezüglich ein privatgesellschaftliches Gespräch geführt.«

»Na, das ist doch sehr schön, wenn Sie so viel Verständnis für uns entwickeln.« Gutbrod hatte die Situation immer noch nicht erkannt – was auch kaum von ihm zu erwarten war. »Dann könnten Sie doch, ohne weiteres, und nun erst recht...«

»Nein – Frau von Senker muß nicht!« Bachmeier erklärte das so unmißverständlich, daß Gutbrod verstummte; wenigstens doch bei diesem Gespräch. Das zog der Kommissar nun an sich. »Frau von Senker sieht das absolut richtig! Sie kann keinesfalls genötigt werden, auch nur eine einzige Frage zu beantworten. Nicht ohne Anwesenheit ihres Rechtsanwaltes.«

»Und der, müssen Sie wissen, ist hier einer der Besten.« Sie nannte seinen Namen – er hatte einen Ruf wie Donnerhall. »Sogar der Herr Ministerpräsident läßt sich, nebenbei bemerkt, von ihm beraten. Jedenfalls danke ich Ihnen, Herr Kommissar Bachmeier, und zwar sehr – für Ihr entgegenkommendes Verständnis.« Was sich anhörte, als habe sie hinzufügen wollen: Werde es zu rühmen wissen; bei passender Gelegenheit.

»Versteht sich doch von selbst, gnädige Frau!« Bachmeier hob ihr, absolut ungeniert, sein Glas mit Mineralwasser entgegen. Woraufhin es auch Gutbrod unvermeidbar schien, ein wenig von diesem fatal schmekkenden ›Gesöff‹ zu schlürfen. Er verschluckte sich mächtig.

Bachmeier fuhrt fort: »Es hat sich ja auch lediglich um ein Informationsgespräch gehandelt – und zwar um eins, das Sie informiert! So, bitte, nur so, sollten Sie das sehen!«

Bemerkenswert war, daß eine von diesem Kriminalkommissar äußerst selten gebrauchte Vokabel – dieses ›bitte‹ – hierbei gleich mehrmals auftauchte. »Denn schließlich haben Sie persönlich, nach Lage der Dinge, offenbar nicht das Geringste mit diesen Vorgängen zu tun – weder direkt noch indirekt.«

»Freut mich, wenn Sie das so sehen, Herr Kriminalkommissar Bachmeier.« Die Dame betonte, wie gezielt, seinen Dienstgrad und Namen zugleich. Damit sollte vermutlich signalisiert werden: Diese würde sie sich merken; was sich angenehm würdigend anhörte. »Wie kommen Sie denn so voran – wenn man fragen darf?«

»Einigermaßen, Frau von Senker. Sie – nehmen Anteil?«

»Aber ja, selbstverständlich!« Sie fühlte sich offenbar jetzt befreit von unangenehmen Polizeizwängen. »Dieser arme Junge – wie konnte das nur geschehen? Aber ich muß auch an dessen beklagenswerten, vielfach heimgesuchten Vater denken. Unvorstellbar – was diesem braven Mann widerfahren ist.«

»Sie scheinen ihn sehr zu schätzen – was ich verstehen kann.« Der Kommissar demonstrierte sein Einfühlungsvermögen. »Darf ich wissen, welche Gründe zu dieser Ihrer Einstellung geführt haben? Bitte.«

»Nun – zunächst einmal dies: Ich schätze Herrn Tatzer als Hausmeister sehr – ein besserer, ordnungsbewußterer, aufmerksamerer ist hier kaum denkbar. Außerdem könnte man sagen, hat er eine ganz besondere Wesensart – eine, die als recht deutsch zu bezeichnen ist. Was keinesfalls irgendwie unehrenhaft gemeint ist – auch wenn das heutzutage manchmal so ausgelegt wird. Der jedenfalls – auch wenn er nur ein Hausmeister ist – weiß offenbar noch, was Stolz sein kann, was Verpflichtung zu bedeuten hat.«

»Und wie, bitte«, ganz sanft nachgefragt, »hat sich das geäußert – aus Ihrer Sicht?«

»Aber, aber, lieber Herr Kommissar!« Gesagt nahezu mit einer Andeutung wie: Wollen Sie mich etwa amüsieren? »Ich muß doch wohl nicht annehmen, daß Sie beabsichtigen, mir Fangfragen zu stellen?«

»Aber nicht doch, verehrte gnädige Frau.« Ganz schlicht versichert. »Ich habe lediglich erhofft, von Ihnen einige Anregungen zu erhalten.«

»Haben Sie ja auch, mein lieber Kommissar.« Frau von Senker schien sich nun zurückziehen zu wollen –

in ihr sicherlich vergoldetes Schneckenhaus. »Ich unterhalte mich sehr gerne mit Ihnen, möchte ich versichern. Doch alle weiteren Gespräche zwischen uns, die diese Vorgänge betreffen, müssen rechtlich abgesichert werden.« Hieß also – kein Wort mehr hierzu! Nicht ohne Rechtsanwalt.

»Fühle mich dennoch aufgeklärt!« versicherte Bachmeier. Was zutraf.

Vorgang drei – der vermutlich wichtigste von allen.

Dieser erfolgte in den späten Nachmittagsstunden jenes Tages; kurz nach 17 Uhr 30, zu einem Zeitpunkt, an dem sich der Kommissar und sein Inspektor bereits mit dem Gedanken beschäftigten, im Haus Germaniastraße 175 für heute Schluß zu machen.

Es hatte sich um einen ungemein arbeitsintensiven Tag gehandelt, randvoll von Fragwürdigkeiten und Ernüchterungen. Nun jedoch könnte, vielleicht, ein gemeinsames Abendessen stattfinden.

Doch bevor sie noch das Haus verlassen konnten – sie waren bereits bei der Haustür angelangt – eilte ihnen ein weibliches Wesen nach. Dieses war beiden, sozusagen amtlich, bereits ausreichend bekannt, wie sie glaubten: Barbara Binding. Sie stellte sich ihnen in den Weg, wobei nicht gleich erkennbar war, ob sie sich nur wichtig machen wollte oder sich dazu gezwungen sah.

»Ich glaube, ich sollte Ihnen etwas berichten.« Barbara atmete schwer. »Da ist etwas geschehen, was ich Ihnen wohl kaum verschweigen darf. Falls Sie glauben…«

»Hat vermutlich Zeit bis morgen«, wurde sie von

Gutbrod abgewimmelt. Sein Verlangen nach einem kräftigen Bier war stark ausgeprägt – nach diesem scheußlichen Mineralwasser bei der Penthousedame allemal.

»Aber ja. Braucht ja auch nicht gleich zu sein.« Die vorgeprellte Barbara Binding schien erleichtert. »Sie werden schon wissen, wozu Sie mir raten. Aufdringlich sein, einmischen, will ich mich wirklich nicht.« Sie machte Anstalten, sich zurückzuziehen.

Das ließ allerdings der Kriminalkommissar nicht zu. Ausgestattet mit einem ziemlich sicheren Instinkt, witterte er einiges, ohne jedoch zu ahnen, was das sein könnte. Auslassen, jedenfalls, wollte er nichts. Nicht den geringsten Fehler konnte er sich leisten – nicht in diesem Haus, in dem ein Wecker lebte.

»Erledigen wir das lieber gleich«, entschied Bachmeier. »Wir haben ja einen Arbeitsraum zur Verfügung.« Nur wenige Schritte von der Haustür entfernt.

Dort ließen sie sich am Tisch nieder – die Binding und der Kommissar wie Seite an Seite. Gutbrod hatte sich, notizbereit, am Rande aufzuhalten. Auf eine derartige Anordnung wurde Wert gelegt – denn diese vermochte erfahrungsgemäß die Mitteilungsbereitschaft zu verstärken.

»Also, Frau Binding – was gibt es? Zunächst jedoch bedanke ich mich für Ihr Vertrauen.« Eingelernte Lockvögeltöne; oft bewährt.

Barbara Bindung versicherte unverzüglich, was sich glaubhaft anhörte: Sie tue das zwar nicht gerne, hielte es aber für bedeutsam. Und genau das, wie von Bachmeier erwartet, schien tatsächlich der Fall zu sein.

Wenn Gutbrot dabei begann, sich Notizen zu machen – nichts wie reine Routine! Der fiel nicht sonderlich auf, schien vor sich hinzudösen. Kein Hinweis also, welcher lauernde Anspannung signalisierte.

Die Binding jedenfalls war nun sicher: Sie könne dem verständnisvollen Wohlwollen der beiden Kriminaler vertrauen. Sich denen also anvertrauen.

Also begann sie: Sie, Barbara Binding – wobei es sich um ihre Eröffnung Nummer eins handelte – sei von Waldemar Wesendung aufgesucht worden. Wann? Vor etwa einer Stunde. Wo? In ihrem Apartment. So was habe der, nachgefragt, noch niemals zuvor getan – also weder versucht, noch gewagt. Wobei er ganz plötzlich zudringlich geworden sei – oder eben aufdringlich.

»An sich doch weiter kaum verwunderlich«, meinte Gutbrod; was wohl als Ermunterung gedacht war. »Nicht bei dessen labilen niederen Veranlagungen – die er als elitäre Erkenntnisse auszugeben pflegt.«

»Sagen wir: ein an sich nicht ganz erklärbarer Vorgang«, schränkte Bachmeier unverzüglich warnend ein. »Und wenn der auch, nach der zu respektierenden Ansicht von Frau Binding, kaum sonderlich taktvoll war, so könnten jedoch, nicht wahr, selbst dabei noch, einige feinere Regungen vermutet werden.«

»Nein. Leider nein!« gab Barbara zu. Wohl habe sie zunächst an etwas Derartiges gedacht – also von wegen feinere Regungen! Vielmehr habe dieser Waldemar Wesendung – und dies war ihre Eröffnung Nummer zwei – geradezu rücksichtlos versucht, sie zu vereinnahmen. Und das, wie sie nun erschaudernd feststellte, mit reichlich brutalen Zugriffen. Von zärtlichen Liebesempfindungen – keine Spur!

»Schließlich ist es dann sogar«, fuhr Barbara Binding fort, »zu einem Ansinnen sondergleichen gekommen; seinerseits. Was ich nicht verschweigen darf.«

»Absolut richtig erkannt.« Doch zunächst einmal ließ Bachmeier, lehrhaft-wirksam, einige seiner Erkenntnisse vom Stapel. »Verschweigen kann nur allzu leicht in Begünstigung ausarten, sogar als Komplizenschaft ausgelegt werden. Sie jedenfalls sind gewiß nicht derartig leichtfertig und unklug veranlagt, sich auf so etwas einzulassen. Also – was hat er denn von Ihnen verlangt?«

»Ganz einfach dies – und so weit zu gehen hat der tatsächlich gewagt: Ich solle bezeugen, daß ich die ganze letzte Nacht bei ihm verbracht hätte; und zwar bis in die Vormittagsstunden hinein.«

»Haben Sie aber nicht, was?« Gutbrods Stimme war voll triumphierender Untertöne. »Und vermutlich haben Sie gerade noch rechtzeitig erkannt, daß Sie gar nicht in der Lage sind, etwas Derartiges zu bezeugen – weil das einfach nicht zusammengeht. Schließlich können Sie nicht zugleich mit dem schlafen und gleichzeitig eine Leiche auffinden! Mit einer solchen Aussage hätten Sie sich garantiert eine ganze Menge Unannehmlichkeiten eingehandelt.«

»Das allerdings«, versicherte Barbara Bindung glaubhaft, »war mir nicht bewußt – wirklich nicht. Ich bemühe mich, ganz ehrlich zu sein.«

Das also war die Bestätigung! Verlangend blickte

Gutbrod seinen Kommissar an. »Damit haben wir den! Endgültig. Diesen labilen Sauhund!«

Bachmeier jedoch vermochte die Konstellationen wesentlich klarer zu sehen – ihm war es gegeben, erheblich weiter zu denken. Somit bestätigte er zunächst nichts – stellte lediglich fest: »Da hat also, Frau Binding, bestimmte Person Forderungen an Sie gestellt. Diese sind jedoch von Ihnen ganz entschieden abgelehnt worden. War das so?«

»Konnte ich denn anders handeln, Herr Kommissar?«

»Konnten Sie wohl nicht. So weit und so gut, Frau Binding. Aber – vielleicht nicht gut genug?« Bachmeier wußte, wovon er sprach. »Und zwar dann nicht, wenn Sie Wesendung gegenüber die Andeutung gemacht haben, daß Sie sich diesbezüglich an die Kriminalpolizei wenden würden. Haben Sie ihm das angekündigt – ganz unmißverständlich?«

»Ja. Das habe ich für angebracht gehalten! Nicht gleich aus Pflichtgefühl; aber vielleicht, weil ich empört war – über dieses unfeine Vorgehen! Das, habe ich ihm gesagt, kann er mit mir nicht machen! Er besitzt nicht die geringste Berechtigung, etwas Derartiges von mir zu verlangen! So was müßte ich, und zwar sofort, der Polizei weitergeben.«

»Danke, Frau Binding.« Kriminalkommissar Bachmeier handelte jetzt verblüffend schnell. »Keine weiteren Fragen mehr! Aber ich versichere Ihnen: Sie haben absolut richtig gehandelt. Nun dürfen Sie sich sozusagen erlöst fühlen. Und, bitte, halten Sie sich in Ihrer Wohnung auf – nur so, pro forma. Kaum anzunehmen, daß wir Sie noch benötigen werden.«

Barbara Binding entfernte sich; sichtlich erleichtert. Der Kommissar persönlich hatte sie, höflichst, zur Tür geleitet. Um sodann, höchst alarmiert, zu seinem Inspektor zu sagen: »Nun aber nichts wie hin – zu diesem Wesendung!«

Aus diesem allen ergab sich, nach nur wenigen Minuten, der Vorgang vier dieser Ereignisse.

Bachmeiers plötzlich hervorgebrochene Unruhe übertrug sich prompt auf Inspektor Gutbrod.

Der klingelte beharrlich an der Tür ihres ›Zielobjektes‹ – keine Reaktion. Dann lehnte er sein linkes Ohr gegen die dünnen Sperrholzbretter, die geradezu einem Resonanzboden glichen. Er lauschte. Kein Laut von drinnen! Er machte den Eindruck, als ob er sagen wollte: Alles wie tot! Sagte das jedoch nicht.

»Also – los!« kommandierte Kommissar Bachmeier mit düsterem Unwillen. »Aufmachen!«

Gutbrod nickte. Vorsorglich planend, wie er war, besaß er bereits einen ›Generalschlüssel‹ für das Gebäude – den hatte er sich von Hausmeister Tatzer aushändigen lassen. Das Apartment erwies sich glücklicherweise als von innen nicht versperrt. Sie gelangten komplikationslos hinein. Drinnen stellten sie mit schnellen, sicheren Späherblicken fest: Die Vorhänge vor den Fenstern waren zugezogen und die Lampen eingeschaltet. Daher erblickten sie auch sofort Waldemar Wesendung. Er schien über den schäbigen Tisch aus Fichtenholz gefallen zu sein, der mitten im einzigen größeren Raum stand. Lag dort mit weit ausgebreiteten Armen, ausgestreckten Füßen. Er war tot.

»Na, das ist vielleicht eine Scheiße!« stellte Gutbrod bei diesem Anblick fest. »Hat der sich doch glatt unserem Zugriff entzogen! Das sieht diesem hinterhältigen labilen Typen ähnlich!«

Der bei weitem erfahrenere Kommissar wich zurück, in der richtigen kriminaltaktischen Erkenntnis: Hier durfte jetzt möglichst nichts angerührt werden. Hier mußten Fachleute ran.

Als erstes wollte Bachmeier dann wissen: »Sehen Sie hier irgendeine schriftliche Bekundung?« So was war gemeinhin üblich – bei Selbstmördern fast immer.

»Ist vorhanden.« Der Inspektor wies auf einen Schreibblock, der aufgeschlagen neben der Leiche lag. »Und darauf steht: ›Ich bin unschuldig!‹« Gutbrods Kommentar, ein unverlangter, erfolgte prompt: »Na, was denn sonst? Der versucht sich noch ins Grab hineinzulügen.«

»Aber ja«, meinte der Kriminalkommissar nachsichtig. Das Übliche war das nicht; konnte jedoch immer wieder mal vorkommen. Selbst wenn diese Typen keinen Ausweg mehr wußten, gierten sie zumindest danach, auch im Tode noch ihr Gesicht zu wahren.

»In diesem Fall«, stellte Gutbrod massiv fest, »handelt es sich, ganz eindeutig, um ein glattes Schuldeingeständnis – die Flucht eines labilen Mannes vor der Verantwortung. Aber auch erklärbar als Kapitulation vor unserem gesammelten Material, das immer vollständiger geworden ist; und zu dem jetzt auch noch neueste Zeugenaussagen hinzukommen. Den letzten

Stoß hat ihm die Binding verpaßt – mit ihrer Ankündigung, sie werde seine Zumutungen der Polizei mitteilen.«

»Anzunehmen.« Hieß also noch nicht: angenommen.

»Immerhin, Chef«, der Inspektor war ungleich optimistisch, »haben wir nunmehr jede Veranlassung, diesen Fall als so gut wie erledigt zu betrachten. Ja, als abgeschlossen.«

»Nein, Gutbrod – noch nicht!« Bachmeier, der alte Praktiker, dachte weiter. »Selbst diese Erkenntnise bedürfen der Absicherung. Wenn wir zu einem Abschluß kommen, dann muß er völlig frei sein von jedem nur möglichen Fehler. Wir sind hier nicht allein.«

Wenn er Wecker damit meinte, so sprach er das jedenfalls nicht aus.

Danach kam, bei dieser als exakt gedachten Aufklärung – der Vorgang fünf zum Vorschein.

Der Kommissar und sein Inspektor betrachteten die Leiche Waldemar Wesendungs nun ganz genau; selbstverständlich ohne sie zu berühren. Das geschah durchaus fachmännisch; auch wenn sie nicht über die ganz speziellen Kenntnisse eines voll ausgebildeten Todesermittlungsbeamten verfügten. Sie hatten lediglich, sozusagen routinegemäß, mehrere Aufklärungskurse besucht – doch eben keinen bei jenem inzwischen legendären Kommissar Keller.

Es schien dennoch auszureichen, um sachgerechte, für einen Abschluß notwendige Feststellungen treffen zu können. »Bläulicher Schaum in den Mundwinkeln«, registrierte Bachmeier vorsichtig. »Das könnte darauf hinweisen, daß der eine Zyankalikapsel zerbissen hat. Und das führt den Tod in nur wenigen Sekunden herbei.«

»Bekannt, Chef!« Gutbrod praktizierte Bestätigung. »Damit stellt sich zugleich die Frage: Wie konnte eigentlich eine solch schräge Type an ein derartig tödliches Mittel herankommen? Wer hat ihm das geliefert? Sicher so ein Scharlatan von Medizinmann. Einer von der Sorte, die sich für fortschrittlich halten? Einer von diesen notorischen Menschenfreunden soll so was neuerdings sogar mit der Post versandt haben. Das müßte herausgefunden werden – was, Chef?«

»Nicht von uns, mein Lieber! Das ist eindeutig ein Fall für die neugebildete Spezialkommission III.«

Diese wurde, um nichts auszulassen, direkt vom Präsidium aus, auf medizinisches ›Fehlverhalten‹ angesetzt; den Mißbrauch von Medikamenten, einschließlich Drogen. Ein geradezu unheimlich weites Feld unheimlichster Möglichkeiten. Die dafür eingesetzten Beamten bohrten bereits emsig herum – wie zwei Dutzend Holzwürmer in einem gigantischen Sägewerk.

»Na, fein – wenn wir uns damit nicht auch noch belasten müssen.« Bestätigte Gutbrod gerne. »Dann können wir hier zum Abschluß kommen.«

»Ja – im wesentlichen; so scheint es nun.« Der Kommissar wirkte dennoch nicht erleichtert. Er blickte vor sich hin, auf seine gefalteten Hände. Seine Anordnungen jedoch waren klar und präzis: »Also dann, Gutbrod – zunächst drei Dinge, die Sie sofort erledigen. Erstens: Die uns zugeteilten Ermittlungsbeamten müssen sich mit dieser Leiche, plus deren Umgebung, beschäftigen; und zwar sofort, um heute noch zu einem Ergebnis zu kommen. Zweitens: Sie fertigen eine Aktennotiz an – so kurz, wie umfassend – was Sie ja so ausgezeichnet können – über die Auffindung dieses Toten und die dazu gehörigen Umstände, mit allen Einzelheiten.«

»Wird gemacht, Chef!« Der Inspektor war nahezu beschwingt – denn die Bemerkung seines Kommissars, ›ausgezeichnet‹, war ihm nicht entgangen. Da kam er wohl seiner verdienten Beförderung zum Oberinspektor immer näher. »Und was – ist drittens?«

»Sie begeben sich zu dieser Frau Binding, um deren Angaben, die sie vor uns beiden gemacht hat, als amtliche Vernehmung festzulegen. Mit deren Unterschrift und Ihrer Gegenzeichnung.«

»Wobei ich dieser Person wohl kaum, Chef«, leistete sich Gutbrod zu bemerken, »irgend etwas davon flüstern soll, von dem, was sich ihr Wesendung inzwischen geleistet hat?«

»Welch eine Frage, Gutbrod!« Nicht ohne planvolle Nachsicht festgestellt.

»Verstehe, Chef!« beeilte sich der Inspektor zu versichern. »Die protokollgerecht erfaßten Angaben der Frau Binding erfolgten davor! Mithin ohne Kenntnis dessen, was danach geschah!« Schließlich könnte diese Person zurückschrecken – sich womöglich zu korrigieren versuchen; was ja wirklich nicht sein mußte. »Richtig so, Chef?«

»Richtig, Gutbrod!« Wurde ihm wie nebenbei bestätigt. »Doch während Sie das alles mit bewährter Verläßlichkeit erledigen, muß ich nun wohl«, was sich anhörte wie: das bleibt mir leider nicht erspart, »Herrn Wecker unterrichten. Das dürfte wahrlich nicht ganz einfach sein, aber leider unvermeidlich.«

»Meinen Sie womöglich diesen Adalbert Wecker aus dem fünften Stock, Chef?« Der Inspektor zeigte sich nicht nur leicht verwundert; er verriet auch Ungeduld und Unzufriedenheit. Bahnte sich da eine Verzögerung an, ausgerechnet jetzt, kurz vor dem Ziel? »Der? Kaum vorstellbar, daß der jemand ist, auf den wir Rücksicht nehmen müssen.«

»Sie wissen also immer noch nicht, Gutbrod, wer der ist oder was der bedeutet – bedeutet hat? Dabei habe ich Ihnen gelegentlich diesbezügliche Andeutungen zukommen lassen. Sollten Sie das völlig überhört haben?«

Gutbrod, und das war ihm anzusehen, hatte nichts dergleichen vernommen. Er versicherte brav-bieder: »Keine blasse Ahnung.«

»Ich bin jedenfalls von der Annahme ausgegangen, daß Ihnen der Name Wecker nicht ganz unbekannt sei. Kriminalrat Wecker! Der Vorgänger unseres Kriminalrats Wachsmann.« Also des derzeitigen Chefs aller Sonderkommissionen.

»Aber ja, Chef, ja! Jetzt, da Sie den Dienstgrad nennen, klingelt bei mir sozusagen der Wecker.« Was als kleiner Scherz gedacht war; über den sich Gutbrod allein amüsieren mußte.

»Eine ziemlich späte Erkenntnis«, stellte der Kommissar fest; er gab sich dennoch nachsichtig.

»Aber – ich bitte Sie, Chef! Wie sollte ich denn auf die Idee kommen, daß ausgerechnet der sich hier in dieser Mietswabe eingenistet hat? Wecker heißen schließlich viele; im Telefonbuch steht mindestens ein Dutzend dieses Namens!«

»Na – selbst wenn es ein halbes Hundert wäre! Im Bereich unserer Kriminalpolizei gab es nur einen Wecker – einen unvergeßlichen.«

»Habe von ihm gehört, Chef – durchaus! Hätte mir den, als Pensionär der oberen Mittelklasse, normalerweise in unserem schönen oberbayerischen Lande vorstellen können: in irgendeinem Bauernhaus an irgendeinem See. Aber doch nicht hier!«

»Genau hier, Gutbrod, ist der aber!« Das Wörtchen ›leider‹ wurde vermieden. »Und somit läßt der sich wohl kaum übergehen.«

»Wirklich nicht, Chef? Denn schließlich, nicht wahr, gehört der eigentlich schon lange nicht mehr zu unserer Kriminalpolizei.«

»So was, mein Bester«, mußte Bachmeier eingestehen, »läßt sich nicht so ohne weiteres auflösen. Das bleibt vielmehr ein lebenslänglicher Dauerzustand. Und dieser ehemalige Kriminalrat Wecker unterhält immer noch kameradschaftliche Beziehungen – nicht nur zu unserem derzeitigen Kriminalrat Wachsmann. Der soll sogar auch mit Kriminalkommissar Keller, unserer sagenhaften Superkapazität, befreundet sein. Alles nach dem Motto: Einmal Kriminalist – immer Kriminalist!«

»Muß da aber gleich irgend etwas zu befürchten sein, Chef?«

»Nein, wohl nicht. Trotzdem – die Existenz des Herrn Wecker hier in diesem Haus sollten wir nicht vergessen!«

Während Kriminalinspektor Gutbrod nicht zögerte, sein diesmaliges Pensum zu erledigen, hielt es Kriminalkommissar Bachmeier für gar nicht problemlos, nun diesen Herrn Adalbert Wecker im fünften Stock aufzusuchen. Angebracht höflich; geradezu ergeben. »Wenn Sie, bitte, gestatten...«

Das wurde ihm gestattet. Der Besucher durfte eintreten und Platz nehmen. Wecker setzte sich ihm gegenüber – wortlos. Dieses Gespräch durfte Bachmeier beginnen.

Der tat das mit den Worten: »Ich beabsichtige, Herr Kriminalrat...« Worauf er nicht versäumte, sich zu verbessern: »Pardon – Herr Wecker, wollte ich sagen; wie von Ihnen vorgeschlagen, was für mich verbindlich ist. Also – ich habe die Absicht... ich halte es für angebracht... Sie zu informieren!«

»Und – worüber bitte?«

»Über den Stand der Untersuchung jener Vorgänge, die sich in diesem Hause ereignet haben.«

»Mein lieber Herr Bachmeier«, was sich immer noch höflich anhörte, jedoch bereits warnende Untertöne vernehmen ließ, »Ihre diesbezügliche Informationsbereitschaft in allen Ehren. Denn irgendwie ehrend empfinde ich Ihr Entgegenkommen tatsächlich – als, nun, sagen wir mal: ehemaliger Kollege.«

»Ein hoch zu respektierender – auch jetzt noch!«

»Nicht mehr, bitte! Schon gar nicht in diesem Fall, zu dem auch ich gehören könnte – so oder so, mehr oder weniger, indirekt oder unmittelbar. Meine ehemaligen Tätigkeitsbereiche dürfen dabei nicht im geringsten berücksichtigt werden. Eine Grundregel, an die gerade

Sie sich halten würden; habe ich angenommen. Somit sehen Sie mich nun, nicht nur ein wenig, überrascht darüber, daß Sie mich zu informieren gedenken.«

»Ihre Ausführungen, Herr Kriminalrat – Verzeihung, Herr Wecker – entsprechen, im Prinzip, durchaus meiner Einstellung. Doch nach den hier nun vorliegenden Ergebnissen kann ich Ihnen diese Information durchaus zukommen lassen.«

»Das doch wohl nur dann, Herr Bachmeier«, stellte Wecker mit erwachender Aufmerksamkeit fest, »falls Sie überzeugt davon sind, Ihre Erhebungen abgeschlossen zu haben.«

»Sie sagen es: Und genau das trifft zu.«

»Tatsächlich, Herr Bachmeier?« Das wurde mit hohem Interesse gefragt. Dabei schien sogar eine gewisse Anerkennung durchzuschimmern; eine zugleich anklingende Skepsis wurde kaum deutlich. »Nun machen Sie mich aber sehr neugierig. Wie sieht das Ergebnis denn aus? Ihr Abschluß?«

»Ein absolut praktikabel verwertbarer Abschluß, Herr Kriminalrat – Herr Wecker!« Was denn sonst kam hier in Frage?

»Und in welcher Hinsicht, mit welchen Einzelheiten, Herr Bachmeier? Das allerdings ist eine Frage, die mir eigentlich gar nicht zusteht; somit erwarte ich auch nicht, diese beantwortet zu bekommen. Details werden ja in Ihrem Abschlußbericht für Kriminalrat Wachsmann vorzufinden sein. Dort könnte ich womöglich, mit Ihrer Zustimmung, Einblick nehmen.«

»Was nicht ausschließt, daß ich Ihnen jetzt in gebotener Kürze, einige Vorinformationen geben darf.«

»Um damit was zu erreichen? Wollen Sie mir eine Freude machen? Ist bereits geschehen. Oder beabsichtigen Sie, mich zu einer Zustimmung zu veranlassen? Wie könnte ich das – ohne genaue Akteneinsicht, ohne intensive Nachprüfungsmöglichkeiten?« Soweit dazu Weckers persönliche Stellungnahme.

»Nun weiß ich aber wirklich nicht mehr, was ich davon halten soll!« Bachmeier zeigte sich leicht gekränkt. »Das hört sich fast so an – als seien Sie desinteressiert!«

»Da unterschätzen Sie mich aber, mein Lieber! Damit gedachte ich lediglich anzudeuten, daß Sie keine direkte Stellungnahme von mir erwarten können. Interessiert jedoch bin ich allemal. So würde ich gerne wissen wollen, was Sie unter dem von Ihnen verwendeten Begriff verstehen: ›praktikabel verwertbar‹?«

»Die in allen Einzelheiten abgesicherte Aufklärung dieses Falles!« Und nichts Geringeres; verkündet mit gewissermaßen schlichtem Stolz. »Es ist uns gelungen«, hieß: mir gelungen, »den für diese Tat allein in Frage kommenden Täter festzustellen – und zu stellen.«

»Was Sie nicht sagen!« Wecker schien beeindruckt. »Und das zu erreichen ist Ihnen in so kurzer Zeit gelungen? Das könnte als eine Art kriminale Glanzleistung bezeichnet werden – immer vorausgesetzt, daß Ihre abschließenden Folgerungen zutreffen. Keinerlei Zweifel? Nicht die geringsten? Kein Vorbehalt? Nein? Also – wer ist denn dieser Unglückliche?«

»Ein gewisser Wesendung!«

»Und davon sind Sie überzeugt?« Weckers Gesicht

blieb vollkommen ausdruckslos bei dieser Frage. »Sie sind tatsächlich absolut sicher, daß dem der Tod des kleinen Tatzer angelastet werden kann – daß also Ihre diesbezüglichen Schlußfolgerungen voll zutreffen, nicht zu erschüttern sind?«

»Ohne jeden Zweifel! Vielfach abgesichert! Einmal basierend auf unseren eingehenden Untersuchungsergebnissen; darunter auch etliche Indizienbeweise. Dazu kamen eindeutig belastende Aussagen, denen auch weitgehende Eingeständnisse des Täters zuzurechnen sind. Überdies hat er einen Selbstmordversuch unternommen – einen erfolgreichen.«

Auf diese Eröffnung reagierte Adalbert Wecker mit anhaltendem, düsterem Schweigen. Seine Augen waren nahezu geschlossen, als er schließlich sagte: »Es ist kein Selbstmordversuch vorstellbar, der als erfolgreich bezeichnet werden darf.«

»Wie auch immer! Ein Vorgang, der einem Schuldbekenntnis gleichkommt. Nach normalen Erfahrungen.«

»Nein – das muß keinesfalls die Regel sein.« Wecker gab das zu bedenken, wohl basierend auf seinen vielschichtigen Erfahrungen. »Unter gewissen Voraussetzungen, gleichsam bei einer psychologischen Kettenreaktion, kann es erfahrungsgemäß nur allzu leicht zu einer panischen Kurzschlußhandlung kommen. Doch eben das vermag nahezu das Gegenteil eines Schuldbekenntnisses zu signalisieren.«

»Mir durchaus bekannt. Und selbstverständlich sind auch diese Möglichkeiten nachprüfend in Erwägung gezogen worden.« Bachmeier scheute davor zurück, sich zu allem Überfluß auch noch auf ein spitzfindiges Palaver einzulassen – schon gar nicht mit diesem amtsbekannten Besserwisser. Schließlich hatte der ihn früher schon, was er, Bachmeier, ihm nicht vergessen konnte, einige Male glatt überfahren.

»Jedenfalls habe ich es für angebracht gehalten, Ihnen dieses völlig einwandfreie Endergebnis mitzuteilen«, sagte der Kommissar abschließend. »Daß Sie unsere exakten Recherchen anzweifeln, brauche ich wohl nicht anzunehmen?«

»Wie käme ich dazu!« Auch Wecker schien jetzt bereit, dieses Gespräch beenden zu wollen. »Schließlich ist mir lediglich das Endergebnis Ihrer Recherchen bekannt – nicht jedoch deren Inhalt.«

»Haben Sie irgendeinen Einwand?«

»Aber ich bitte Sie! Wie könnte ich einen Einwand haben gegen etwas, dessen Einzelheiten ich gar nicht kenne? Vielleicht jedoch wäre dabei noch auf etwas anderes zu achten gewesen. Und zwar auf das, was man gemeinhin Instinkt nennt.«

»Aber natürlich, das gibt es. Eine Eigenschaft, die auch ich zu besitzen glaube. Und die hat funktioniert. Diesen Wesendung habe ich als Täter gewittert – und es dann auch beweisen können. So sehe ich das! Aber was suggeriert Ihnen Ihr Instinkt?«

»Kann ich nicht sagen! Ich möchte weder als Orakel noch als Spekulant in Erscheinung treten. Doch manchmal fühle ich mich daran erinnert, daß ich ein ehemaliger Kriminalist bin, lebenslänglich verfolgt von einigen Grundsätzen, die mir jetzt noch immer präsent sind. In Besonderheit dieser: Prüfe nach, wieder und wieder, zumindest also zweimal, bevor du glaubst Feststellungen treffen zu können.«

»Bekannt!« sagte Bachmeier abweisend. »An diesen Grundsatz halte auch ich mich! In meinem Bereich darf es keine Halbheiten geben. Wir haben den Täter! Und zwar – einwandfrei.«

TEIL 3

Die Aufklärung

Noch an diesem späten Abend – unmittelbar nach jenen ebenso deutlichen wie eindeutigen Berichten des Kriminalkommissars Bachmeier, Sonderkommission fünf – hielt es Adalbert Wecker für angebracht, nunmehr seinerseits in Aktion zu treten.

Er griff ohne Zögern nach seinem Telefon und wählte eine Nummer, die er auswendig kannte. Es war jene des Polizeipräsidiums – einstmals, jahrelang, auch die seines Amtes.

Dort verlangte er Kriminalrat Wachsmann zu sprechen, den Chef der Sonderkommissionen. Das war an sich nicht ohne weiteres möglich – um an den heranzugelangen, wußte Wecker, mußte eine Sondervermittlung, ein Zwischendezernat, ein Vorzimmer überwunden werden. Was sich jedoch mühelos ermöglichen ließ, nachdem Wecker seinen Namen genannt hatte.

Prompt meldete sich der Kriminalrat, der noch dazu höchst erfreut schien über diesen Anruf. Weckers Stimme vermochte ihn zu ermuntern – ihn, der sich, wie er zu sagen pflegte, oftmals vorkam, wie ein einsamer Wanderer durch endlose Verbrechenswüsten.

»Da bist du ja, endlich wieder, mein Lieber! Und komm mir jetzt nur nicht mit der Frage, ob du mich störst! Ein permanenter Wachhund im Amt ist niemals zu stören – schon gar nicht durch dich. Und erst recht nicht, falls du mir den Vorschlag machen willst, ein

Glas Wein mit mir trinken zu wollen. Würde mir guttun.«

»Mir gewiß auch, Wachsmann.«

»Na also, dann tun wir das! Von mir aus sofort. Für jede sich anbietende Ablenkung bin ich dankbar. Denn die Amtsarbeit artet immer wieder aus – mal in Strapazen, dann wieder in gähnenden Leerlauf. Laß dich durch diesbezügliche Berichte belustigen – was auch mir nicht wenig Spaß machen würde.«

»An sich sehr gern, Freund Wachsmann – sagen wir: gleich bei nächster sich bietender Gelegenheit.«

»Diesmal also nicht, Wecker? Sollte dies gar kein privater Anruf von dir sein?« Der amtierende Kriminalrat fühlte spontane Besorgnis. »Rufst du mich vielleicht irgendwelcher dienstlicher Vorgänge wegen an?« Wachsmann vermochte Unannehmlichkeiten zu wittern, wie ein Laubfrosch das schlechte Wetter. »Ausgerechnet du, Mensch – und dann noch bei mir? Weißt du, wie sich das anhört? Beinahe schon nach Sintflut.«

»Die ging vorüber – die Pest auch.« Die Atombombe ließ Wecker unerwähnt. »Wir sollten uns im Augenblick, schlage ich vor, nicht durch unsere freundschaftlichen Gefühle ablenken lassen. Reden wir mal sachlich.«

»Worunter du diesmal – was verstehst, du Schlitzohr?«

»Nun, falls ich mich richtig erinnere – befinden sich auf deinem Schreibtisch zwei gebündelte, stets griffbereite Unterlagen. Und zwar, einmal, eine Art erweiterte Personalliste mit allen praktisch verwertbaren Details. In welcher vermutlich auch ich immer noch verzeichnet bin – und ebenso selbstverständlich unser einsamer Superkriminalist Keller.«

»Klar!« Hörte sich noch belustigt an. »Diese Sammlung wurde angelegt, um euch elitäre Monstren niemals völlig aus den Augen zu verlieren. Eure Adressen, mit allen möglichen Einzelheiten noch dazu, muß ich schließlich haben und darüber verfügen können. Was dagegen?«

»Natürlich nicht. Das gehört mit zu deiner Praxis, nach dem Motto: Nur nichts auslassen – kann man denn wissen, wie es kommt? Was übrigens ganz im Sinne unseres Keller ist. Auch dessen Devise lautet stets: Übersieh keine sich irgendwie anbietende Möglichkeit! – auch wenn sie dir noch so absurd-monströs erscheint!«

»Nun aber«, Wachsmann reagierte ganz hellhörig, »nennst du dessen Namen bereits zum zweiten Mal innerhalb weniger Minuten. Das kann kaum ein Zufall sein. Zielst du diesmal wirklich auf den ab?« Das wurde leicht erschaudernd gefragt. »Lieber nicht.«

»Dem kann ich nur zustimmen, aus Erfahrung, Wachsmann. Aber ich möchte versuchen, von dessen einzigartigem Wissen zu profitieren; darüber jedoch, vielleicht, später mehr. Zunächst nur: Wie ich weiß, befindet sich auf deinem Schreibtisch auch ein Organisationsplan deiner Sonderkommissionen.«

»Klar! Doch warum fragst du jetzt auch noch danach?« Wachsman war zunehmend beunruhigt. »Und das nach einer derartig heiklen Einleitung?«

»Nur, um dir eine Anregung zu geben. Es scheint mir nämlich angebracht, daß du den Einsatzplan deiner

Sonderkommissionen mit deiner Personalliste vergleichst; dabei könnte sich eine gewisse Übereinstimmung herausstellen – und zwar zwischen der von dir in Funktion gebrachten Sonderkommission Bachmeier und meiner Adresse; das herauszufinden dürfte dir kaum schwerfallen.«

Wachsmann brauchte dazu nur knapp eine Minute. »Na, verdammt noch mal, Wecker!« Höchst unwillig gesagt, mit nun leicht gepreßt klingender Stimme. »Der operiert tatsächlich in deinem unmittelbaren Bereich – was mir ganz und gar nicht gefällt! Das hätte der erkennen müssen; und zwar rechtzeitig. Um mich dann unverzüglich davon zu unterrichten. Das hat er aber nicht getan.«

»Mußte der auch nicht unbedingt. In unserem Metier herrscht schließlich die generelle Regel: Ein erteilter Auftrag ist auszuführen! Ohne wenn und aber, ohne falsche Rücksichtnahme.«

»Ja – so ist das.«

»Durchaus, Wachsmann – an sich auch sinnvoll! Aber hier trifft das nicht unbedingt zu. Denn tatsächlich glaubt Bachmeier, seinen Auftrag inzwischen voll und gültig erledigt zu haben. Doch eben – dieser Ansicht bin ich nicht.«

Was eine derartige Behauptung zu bedeuten hatte in der Praxis wie auch amtlich – begriff der Kriminalrat natürlich sofort. An Unklarheiten und Pannen hatte er sich fast schon gewöhnt. Doch damit abgefunden – hatte er sich nicht.

Daher sagte er nur: »Ich glaube kaum, Freund Wekker, daß du irgendein Verlangen danach verspürst, dich zu mir ins Präsidium zu begeben. Da es nach Lage der Dinge aber auch kaum angebracht ist, daß ich dich in deiner Wohnung aufsuche – schlage ich einen sogenannten neutralen Treffpunkt vor.«

»Welchen, Wachsmann?«

»Das von dir bevorzugte italienische Restaurant in der Leopoldstraße – das ›Dolce Italia‹. Dort haben wir, erinnere ich mich, im vorigen Jahr einen ganz ausgezeichneten trockenen Vernaccia getrunken. Gibt es den immer noch?«

»Aber ja. Zwei Flaschen davon werde ich bereitstellen lassen. Also – in etwa einer halben Stunde.«

»Sagen wir – in einer Stunde. Inzwischen möchte ich einige Unterlagen zusammensuchen, und dann noch, wie von dir angeregt, einen kleinen Umweg machen. Du weißt schon, zu wem. Falls ich Glück habe, könnte das allerdings drei Flaschen Vernaccia bedeuten.«

Was Wachsmanns Beweggrund war, nicht nur zwei, sondern drei Flaschen eines erlesenen Vernaccia vorzuschlagen, vermochte sich Adalbert Wecker vorzustellen – genauer gesagt, er hoffte darauf: Bei diesem unvermeidlichen Gespräch würde Kriminalrat Wachsmann einen dritten Mann mitzubringen versuchen – absicherungsbereit und abklärungsentschlossen wie immer.

In dem italienischen Restaurant schien für ›diesen Herrn‹ stets der hintere linke Tisch im zentralen Raum reserviert zu sein. Wann immer er auftauchte. Zwar wußte niemand hier, konnte es nicht wissen, wie er hieß, wer er war, was er womöglich bedeutete. Allein entscheidend war: es handelte sich um einen langjährigen, angenehmen freundlichen Gast, noch dazu um einen Genießer. Außerdem vermochte der einige italienische Grundvokabeln phonetisch richtig zu gebrauchen. Wahre Italiener, die nach Deutschland verschlagen sind, wissen das zu würdigen.

So weit, so gut – es hatte nie die geringste Besonderheit bei diesem Herrn gegeben; jedenfalls nicht bis zu diesem Abend, kurz vor 23 Uhr. Zu diesem Zeitpunkt, als ein schwerer Arbeitstag in diesem Ristorante langsam abzuklingen begann, konnten Besitzer und Bedienung einen ungewöhnlichen Auftritt erblicken. Denn plötzlich tauchte hier ein strammer Kerl auf, dunkel gewandet, der geradezu nach einem Polizisten roch. Er bewegte sich, mit drei abgezirkelten Schritten, in das Restaurant hinein; blieb leicht breitbeinig stehen, sah sich um, kurz, mit scharf prüfendem Blick. Und stampfte wieder davon.

Nur wenige Sekunden später traten zwei andere Personen in das Restaurant. Voraus bewegte sich ein massiger Mann mit gewichtigen, raumgreifenden Schritten und spähendem Jägerblick. Das war Kriminalrat Wachsmann vom Polizeipräsidium.

Neben ihm, keineswegs hinter ihm, hielt sich ein eher zierlicher Herr auf, von bescheidenem, ja auffälligem Äußern, was, wie wenige wußten, höchst irreführend war. Dieser Mann hatte die Bewegungen eines erfahrenen Fuchses, die Augen eines Luchses – und konnte dennoch dreinschauen wie ein Schaf. Das war Kriminalkommissar Keller, der Lehrmeister mindestens zweier Generationen von Kriminalisten.

Dieses seltsame Doppelgespann bewegte sich genau auf jenen ansonsten so angenehmen Dauergast des Restaurants zu. Der erhob sich; sie umarmten sich, sie wurden von ihm umarmt. Bei ihm ließen sie sich nieder. Bereitstehende Gläser wurden gefüllt. »Freue mich, dich zu sehen!« Diese Versicherung galt Kriminalrat Wachsmann, und der vernahm das offenbar sehr gerne – freundschaftlich-kollegialer Zuspruch besaß einen gewissen Seltenheitswert. Adalbert Wecker fuhr fort: »Und welch ein unerwarteter Anblick, Freund und Kollege Keller! Dir endlich wieder einmal begegnen zu dürfen, stimmt mich hoffnungsvoll.«

»Na, wie schön – aber warum?«

»Weil ich dich gerne sehe!« Das wurde mit entwaffnender Einfachheit gesagt. »Allerdings kommst du mir diesmal irgendwie unvollkommen vor. Ich vermisse deinen Hund.«

»Den vermisse ich auch. Doch den gibt es nicht mehr.« Wurde ohne die geringste Anwandlung von Sentimentalität gesagt. »Denn niemand, nicht wahr, vermag ewig zu leben; und das Dasein eines Hundes ist beklagenswert begrenzt. Immerhin ist es meinem Anton gelungen, fast sechzehn wunderschöne Jahre lang, sich und mich zu erfreuen. Veranlassung genug, mit Dankbarkeit an ihn zu denken.«

»Nun ja – nun ja.« Adalbert Wecker schien das unvermeidliche dringende Gespräch noch ein wenig hinauszögern zu wollen. »Hunde jedenfalls, verständnisvolle und liebenswerte, gibt es immer wieder...«

»Nicht mehr für mich«, sagte Keller entschieden. »In dieser wie in jener Hinsicht dürfen die Realitäten niemals falsch eingeschätzt werden. Wohl existiert die Versuchung, abermals einen Hund zu mir zu nehmen – doch zugleich besteht die Erkenntnis: Der könnte, mit einiger Sicherheit, länger leben als ich. Doch was geschieht dann mit ihm?« Er sagte nicht: Das wäre verantwortungslos einem anderen Lebewesen gegenüber. Doch eben derartige Fragwürdigkeiten, das war bekannt, verabscheute Keller.

»Kommen wir zur Sache«, drängte Wachsmann, der amtierende Kriminalrat.

»Vor der Fahrt hierher«, sagte Keller sachlich, »habe ich mir von unserem Kollegen Wachsmann einige detaillierte Unterlagen aushändigen und Informationen geben lassen. Wobei sich herausstellte, daß wir zunächst einmal mit einer grundsätzlichen Klärung beginnen müssen.«

»Ich weiß, was du damit meinst«, antwortete Wecker ernsthaft. »Vor einigen Jahren, als ich angeblich mein Amt abgeben mußte, wurde behauptet: Das letzte, auslösende Element dafür sei Bachmeier gewesen. Was nicht stimmt. Denn ich war keinesfalls gezwungen, mit meiner Arbeit im Präsidium Schluß zu machen. Das habe ich allein entschieden. Dabei war Bachmeier, falls überhaupt, eine Randerscheinung.«

»Kann ich bestätigen – uneingeschränkt!« Wachsmann zögerte nicht, das zu versichern. »Doch damals sind derartige Vermutungen tatsächlich intern ausgesprochen worden. Sie könnten nun, fürchte ich, wieder laut werden.«

»Befürchten muß man jederzeit alles. Was jedoch diesmal – konkret?«

»Nun – wenn ausgerechnet Wecker bei der ersten besten Gelegenheit die Endresultate Bachmeiers in Frage stellt, sogar anzweifelt – dann könnte sich der Eindruck aufdrängen: das wäre, möglicherweise, eine Art Retourkutsche.«

»Nein, Wachsmann – das ist nicht denkbar!« erklärte Keller entschieden. »Denn das würde nichts anderes bedeuten als ein Eingehen auf Spekulationen von Schwätzern. Darauf werden wir uns nicht einlassen. Derartige Redensarten hätten übrigens schon damals unterbunden werden müssen! Weil das jedoch offenbar versäumt worden ist, schwelt dieses fatale Geschwätz unentwegt weiter. Und das ist nicht gut – für unser Amt!«

Kriminalrat Wachsmann blickte bedächtig vor sich hin; nachdenklich betrachtete er die erste der Flaschen mit dem edlen, leicht gelbgrünlich schimmernden Toscanerwein. Sie war noch nicht geleert – das mußte nachgeholt werden.

»Meine lieben Freunde und Kollegen«, sagte er sodann, »hier bieten sich mehrere Möglichkeiten an. Erstens: Wir nehmen offiziell keine Vermutungen, welcher Art auch immer, zur Kenntnis. Zweitens: Ich ordne an – schließich bin ich dessen Chef –, daß Bachmeier seine Ergebnisse noch einmal überprüft.«

»Also die sanfte Tour. Kaum wirkungsvoll bei einem Bachmeier; der gehört nicht zu denen, die sich selbst korrigieren können. Er wird befehlsgemäß nachprüfen, um dann garantiert die gleichen Resultate zu liefern.«

»Nun gut – dann kommen wir zur dritten Möglichkeit. Diese könnte bedeuten, daß wir, was sich von Amts wegen ermöglichen ließe, sozusagen die Arena freigeben für die Gegenüberstellung divergierender Ansichten: Schaurig schöne Gladiatorenkämpfe würden sich daraus ergeben – zwischen einem ehemaligen Kriminalrat und einem Immer-noch-Kommissar. Für mich steht der Sieger dabei allerdings bereits fest.«

»Nicht zu machen!« erklärte Keller unnachsichtig. »Kaum anzunehmen, daß sich Kollege Wecker darauf einlassen würde.«

»Richtig erkannt«, bestätigte der prompt. »Das kann ich nicht, weil ich es nicht darf! Denn in diesen Fall könnte ich selbst, möglicherweise, unmittelbar verwikkelt sein.«

»Theoretisch gesehen durchaus.« Daran zweifelte Kriminalrat Wachsmann nicht. »Trifft jedoch in der Praxis vermutlich kaum zu.«

Jedoch – auch nur annähernd so sicher, wie der Chef aller Sonderkommissionen, war Keller nicht. Er wußte aus Erfahrung: »Wer jemals in den Bereich eines Kapitalverbrechens hineingerät, der gehört auch irgendwie mit dazu, mehr oder weniger; direkt oder indirekt.«

»Du sagst es – und das stimmt! Leider. Aber eben das ist hier meine ganze spezielle Situation.«

»Natürlich – etwa, daß verspritztes Blut zu Verunreinigungen führen kann – selbst bei völlig Unbeteiligten. Jeder kann jederzeit über eine Leiche stolpern und dadurch mit dieser in Berührung kommen. Zufällig geführte Gespräche vermögen sich in heikelste Belastungen zu verwandeln.«

»Stimmt!« bestätigte Wecker. »Welch eine Fülle von Möglichkeiten!«

»Also, was denn nun?« Wachsmann blickte Keller verlangend an – einfach nichts, was dem nicht zuzutrauen war; nichts, was ihm nicht zugemutet werden konnte, sogar die Funktion eines Rettungsringes, eines bergungsbereiten Schlauchbootes bei stürmischer See, eines wachsamen Leuchtturmwächters – schwebend über allen erdenkbaren kriminalen Tiefen – oder Untiefen.

Der begehrte, zunächst einmal, ein weiteres Glas dieses köstlichen Weines zu trinken. Erst danach wollte er von Adalbert Wecker wissen: »Worauf gründet sich dein Verdacht, daß Bachmeier einer Fehleinschätzung dieses Falles erlegen sein könnte?«

»Nun, das erfolgte zunächst einmal ganz instinktiv. Lächelst du darüber, Keller?«

Das tat der keineswegs. »Wer keinen Instinkt besitzt«, meinte er, »ist so gut wie verloren in unserem Metier. Kannst du präziser werden?«

»Bei diesem angeblich überführten Täter handelt es sich um einen gewissen Wesendung.« Worauf, in exakter Polizeimanier, eine kurze Beschreibung dieser Person erfolgte. Wecker fuhr fort: »Man könnte ihn gewiß als reichlich fragwürdig bezeichnen; zumindest in den sogenannten ›sittlichen‹ Bereichen. Er hat stets so etwas wie eine totale Freiheit zu proklamieren versucht; vor allem seine eigene. Eine Erscheinung jedenfalls, die als verdächtig anzunehmen sich anbot – zumindest in den Augen eifernder Beamter.« Damit meinte er wohl die Augen Bachmeiers und gleichfalls jene von Gutbrod.

»Eine sich verständlicherweise aufdrängende Verdachtsperson«, sagte Wachsmann, »falls diese in direkten Zusammenhang mit dem Toten zu bringen ist.« Der Kriminalrat wußte noch immer, was Tatortatmosphäre war: ein Treibhaus wuchernder Unberechenbarkeiten, nur mit klarem kühlen Kopf durchzustehen.

»Na ja«, meinte Wecker, »daß es sich bei Wesendung tatsächlich um eine Art Sittenstrolch gehandelt hat – einen zeitgemäßen, würde ich sagen, einen armseligen dazu – davon sind offenbar gar nicht wenige Leute überzeugt worden. Um dann diesbezüglich als Zeugen auszusagen.«

»Mehrere – und übereinstimmend?«

»Scheint gelungen. Dennoch glaube ich nicht, daß Wesendung als eine hemmungslos entfesselte, sogar bis zum Mord getriebene Persönlichkeit anzusehen ist. Er hat vielmehr versucht, seine ›Neigungen‹ mit philosophischen Betrachtungen zu umrahmen und war dabei verwirrend sprießender Formulierungen durchaus fähig. Dabei scheint es ihm sogar gelungen zu sein, so manch einen in Grund und Boden zu reden.«

»Das hat der Bachmeier aber ganz gewiß nicht mit sich machen lassen. Der war ihm überlegen, was?«

»Dessen Methoden waren das vermutlich, einschließlich jene seines Kriminalinspektors. Da muß eine enorme Menge an Belastungen und an Anklagen aufgehäuft worden sein, was dann ausgereicht hat, den Wesendung in einen Selbstmordversuch zu treiben. Der dann noch dazu von Bachmeier als ›erfolgreich‹ bezeichnet worden ist.«

»Das hat uns gerade noch gefehlt!« Der Kriminalrat

war entsetzt; von diesem Tatbestand hatte er bisher noch keine Meldung erhalten. »Das, ja nicht einmal etwas Ähnliches, hat es in meinem Bereich seit Jahren nicht mehr gegeben! Ein Mensch – möglicherweise als das Opfer meiner Beamten und ihrer Ermittlungen! Mein Gott – wenn das herauskommt, wird die Presse uns fertigmachen. Was die dann schreiben, kann ich mir genau vorstellen. Ein Polizeiopfer! Welch eine gemeingefährliche Formulierung!«

Keller reagierte verhalten – weder er noch Wecker korrigierten den Kriminalrat; sie bestätigten ihn jedoch auch nicht. »Jedenfalls hätte dich Bachmeier auf keinen Fall übergehen dürfen. Hat der denn keinen Versuch gemacht, dich zu vernehmen?«

»Nein«, berichtete Wecker. »Das blieb ihm glücklicherweise erspart – mir auch. Der war zu seinem Resultat gekommen – mithin benötigte er mich nicht mehr.«

»Du jedenfalls«, wollte Keller sanft wissen, »wärest also ohne weiteres bereit gewesen, einer von ihm verlangten Vernehmung zu entsprechen.«

»Welch eine Frage, lieber Freund! Selbstverständlich ja! Und das nicht als ehemaliger Kriminalist, sondern als zufälliger Mitbewohner dieses Hauses. Ein Bürger unter anderen, von dem die Polizei Auskunft verlangt und erhält.«

Keller ließ nicht locker. »Würdest du dich auch auf eine Vernehmung einlassen, wenn diese erst jetzt für notwendig erklärt wird. Und dann von Bachmeier durchgeführt werden sollte?«

»Aber ja! Nunmehr allerdings nicht mehr sonderlich gerne – ich könnte dann möglicherweise versucht sein, dem Unterricht zu erteilen. Nachdem aber jetzt sozusagen das Kind im Brunnen liegt, wäre mir die Begegnung mit einem Kriminalisten von beträchlicher Erfahrung, von höherem Rang, wesentlich lieber. Auch der Sache ungleich dienlicher.«

»Doch eben genau deshalb haben wir uns hier getroffen!«

Der Kriminalrat sah Keller an. »Nun bleibt uns wohl gar keine andere Wahl, als auf dich zu hoffen – wir beide; ich und Kollege Wecker. Sogar das Amt.«

Was von Adalbert Wecker unverzüglich bestätigt wurde: »Einverstanden! Ich bin zu jeder erdenklichen Unterstützung bereit – wenn Keller das macht.«

»Könnte das möglicherweise zu bedeuten haben, Freund Wecker«, Keller reagierte sehr hellhörig, »daß Bachmeier deine Unterstützung erbeten hat. Welche du ihm aber verweigert hast?«

»Na – und wenn schon!« mischte sich Wachsmann ein. »Wecker konnte doch gar nicht anders reagieren – er hätte sich sonst in eine laufende Untersuchung eingemischt.«

»Eine Untersuchung überdies – bei der auch ich zu einem Objekt hätte werden können.«

»So muß man das sehen!« bestätigte der Kriminalrat suggestiv. Worauf er mit der ihm eigenen Beharrlichkeit zu wissen begehrte: »Bist du bereit, zu tun, was wir von dir erwarten, Keller?«

»Ungern! Doch ich sehe ein, daß das nun so gut wie unvermeidlich ist«, sagte der. Das, genau das, hatte er von Anfang an auf sich zukommen sehen. »Wenn ich das jedoch erledigen soll, dann nur mit allen amtlichen Absicherungen – wie üblich, Wachsmann.«

»Kein Problem!« Das war auch keins – nicht für diesen Kriminalrat. »Wir werden also, wie bereits schon einige Male erprobt, ganz einfach so vorgehen: Kriminalkommissar Keller wird gebeten, im Amt eine Kontrollfunktion zu übernehmen. Sozusagen rein routinemäßig; der überprüft da nur mal so, was gerade anfällt.«

»Was allerdings, wie ich dich kenne, nicht ohne Einverständnis des Polizeipräsidenten geschehen wird.«

»Dessen Zusage wird eingeholt. Was sein muß, muß sein – läßt sich mühelos erreichen.«

»Mit einer schriftlichen Bestätigung des Präsidenten, nehme ich an?« Keller kannte sich aus.

»Aber selbstverständlich!« versicherte Wachsmann schwungvoll. »Also – dann nichts wie ran, Freund Keller! Und das gleich morgen früh!«

Am nächsten Morgen trat zunächst einmal Kriminalrat Wachsmann voll in Aktion. Seine tagtägliche Arbeit begann offiziell exakt um 7 Uhr, was nicht besagte, daß er nicht auch die Nacht davor schon im Präsidium verbracht hatte.

Als erstes ließ er eine Telefonverbindung mit Kriminalkommissar Bachmeiers Wohnung herstellen. Der schlief offenbar noch. Doch als er vernahm, wer ihn zu sprechen wünschte, zeigte er sich übergangslos hellwach.

Wachsmann: »Ich nehme nicht an, daß ich Sie irgendwie gestört haben könnte. Vermutlich arbeiten Sie noch an Ihrem Fall Germaniastraße.«

Bachmeier: »Jawohl, Herr Kriminalrat, ich arbeite am Abschlußbericht.«

Wachsmann: »Na, gratuliere! Das ist ja geradezu ein Rekord an schneller Aufklärung. Um so besser! Da können wir nun endlich wieder einmal glänzen – sogar bei der Kontrolle.«

Bachmeier reagierte wachsam: »Sagten Sie Kontrolle, Herr Kriminalrat? Bei mir?«

Wachsmann antwortete ungemein bieder: »Na, bei wem auch immer! Schließlich haben Sie ja nichts zu befürchten – Sie bestimmt nicht! Alles reine Routine. Aber der Präsident besteht darauf.« Dieser war zwar diesbezüglich bisher noch gar nicht informiert worden – was jedoch nachgeholt werden würde. »Also – das kommt nun auf Sie zu.«

»Wieso gerade auf mich?«

»Purer Zufall, Kollege Bachmeier! Eine Kontrolle in meinem Bereich ist fällig. Diesmal ist es ganz einfach der von Ihnen bearbeitete Fall. Erwarten Sie also Kriminalkommissar Keller...«

»Wen, bitte?« Bachmeier war alarmiert. »Sagten Sie – Keller?«

»Ja, Keller. Erwarten Sie ihn also am Tatort – in etwa einer Stunde; so gegen acht Uhr.«

Kriminalkommissar Keller, der Perfektionist, traf am Tatort fast genau auf die Minute genau zur angegebenen Zeit ein – 8 Uhr. Er entstieg einem Taxi – klein, fast zierlich, wie geduckt; ein grauer, unscheinbar anmutender Mann. Er wurde vor der Haustür von Kommissar Bachmeier und Inspektor Gutbrod gemeinsam erwartet.

Keller: »Wo, meine Herren Kollegen, können wir hier einigermaßen ungestört miteinander konferieren?« Irgendeine, auch nur halbwegs als formell zu bezeichnende Begrüßung fand nicht statt – darauf legte offenbar keiner der Anwesenden Wert.

Bachmeier: »Im Erdgeschoß dieses Hauses existiert eine freistehende Wohnung – die haben wir uns für unsere Zwecke ausgebeten.«

Dorthin begaben sie sich. Nun verlangte Keller lediglich: »Alle bisher von Ihnen erstellten Unterlagen, wenn ich bitten darf. Ohne jede Ausnahme, einschließlich der amtlichen Notizen.«

Diese Unterlagen wurden wortlos, gebündelt, vor ihn hingelegt: Todesermittlungsergebnisse, Berichte der Spurensicherungsbeamten, Recherchen der Tatortuntersuchungsspezialisten. Dazu noch: Amtlich gewordene Notizen für die Arbeitsakten; Zeugenaussagen, Vernehmungsprotokolle. Ganze Stöße von Papier, fleißig gesammelt – und das in nur knapp achtundvierzig Stunden. Respekt, was – oder etwa nicht?

Bachmeier sagte: »Wir haben getan, Herr Kollege Keller, was immer wir vermochten. Unser Endergebnis dürfte einwandfrei sein. Was Sie, nach Durchsicht dieses Materials, gewiß bestätigen werden.«

Keller: »Lassen Sie mir ein wenig Zeit, mich davon zu überzeugen. Eine Stunde dürfte etwa genügen. Dann werden wir weitersehen.«

Erst jetzt – inzwischen war es 9 Uhr geworden – verständigte der Kriminalrat seinen Präsidenten. Der war gewöhnlich vor diesem Zeitpunkt nicht erreichbar –

aber nur wenig später auch schon nicht mehr. Bei diesem Herrn handelte es sich eben um einen prominenten, sehr beschäftigten höheren Beamten – er hatte zahllose Verpflichtungen: anderen Behörden gegenüber, dem Innenminister jederzeit, der dominierenden Partei wohl auch – und nicht zuletzt der sogenannten Öffentlichkeit.

Wachsmann verschmähte es, beim Polizeipräsidenten persönlich ›anzutanzen‹. Wenn ihre Büros auch auf dem gleichen Korridor lagen – der Kriminalrat zog dennoch ein Telefongespräch vor.

»Ich halte es für notwendig, Herr Präsident, einen in meinem Bereich angefallenen Fall überprüfen zu lassen, um damit unser Amt vorbeugend abzusichern.«

Worauf der Polizeipräsident erst gar nicht zu wissen begehrte, was für ein Fall da anstand. In allererster Linie bewegte ihn dies: »Ist das eine Angelegenheit, die in sogenannte gesellschaftliche oder gar politische Bereiche hineinspielt?« Etwa in Richtung Oberbürgermeister und Stadtverwaltung? Was sich allerdings jederzeit verkraften ließ. Wenn sie aber bis in die Gefilde des Ministerpräsidenten und der Landesregierung hineinreichte – dann war Vorsicht, und zwar eine sehr dringende, geboten.

»Nichts dergleichen, Herr Polizeipräsident. Hier muß eine Klärung versucht werden, in unserem eigenen, rein kriminalistischen Bereich. Allerdings ist dabei mit der Möglichkeit des Versagens eines unserer Beamten zu rechnen.«

»Fehlleistungen müssen unnachsichtig bereinigt werden!« Der Polizeipräsident antwortete spürbar erleichtert, war alsbald wieder ganz souverän. »Veranlassen Sie das – mit meinem Segen! Und wer, meinen Sie – könnte das erledigen?«

»Keller.«

»Na, das ist doch bestens, Kollege Wachsmann! Allerbestens! Wenn einer das schafft, dann der: allemal. Völlig freie Hand also!«

Das war eine eindeutige Bestätigung; noch dazu eine, die von einem Tonband registriert wurde; Wachsmann hielt das für angebracht. An sich stellte das keine Besonderheit dar; nicht in einem Bereich, in dem Sicherheit oft gleichbedeutend war mit Absicherung.

Doch wer denn, bitte, vermag da gleich so dumm zu denken, wie es möglicherweise kommen kann? Nicht einmal ein Wachsmann.

»Besichtigung des Tatortes«, ordnete Kommissar Keller schließlich an.

Das geschah fast genau, wie er das vorausgesagt hatte, nach einstündiger Durchsicht der vor ihm aufgestapelten Akten. Bei deren Durchsicht hatte er nicht den geringsten Kommentar von sich gegeben; auch nicht andeutungsweise Anzeichen von Zustimmung oder Ablehnung zum Vorschein kommen lassen. Doch etliche Notizen, nahezu ein Dutzend, hatte er sich gemacht.

Bachmeier sagte erläuternd: »Der von uns festgestellte, entsprechend abgesicherte Tatort nimmt in etwa diesen Bereich ein: unterste Treppe, Vorkellerraum bis zu der Tür, die zur Tiefgarage führt. Da sich jedoch diese Örtlichkeit nicht abschließen läßt, die Spurensicherung außerdem noch einige von mir angeordnete Nachprüfungen vornehmen wird – habe ich mich veranlaßt gesehen, dort bis zum Abschluß der Untersuchungen einen Polizeibeamten zu postieren.«

»Gut«, sagte Keller. Das hörte sich überraschend kooperationsbereit an, traf jedoch nicht zu. »Also – sehen wir uns das mal an.«

Dort trafen sie auf jenen Polizisten, der gerade an der Reihe war, diesen Ort der Tat zu bewachen und ihn gegen Unbefugte abzuschirmen. Der salutierte mit nahezu freudiger Strammheit – endlich einmal so was wie Abwechslung bei seiner monotonen Beschäftigung!

Keller, mit einer offenbar recht sorgfältig erstellten Lageskizze des Leichenfundes in den Händen, stand gelassen da und sah sich um – mehrere Minuten lang. Dann sagte er: »Irgend etwas stimmt hier nicht – stimmt nicht überein mit dieser offiziellen Tatortskizze und dem, was ich hier vorfinde.«

»Sollte da etwa«, Bachmeier zeigte sich ungläubig, »irgend etwas übersehen worden sein – von unseren Ermittlungsbeamten?«

»Scheint so.« Keller machte einen ungemein nachsichtigen Eindruck. »Denn hier, hinter der Kellertreppe, dort in der hintersten Ecke, befindet sich ein schmaler Schrank – einer aus Metall, wie sie für Werkzeuge gebräuchlich sind. Leicht zu übersehen, man könnte ihn für unwesentlich halten. Jedenfalls ist er auf dieser Tatortskizze nicht verzeichnet worden.«

»Dabei kann es sich nur um ein Versehen gehandelt haben!« erklärte Bachmeier ungehalten. »Nicht von mir! Mir wäre das bei einer gründlichen Untersuchung, noch dazu zwecks Erstellung einer Skizze, nicht entgangen. Auch wenn das ein weitgehend verdeckter Gegenstand ist, noch dazu der von der Leiche am weitesten entfernte – verständlich also, wie Sie schon sagten: leicht zu übersehen! Hätte jedoch nicht geschehen dürfen.«

»Vollkommen ist eben niemand. Oder kennen Sie jemanden von dieser Sorte? Ich nicht.« Keller schien bereit zu verständnisvoller Nachsicht. »Was ist denn überhaupt in diesem Schrank drin?«

Betretenes, anhaltendes Schweigen – das jedoch, glücklicherweise alsbald beendet wurde. Denn der eingesetzte Polizeiposten konnte Auskunft geben und ergriff, nur allzu gern die Gelegenheit, endlich zeigen zu dürfen, daß er gar nicht so ohne war – vielmehr von höchst aufmerksamem Wesen, ja geradezu kriminalistischer Begabung ausgestattet.

»In diesem Schrank befinden sich Reinigungsgeräte und dazugehörige Materialien – wie Besen, Eimer und Lappen, Wasch- und Putzmittel und so was; jede Menge.«

»Woher wissen Sie das?«

»Hat mir Herr Tatzer gesagt, der Hausmeister. Aber nicht nur mir, auch meinem Kollegen.« Einem der drei anderen, die sich hier im Vierstundenrhythmus ablösten. »Dabei haben wir uns Notizen gemacht – über einfach alles, was so angefallen ist.« Das nicht nur der Korrektheit halber; vermutlich auch gegen die schleichende Langeweile – was nun jedoch anscheinend von diesem seltsamen kleinen, schildkrötenhaften Kriminalbeamten gewürdigt wurde. »Jedenfalls wollte Tatzer an diesen Schrank – um seinen Verpflichtungen als Hausmeister nachzukommen.«

Nun schien Keller zu lächeln: »Ich nehme nicht an, Herr Kollege, daß ihm das ermöglicht worden ist.«

»Selbstverständlich nicht!« wurde brav-bieder versichert. »Mit so was kann man uns doch nicht kommen.« Und ihm schon gar nicht. »Den haben wir abgewimmelt.«

»Ausgezeichnet, Kollege!« Keller nickte dem Polizeibeamten zu – was hohe Anerkennung signalisierte. Dann sagte er: »Wir wollen dem bereits zweimal geäußerten Verlangen des Herrn Tatzer entsprechen und ihm erlauben, diesen Schrank zu öffnen, der zu seinem Hausmeisterposten gehört. Veranlassen Sie das bitte.«

Das war allerdings keine Bitte, sondern ein Befehl.

Kriminalinspektor Gutbrod suchte Hausmeister Tatzer auf und führte ihn nach wenigen Minuten herbei. Tatzer stampfte heran, blieb oben bei der Kellertreppe stehen, blickte betont unwillig um sich und wollte wissen:

»Was soll ich denn hier?«

Keller hatte sich in den Hintergrund zurückgezogen – vermutlich, um von dort aus eine gewisse Übersicht zu erlangen. Offenbar wünschte er zunächst einmal Tatzer ungestört und intensiv zu betrachten. Dessen Behandlung überließ er in dieser Phase Bachmeier.

Der Kommissar erkannte seine überraschende Chance, nämlich nichts Geringeres als dies: Es wurde ihm ermöglicht, hier auch weiterhin in Aktion zu treten. Zwar zu den Bedingungen Kellers – doch immerhin: einfach kaltgestellt hatte er ihn nicht; er ließ ihm sogar einen gewissen Spielraum.

Bachmeier begann: »Herr Tatzer, Sie haben inzwischen mehrmals in Ihrer Eigenschaft als Hausmeister diesen Schrank öffnen wollen.« Er wies einladend darauf hin. »Das wird Ihnen nunmehr gestattet.«

»Muß ja nicht unbedingt gleich sein. Ist auch nicht weiter wichtig.«

»Es wird Ihnen trotzdem erlaubt, Herr Tatzer.«

Der, ganz Biedermann, gab ein nahezu gutmütig getöntes »Danke – für Ihr Entgegenkommen!« von sich und erklärte dann: »Das hat Zeit – ich kann, wie sich inzwischen herausgestellt hat, den Schlüssel für diesen Schrank sowieso nicht finden. Ich muß ihn verlegt haben, vielleicht sogar verloren. Kann sogar sein, daß mir den jemand geklaut hat. Unmöglich ist hier ja kaum noch was!«

Woraufhin Keller, aus dem Hintergrund, lediglich ein einziges Wort sagte: »Aufbrechen!«

»Genau!« bestätigte Bachmeier prompt, wie um zu sagen, auch er sei ein instinktsicher reagierender Kriminalist; ein korrekter dazu. »Erledigen Sie das, Inspektor Gutbrod – sachgemäß.«

Der wußte, was darunter zu verstehen war und zog aus seiner rechten Rocktasche ein paar weißliche Lederhandschuhe hervor. Damit bekleidete er, nahezu zeremoniell, seine Hände, um überflüssige Spuren zu vermeiden. Sodann wurde, mit bereitwilliger Hilfe des Wachmannes, eine leicht abzumontierende Sprosse der Kellertreppe entdeckt. Die ließ sich als Werkzeug benutzen – konnte also wie ein Brecheisen angesetzt werden. Mit schnellem Erfolg: Die Tür des Metallschrankes krachte auf. Dort konnten sodann, durch zwei zusätzliche Scheinwerfer beleuchtet, ein paar bemerkenswerte Dinge erblickt werden: Zunächst jedoch, wie vorhergesagt, lediglich verschiedene Reinigungsgeräte und Putzmittel, unordentlich aufgehäuft. Dazwischen allerdings ließen sich etliche ungewöhnliche, hier eigentlich kaum zu erwartende Utensilien erblicken.

Die ansonsten übliche Weisung – ›Nichts berühren!‹ – war bei diesen Beamten nicht notwendig. Sie zerrten nichts auseinander, legten jedoch einige Gegenstände frei, machten sie sichtbar, ohne wesentliche Veränderungen herbeizuführen. Das war gut gelernt.

Auf den ersten Blick zu bemerken: eine Blechbüchse, die offenbar englische Sahnebonbons enthielt, etliche Dosen, fünf oder sechs, mit colaartigen Getränken, eine angebrochene größere Packung in Klarsichtfolie mit Florentinern. Und dann noch ein ziemlich verschmutztes, verklebt wirkendes Kleidungsstück – eine Unterhose oder etwas Ähnliches mit bräunlichen Flekken. Mochte sein, daß es Blutflecken waren.

»Mein Gott!« Tatzer schien bei diesem Anblick von ungläubigem Entsetzen gepackt zu werden – es war, als schüttele er sich vor Abscheu. »Was – ist denn das! Damit habe ich nichts, nicht das Geringste zu tun! Da müssen ganz hinterhältige Schweinehunde am Werk gewesen sein – möglicherweise nur einer, ein ganz bestimmter. Das darf man einfach nicht durchgehen lassen!«

Keller nickte bedächtig und sagte zunächst: »Herr Tatzer wird ersucht, sich bis auf weiteres in seiner Wohnung aufzuhalten. Daß dieser Anweisung nachgekommen wird, dafür sorgt Inspektor Gutbrod. Das hat auf die bei uns übliche Art und Weise zu erfolgen.«

Bedeutete: korrekt.

Nachdem sich Gutbrod mit Tatzer entfernt hatte, fuhr Keller fort: »Doch zunächst zu unserem vorzüglichen hier eingesetzten Polizeibeamten – wie war doch gleich Ihr Name? Bergmüller? Gut.« Hieß ganz gewiß: diesen Namen werde er sich merken! »Sie also, Herr Kollege Bergmüller, bleiben auch weiterhin so wachsam. Wobei Sie hier zunächst einmal auf das Eintreffen weiterer Ermittlungsbeamten warten. Diese weisen Sie ein und sagen ihnen, sie sollen ihre Befunde, sobald wie möglich, mir zukommen lassen.«

Weiter sagte Keller, wobei er nicht nötig hatte, in seine Unterlagen Einblick zu nehmen: »Sie, Kollege Bachmeier, nehmen zu Dr. Braunschweiger Verbindung auf. Wer das ist, wissen Sie vermutlich.«

Bachmeier wußte das selbstverständlich. »Dr. Braunschweiger, Ungererstraße.« Das stand in seinen gestapelten Unterlagen verzeichnet, war ihm auch nicht entgangen, doch ohne daß es ihm bisher angebracht erschienen wäre, Folgerungen daraus zu ziehen. »Der hat vor etwa zwei Jahren den offenbar oder angeblich mißhandelten Knaben Tatzer betreut. Das geschah auf polizeiliche Anordnung. War wohl Routine.«

»Aber mit welchem Befund? Mit welchen daraus resultierenden Erkenntnissen, welchen Einzelheiten? Dann müßte auch noch dieser Punkt geklärt werden, mit möglichst nachweisbaren Details: Wie haben darauf Tatzer, dessen Frau und deren Sohn reagiert?«

»Wird gemacht.« Bestätigte Bachmeier – wenn auch zähneknirschend. Das jedoch nur leicht, keinesfalls hörbar. Doch immerhin – nun war er hier wieder ›im Geschäft‹.

»Achten Sie dabei bitte, Herr Kollege«, Kellers höfliche Verbindlichkeit drohte sich noch zu verstärken, »auf bestimmte Feststellungen des hier eingesetzten Todesermittlungsbeamten – in bezug auf den von ihm festgestellten Zustand der Leiche. Der ist ein hochqualifizierter Mann – und ich sage das nicht etwa, weil er zufällig aus meiner Schule kommt. Er ist dennoch erstklassig.«

»Wird«, mit einer Art Knurren gesagt, »nicht bezweifelt.«

»Als dessen ehemaliger Lehrer kenne ich einige seiner Eigenheiten, die Ihnen jedoch kaum bekannt sein dürften. Zumal Sie, wie ich gehört habe«, von wem sagte er nicht, »hier zum ersten Mal mit ihm zusammengearbeitet haben.«

»Welche Eigenheiten, bitte?«

»Der ist«, Keller klärte ihn auf, »ein Untertreiber, ein höchst vorsichtiger Formulierer, ein Beamter, der ohne Spekulationen versucht, seine Arbeit zu absolvieren. Seine Berichte müßte selbst ich zweimal nachlesen, um genau herauszufinden, was seine Recherchen tatsächlich besagten. Diesmal weist er darauf hin, daß bei seiner Untersuchung des toten Jungen gleich drei Sorten von Verletzungen von ihm registriert werden konnten.«

»Drei?«

»Ja – sagte ich!« Die Aufforderung: Lesen Sie in den Unterlagen nach! – mußte nicht erfolgen; Bachmeier würde das tun. »Dabei handelt es sich einmal um Verletzungen des Kopfes, die zum Tod des Knaben geführt haben. Weitere jedoch entsprachen, nahezu exakt, jenen, die Dr. Braunschweiger vor etwa zwei Jahren diagnostiziert hatte – gleichfalls im Bereich des Oberkörpers und der Arme. Darüber hinaus, und das drittens, sind noch andere Körperverletzungen erfolgt. Und zwar solche in den Unterleibsregionen.«

»Werde ich nachprüfen.«

»Tun Sie das, Herr Kollege – wobei ich zuversichtlich auf ein rasches Ergebnis hoffe. Inzwischen jedoch muß ich mich auf eine Vernehmung einlassen, die mir, offen gestanden, nicht besonders leicht fallen wird. Und zwar mit einem gewissen Herrn Wecker; hier in diesem Hause befindlich.«

»Also«, sagte Adalbert Wecker, »dann wollen wir mal!«

»Wir müssen«, korrigierte ihn Keller.

Sie setzten sich im Arbeitszimmer der Weckerschen Wohnung einander gegenüber. An Getränken wurde zunächst nichts angeboten; vermutlich um keine Ablehnung entgegennehmen zu müssen. Irgendwie mutete diese Begegnung leicht offiziell an.

Keller zog einen Notizblock aus seiner Brusttasche und legte ihn vor sich hin; dazu jedoch kein Schreibgerät. »Lediglich zu meiner persönlichen Erleichterung«, erklärte er, sanft lächelnd. »Papiere mag ich nicht – die beulen meine Taschen aus. Das sind übrigens Aufzeichnungen, die ich mir bei der Durchsicht der Bachmeier-Unterlagen gemacht habe. Bei unserem Gespräch jedoch gedenke ich keinerlei Notizen zu machen.«

Wecker lachte: »Ich habe keinesfalls vergessen, daß dir ein Gedächtnis gegeben ist wie einem halben Dutzend Elefanten zusammen. Noch Wochen nach irgendeiner Unterredung vermagst du jedes Wort, jede Formulierung korrekt zu zitieren. In Unterlagen blättern mußt du nicht.«

»Das grenzt ja geradezu an Schmeichelei – einem befragenden Beamten gegenüber! Eine Einstellung übrigens, die ansonsten in unserer Praxis als verdächtig bezeichnet wird.« Auch Keller versuchte sich heiter zu geben, ohne sich so zu fühlen. »Aber – da du meine Methoden kennst, brauch' ich sie dir nicht erst zu erläutern.« Was er auch sonst niemals tat.

»Also denn: Beamter befragt Zeugen – in diesem Fall einen vorzeitigen Pensionär, namens Wecker.«

»Ich bin gar nicht abgeneigt«, Kellers freundliche Beharrlichkeit blieb unerschütterlich, »dich zu belustigen. Und zwar gleich mit einer Frage, die du vermutlich mit ›nein‹ beantworten wirst. Bist du persönlich irgendwie an diesen Vorgängen beteiligt; direkt oder indirekt?«

»Aber ja! Mit Sicherheit.«

Keller schien seinen Ohren nicht trauen zu wollen, seinen ansonsten so ungemein hellhörigen. »Deutest du tatsächlich damit eine mögliche Beteiligung deinerseits an?«

»Da hast du dich, wie immer, nicht verhört, Keller.«

»Wie – und das würde ich gern genauer wissen – hat denn dein sogenannter Anteil dabei ausgesehen?«

»Ach, mein Lieber, das läßt sich doch nur allzu leicht erklären. Ganz lapidar gesagt: Wer lebt, der bewegt sich. Und so zurückgezogen ich auch in diesem Hause zu existieren versucht habe – dem einen oder anderen völlig auszuweichen vermochte selbst ich nicht.«

»Eine Erklärung, die ich akzeptiere.« Keller zeigte sich, erwartungsgemäß, einsichtig. »Wem bist du begegnet und wie intensiv war das?«

»Einige Begegnungen dürfen sogar als ziemlich ausführlich bezeichnet werden.« Derartige Bemerkung leistete sich Adalbert Wecker, als verlange es ihn, endlich einmal herauszufinden, wie weit Keller gewillt war, sich vorzuwagen. »Ich habe mich sozusagen im Vorfeld dieser Vorgänge bewegt – und manchmal vermutlich mitten darin, ohne freilich das tragische Ende zweier Menschen voraussehen zu können.«

»Weshalb eigentlich nicht, Freund Wecker? Dein Instinkt war als ungemein ausgeprägt zu bezeichnen – verloren dürfte der sich kaum haben. Und dein enormes Spezialwissen – hat auch das dich nicht alarmiert?«

»Nun – ich hatte Gelegenheit, hier und da, kreuz und quer herumzuhorchen. Dabei habe ich mich sogar versucht gefühlt, mitzumischen, hineinzureden, sogar Einfluß zu nehmen. Ohne jedoch zu wissen, daß diese Aktivitäten tatsächlich zu einem gewaltsamen Tod und danach zu einem Selbstmord führen sollten. Und nun wunderst du dich wohl mächtig, was? Über so saudumme Reaktionen eines Menschen mit höherer Bildung und einer zusätzlichen kriminalistischen.«

»Ich weiß, Wecker, was du damit sagen willst. Wenn ein Kriminalbeamter mit einem Verbrechen konfrontiert wird, so ist das eine Sache. Ganz anders jedoch ist es, wenn ein Mensch in den Bannkreis eines Verbrechens gerät; also mittelbar daran beteiligt ist. Dann verschieben sich sozusagen die Horizonte.«

»Hört sich ja fast so an, Keller, als ob du genau wüßtest, wovon du redest.«

»Ja – so ungefähr, Wecker. Auch ich habe einmal etwas Ähnliches erlebt. Wie dir vielleicht bekannt ist, wurde Anton, mein Hund überfahren – vor meinen Augen, in meiner Gegenwart. Totgefahren. Doch den dafür Schuldigen vermochte ich nicht zu finden, also auch nicht zu überführen – nicht einmal ich, mit all meinen kriminalistischen Kenntnissen, Mitteln und Möglichkeiten.«

»Und welche Erklärung hast du dafür?«

»Die ist frappierend einfach – wie jetzt anscheinend bei dir auch. Da ich, und zwar persönlich, an diesem Vorgang beteiligt war, sah ich sozusagen rot. Mein Hirn vermochte nicht mehr klar zu denken; alle meine sonst so wohlüberlegten Reaktionen blieben aus. Wer zu dicht bei einer Wand steht, kann sie nicht überblicken.«

»Danke, Keller.« Adalbert Wecker war nahezu gerührt. »Das grenzt ja geradezu an Lebenshilfe! Vielleicht, mein lieber Alter, hättest du Priester werden sollen?«

»Gehört wohl irgendwie mit zu unserem Beruf. Was uns schließlich übrigbleibt, sind die gesammelten Erkenntnisse samt ihren Schlußfolgerungen. Und wie sieht das nun bei dir aus?«

»Vermutlich willst du jetzt also wissen«, antwortete Wecker, »was sich mir in diesem Fall als Erkenntnis aufgedrängt hat? Folgendes: Da existierte ein immer wieder als schön, als liebenswert und entgegenkommend bezeichneter Junge – der wurde brutal getötet. Und dann gab es diesen Wesendung – ein Mann, der sich elitär fühlte, der philosophisch angehaucht war; durchaus fähig mancher sittlichen Verwilderung – eines Mordes jedoch nicht.«

»Wer aber dann?« Und Keller fügte hinzu: »Das, Wecker, scheinst du zu ahnen. Denn sonst hättest du dich nicht derartig entschieden gegen Bachmeiers Resultat gesträubt. Mithin hast du, als den Namen des Täters, einen anderen erwartet. Welchen?«

»Soll ich mich auf Vermutungen einlassen, Keller? Das kann Menschenleben zerstören!«

»Und wenn es jemand wäre, der da bereits Menschenleben zerstört hat? Wir beide wissen, von wem ich rede. Du weißt es aufgrund deiner Erfahrung und deiner Vermutungen, ich anhand der existierenden Unterlagen. Als Täter bietet sich nur ein einziger an: Tatzer.«

»Das – hast du herausgefunden?« Adalbert Wecker blickte seinen Freund Keller staunend an; mit kollegialer Würdigung. Zunächst erfolgte weder Bestätigung noch Ablehnung. Vielmehr wurden Bedenken angemeldet.

»Falls deine Erkenntnis tatsächlich zutreffen sollte – dann würde dieser Fall ungeheures Aufsehen erregen in unserer Gesellschaft; denn er dürfte für deren moralische Wertvorstellungen einem roten Tuch gleichkommen. Ein Vater, der sein eigenes Kind tötet! Bei Gott – wer wird dir das abnehmen?«

»Nun, zumindest sollte eine derartige Tat«, der große alte Mann des Amtes erwies sich auch jetzt als unbeirrbar souverän, »den Bibellesern unter uns nicht unbekannt sein. Man erinnere sich der Texte des Alten Testaments: Vater ist bereit, Sohn zu opfern, im Namen Gottes! Möglicherweise erinnern sich aber auch gar nicht wenige Zeitungsleser daran, daß alljährlich einige tausend Kinder zu Tode mißhandelt werden; selbst in diesem christlich-demokratischen Deutschland. Die das tun, sind Eltern, die sich maßlos geplagt fühlen; in allererster Linie aber und statistisch nachweisbar, sind es die Väter.«

»Auch in diesem Fall? Bist du davon überzeugt, Keller? Auch davon, daß es dir gelingen wird, eine derartige Behauptung zu beweisen?«

»Das zu wagen bin ich bereit – sozusagen in einem einzigen Anlauf.« Keller sah seinen Freund Wecker groß an. »Unter einer Voraussetzung.«

Der deutete dessen Blick richtig. »Eine Voraussetzung, die irgend etwas mit mir zu tun hat? Und wie«, ahnungsvoll gefragt, »sieht die aus?«

»Du mußt mir nun sagen – und zwar in aller Offenheit – was du von meiner Erkenntnis hältst, Tatzer betreffend.«

»Du erwartest also, daß ich deine Vermutung bestätige?«

»Du kannst sie auch als unzutreffend ablehnen. Dann brauchst du lediglich ein glattes ›nein‹ dazu zu sagen...«

»Und – was dann?«

»Dann müßte ich eben über diese Vorgänge noch einmal nachdenken und mich erneut mit den Unterlagen beschäftigen, mit meinem Puzzle auf der Suche nach dem Täter. Was, unter Umständen, seine Zeit dauern kann.« Dabei drohte, erfahrungsgemäß, der erste große kriminalistische Schwung seine Antriebskraft zu verlieren – ein Mehr an Akten war keinesfalls gleichbedeutend mit einem Mehr an Wissen.

»Und was – wenn ich ›ja‹ sage?«

»Dann brauche ich nur noch ein paar Absicherungen, und das Wagnis kann beginnen.« Danach machte Keller noch eine Bemerkung, wie sie bei ihm eigentlich nicht üblich war; sie war vermutlich dazu bestimmt, Wecker zu ermuntern. »Ich jedenfalls – bin ganz zuversichtlich.«

»Zugegeben«, hörte sich Adalbert Wecker sagen. »Auch ich bin nahezu überzeugt, daß du recht hast – mit deinem Verdacht, wer hier der Täter ist. Auch ich bin, ohne amtliche Unterlagen, allein durch einige persönliche Begegnungen in diesem Haus, zu dieser Ansicht gelangt. Deine Schlußfolgerungen müßten stimmen.«

»Danke«, sagte Keller; wenn auch nicht erleichtert, so doch spürbar bestärkt in dem Verlangen, hier reinen Tisch zu machen.

Bevor aber Keller ans Werk ging, wurde bei ihm ein merkwürdiges Zögern erkennbar, samt einer gewissen Verlegenheit. Er sagte: »Offenbar, Wecker, hast du von Anfang an gespürt, daß Wesendung in diesem Fall als der eigentliche Täter gar nicht in Frage kam. Wohl war er das, was man gemeinhin als ein gefährliches Element betrachten könnte – aber ein Totschläger war er nicht. Richtig – soweit?«

»Soweit – richtig, Keller!«

»Hast du Bachmeier darauf aufmerksam gemacht?«

»Auf diese Frage habe ich gewartet. Deshalb also dein großer rhetorischer Anlauf – von Gott und der Welt, über die Kriminalistik und den Hund Anton, bis zu diesem Punkt.«

»Eine Frage, die du nicht beantworten mußt; wie du weißt.«

»Was ich weiß, ist dies: Wenn ich dir keine Antwort gebe, wirst du sie dir von anderer Seite besorgen, aufgrund von Recherchen, mit Hilfe deiner Kombinationsgabe. Das ist nicht nötig. Ich habe Bachmeier weder informiert, noch aufgeklärt, oder gar gewarnt – weder in dieser Hinsicht, noch in einer anderen! Warum sollte ich – wie hätte ich das können? Der hat mich nicht danach gefragt.«

»Hat er Gelegenheit dazu gesucht? Dich indirekt um deine Ansicht gebeten – die du ihm aber nicht gegeben, vielleicht sogar verweigert hast?«

»Wenn das der Fall sein sollte«, erkannte Wecker, »dann könnte das möglicherweise zu bedeuten haben, daß ich ihn wissend auflaufen ließ, ihn indirekt auf diesen falschen Kurs gebracht hätte. Eine fatale Retourkutsche, was? Wenn auch nicht zu beweisen!«

»Nun, meiner lieber Wecker, wie wäre es denn mit folgender Vorstellung: Hier hat es sich nicht nur – um eine Art Revancheakt gehandelt. Sondern um weit mehr – um eine Verdoppelung des Effekts. Primitiv gesagt: Zwei Fliegen mit einer Klappe zu schlagen!«

Adalbert Wecker hörte aufmerksam zu, nicht unbesorgt, auch mit Neugier. »Sollte ich dir, mein großer Alter, womöglich viel zuwenig Fantasie zugetraut haben? Ich hatte dich hier für den allerletzten Realisten gehalten!«

»Was Vorstellungsvermögen keinesfalls ausschließen muß. Und das sieht hier in etwa so aus: Du hast nicht gezögert, Bachmeier in die falsche Richtung laufen zu lassen – es war, aus deiner Sicht, die absolut richtige. Wesendung war schuldig – auf schwerste Weise mitschuldig – aber nicht der Mörder! Ihn jedoch als solchen einkassieren zu lassen, hast du nicht im geringsten gezögert. Wozu dann auch noch dessen Selbstmord gehörte. War damit ein Plan – dein Plan – total perfekt geworden?«

»Komm mir doch nicht damit, lieber Freund und Kollege! Deine glänzenden Theorien – etwa über den ›menschlichen Faktor‹ – sind mir keineswegs unbekannt. Von mir aus kannst du mich, wenn du unbedingt willst, für eine Art Urteilsgeber, sogar für einen Gerechtigkeitsvollstreckungsversucher halten – der erst Wesendung erledigen läßt, dann Tatzer. Und das mit den Möglichkeiten der Kriminalpolizei – beziehungsweise durch Ausnutzung von deren Unvermögen.«

»Alles pure Theorie – ich weiß, Wecker! Dennoch nicht ganz auszuschließen, daß die sich, früher oder später als praktikabel erweisen konnte.«

»Bis dahin jedoch«, empfahl Adalbert Wecker, ziemlich unbeeindruckt von diesen Ausführungen, »solltest du, ohne alle Theorie, deinen Aufklärungsverpflichtungen nachkommen. Allein deren Resultate zählen hier!«

Im ›Büro‹, im Erdgeschoß, nahm Keller den Bericht des Kriminalkommissars Bachmeier entgegen.

»Ihre Vermutungen, Herr Kollege Keller, sind zutreffend, sie stimmen mit den meinen überein. Zwischen jener ersten Körperverletzung des Thomas Tatzer, vor etwa zwei Jahren, wie aus der Patientenkartei des Dr. Braunschweiger hervorgeht, und dem gewaltsamen Tod des Jungen, sind dem offenbar, und zwar mindestens noch einmal, weitere Verletzungen zugefügt worden. Alle diese Tatbestände entsprechen einander in den wesentlichsten Merkmalen. Also: Die Gewaltanwendungen eskalierten.«

Keller: »Gibt es dazu Aussagen?«

Bachmeier: »Keine wirklich verwertbaren. Immerhin existiert eine Aktennotiz der damals eingesetzten Polizeifunkstreife. Einiges wurde wohl ebenso flüchtig wie ahnungslos aufgezeichnet – so etwa eine Bemerkung des Vaters: ›Das war ein Unfall, ein zufälliger Unfall – weiter nichts!‹ Und prompt erfolgte die Bestätigung der Mutter: ›Wenn mein Mann sagt: Das war ein Unfall, dann war das einer!‹ Und, was diesen Jungen angeht, so gibt es keine brauchbare Äußerung von dem, schon gar nicht so etwas wie eine Aussage – höchstens ein paar Verschwommenheiten: vorgebracht in der suggestiven Gegenwart seiner Eltern. Etwa so: ›Ich mußte bestraft werden, hat mein Vater gesagt – und ein Vater hat immer recht.‹ Oder: ›Dabei bin ich gestolpert, ganz unglücklich ...‹ – Soll ich diese fragwürdigen Sätze näher nachprüfen lassen?«

Keller: »Selbstverständlich. Wenn nicht gleich – dann später und protokollgerecht. Zunächst genügen jedoch diese Ergebnisse.«

Danach nahm Keller den Bericht des leitenden Beamten der hier neu hinzugekommenen Spurensicherungsgruppe 1 entgegen.

Das war vermutlich die beste dieses Amtes. Die wurde hier, wahrlich nicht zufällig, auf direkte Anordnung von Kriminalrat Wachsmann eingesetzt. Ihr Zielpunkt war der Inhalt des Metallschrankes, der sich in der hintersten Ecke im vorderen Kellerraum befand und damit im Bereich des Tatortes.

Spurensicherungsbeamter: »Inhalt des Schrankes untersucht. Dabei vorgefunden: Mengen von Reinigungsmitteln und dazugehörigen Geräten. Zwischen denen gelagert diverse angebrochene Packungen mit Colagetränken und Süßigkeiten – etwa vier jener Sorten, wie sie in jedem Supermarkt zu erstehen sind. Deren nähere Herkunft könnte, falls notwendig, ausgemacht werden – dann dürfte sich auch deren Käufer bestimmen lassen. In einigen Stunden – oder Tagen.«

Keller: »Keine Zeit dafür. Konzentrieren wir uns auf das allein Wesentliche.«

Beamter: »Vorgefunden wurde dabei auch ein Wäschestück. Eine Unterhose; benutzt und stark verschmutzt. Hat vermutlich bereits einige Zeit am Fundort gelegen; seit etwa zwei Tagen. Dieses Wäschestück gehört einem erwachsenen Mann und trägt Schweiß-, Sperma- und Blutspuren. Das Labor arbeitet bereits daran – erste Ergebnisse sind in etwa einer halben Stunde zu erwarten.«

Keller: »Und was, Herr Kollege, haben Sie sonst noch dort vorgefunden?«

Spurensicherungsbeamter: »Ein Werkzeug. Einen Schraubenschlüssel mit großem Kopf, einen sogenannten Franzosen; einen von der ganz schweren Sorte. Für Heizungsröhren und ähnliches zu gebrauchen. Dieses Werkzeug war in ein Handtuch eingehüllt und ganz unten im Schrank verstaut.«

Keller: »Waren Spuren daran?«

»Sogar ganz bestimmbare, Herr Kommissar Keller.« Dem etwas Derartiges mitteilen zu können, erzeugte offenbar einen diskreten Berufsstolz. »Dabei waren, erstens, Blutspuren festzustellen – und zwar am Kopf des Schraubenschlüssels. Deren Untersuchung ergab – bei Verwendung der von Ihnen, Herr Keller, entwickelten Methoden zur schnellen Blutgruppenbestimmung – die Blutgruppe A.«

Mithin, erkannte Keller: Die gleiche Blutgruppe, wie sie auch das Opfer besaß. Aber das brauchte nicht erst ausgesprochen zu werden; nicht unter erfahrenen Kriminalisten.

»Weiter so, Herr Kollege.«

»Auch auf dem Handtuch waren einige, doch für eine Untersuchung ausreichende Blutspuren vorzufinden. Diese allerdings mit der Blutgruppe 0, also mit jener des Opfers nicht identisch. Mithin also bietet sich die Folgerung an: Der Täter könnte sich, unmittelbar vor oder bei seiner Tat, verletzt haben – müßte also diesbezügliche Merkmale tragen.«

»Sonst noch was, Herr Kollege?« Keller lächelte vor sich hin. »Weitere Überraschungen von dieser bemerkenswerten Sorte?«

»Zumindest noch eine, Herr Kommissar.« Er deutete Kellers Lächeln, absolut zutreffend, als Anerkennung – die hatte er ja auch verdient; bei dem, was nun folgen sollte, erst recht. »Auf dem Griff dieses eingewickelten Schraubenschlüssels ließen sich Fingerabdrücke feststellen; sie waren durch das Handtuch nicht völlig verwischt worden. Sie stammen, absolut einwandfrei, vom Hausmeister Tatzer, der außerdem Blutgruppe o hat.«

»Woher wissen Sie das alles?« Keller zeigte sich ehrlich überrascht – seine Kriminalpolizei schien in letzter Zeit enorme Fortschritte an Präzision und Schnelligkeit gemacht zu haben. »Sollten Sie etwa in diesem Fall vorsorglich Fingerabdruckvergleiche und Blutgruppenbestimmungen gemacht haben – von jedem, der daherkam?« Keinesfalls vorwurfsvoll gesagt.

»Das, Herr Kommissar Keller, war nicht notwendig«, wurde geradezu bescheiden erklärt. »Derartige Unterlagen hat uns der Chef«, also Kriminalrat Wachsmann, »zukommen lassen. Da nämlich Tatzer vor etlichen Jahren bei der Bundeswehr gedient hatte, brauchte er nur noch von dort alle Einzelheiten anzufordern – per Bildfunk. Und die haben wir nun.«

»Auch ich«, bekannte Keller nicht ohne verhaltene Heiterkeit, »habe immer noch zuzulernen.«

Worauf nunmehr Keller erneut Adalbert Wecker aufsuchte; wie zu einem abschließend gedachten Gespräch.

Keller: »Jetzt scheint so gut wie alles zusammenzuklingen: Eine ganze Menge an belastendem Material bis hin zu einigen gut verwertbaren Indizien. Damit läßt sich durchaus etwas anfangen.«

»Das genügt aber einem erklärten Perfektionisten von deiner Qualität nicht!«

»Noch ein wenig mehr wäre besser. Am besten gleich in Gestalt eines Zeugen; einen kurz vor, während oder unmittelbar nach der Tat. Nun – was meinst du?«

Wecker: »Und deshalb wendest du dich an mich?«

Keller: »Na, an wen denn sonst, mein Freund? Denn falls du irgendwelche Zweifel gehabt hättest, so würdest du darauf bestanden haben, Einsicht in die Akten zu nehmen, um dir ein eigenes Urteil zu bilden. Das aber hattest du gar nicht nötig. Und zwar ganz einfach deshalb nicht, weil du mehr weißt, als du mir gesagt hast.«

»Könnte sein, Keller, daß ich dafür gute Gründe habe.«

»Auch dann noch«, sehr ernsthaft gesagt, »wenn ich dich darum bitte, mir dennoch behilflich zu sein? Ich kann diesen Fall erst dann auf den Tisch legen, wenn ich mich in jeder Form abgesichert habe. Ich verabscheue, wie du ja auch, jedes leichtfertige Abenteuer im kriminalistischen Bereich. Wenn du mir also weiterhelfen kannst, zu einem absolut gesicherten Ergebnis zu kommen – dann tu es!«

Diesem Verlangen, das sah Wecker ein, mußte wohl entsprochen werden. Wobei er jedoch nicht wußte, wem er eigentlich ein derartiges Zugeständnis schuldig war: Keller, sich selbst oder einem dritten? »Nun gut, ich bin nicht abgeneigt, dir zu bestätigen, daß es für diese Vorgänge, in der entscheidenden Phase tatsächlich einen Zeugen gegeben hat.«

»Dann sag mir: wen?«

»Wenn ich dir diesen Hinweis gebe, muß ich gewisse Bedingungen stellen.«

»Bedingungen? Bei Mord? Welche?«

»Ein Zugeständnis! Du könntest – und das würde ich dir ermöglichen – mit der Existenz eines direkten Zeugen, rein kriminalistisch, durchaus operieren – das heißt, dessen Vorhandensein in deine Befragungspraxis als eine Art Druckmittel einbringen. Aber das muß dir genügen. Denn ganz direkt, etwa zu einer gesonderten Vernehmung, wird dir dieser Zeuge nicht zur Verfügung stehen.«

»Und warum nicht, Wecker?«

»Weil ich das nicht wünsche – nicht will.«

»Nenne mir deine Beweggründe! Erst wenn ich die kenne, kann ich sie akzeptieren.«

»Es handelt sich dabei um ein Kind. Um ein empfindsames, kluges Kind – eine gewisse Irene Lenz; etwa zwölf Jahre alt. Sie lebt hier in diesem Haus, bei ihrer Mutter im vierten Stock. Beide sind dir vermutlich nicht entgangen, nach Durchsicht der Personenunterlagen.«

Keller bestätigte das.

»Jedenfalls halte ich es für angebracht, dieses Mädchen aus dem Belastungsspiel herauszuhalten.

Warum? Ganz einfach: So etwas darf Kindern nicht zugemutet werden. Keinem Kind!«

»Verstehe!« versicherte Keller, ohne zu zögern. »Ich werde also deine Hinweise zur Kenntnis nehmen – und zugleich akzeptiere ich deine Forderungen.«

Auch wenn diese, vermutbar, sehr persönlich motiviert waren – hingenommen werden mußten sie.

Inzwischen war es 15.00 Uhr geworden.

Was bedeutete, daß hier Keller bereits sieben Stunden gearbeitet hatte. Sie waren intensiv genutzt worden. Nunmehr jedoch gedachte er zu einem Abschluß zu kommen.

Der Ort dafür war die unvermietete, halbwegs möblierte Wohnung im Erdgeschoß – kriminaltaktisch gut brauchbar. Zumal sie unmittelbar neben der Hausmeister-Unterkunft gelegen war, was sich nun gleichfalls als praktisch erwies. Hier fanden sich jetzt ein:

Tatzer, von dem, wie angekündigt, ›einige Auskünfte‹ erwartet wurden. Der saß lässig da, war sich seiner recht sicher; schien sich sogar als Mittelpunkt zu fühlen. Irgendwie traf das ja auch zu, wenn auch wesentlich anders, als er sich das vorstellte.

Zu dieser kriminal-kriminellen Runde gehörte auch Inspektor Gutbrod als Protokollführer; eine Funktion, die er, bekanntermaßen, korrekt beherrschte. Neben ihm hatte sich Kommissar Bachmeier niedergelassen. Der durfte sich, nach wie vor, als der offizielle Leiter einer Sonderkommission betrachten, wenn auch derzeit – gewiß nur vorübergehend, wie ihm versichert worden war – einem routinegemäß kontrollierenden Beamten des Präsidiums unterstellt. Keller hatte ihn, das mußte er zugeben, nicht brutal beiseite geschoben, sich auch nicht kraß in den Vordergrund gedrängt – sich vielmehr hilfsbereit gezeigt.

Dieser vielfach hochgepriesene Keller – warum eigentlich? – leistete sich nun eine reichlich primitive Frage, bar jeder einstimmenden Einleitung. Eine Frage an Tatzer, der doch wahrhaftig ein renitenter Kerl war.

Und diese Frage lautete lapidar: »Warum?«

»Warum – was?« Tatzer schnappte, wie zu erwarten, bißbereit zu. »Was meinen Sie denn damit, Herr so und so? Der Ton, mit dem Sie so was von sich geben, hört sich aber gar nicht gut an!«

»Ist auch gar nicht gut gemeint, Herr Tatzer. Ich kann die Frage auch noch direkter stellen: Warum haben Sie Ihren Sohn getötet?«

»Was soll ich haben?« Tatzer versprühte Empörung. »Ich höre wohl nicht richtig, Mann? Soll wohl ein Versuchsballon sein, was? Ausgerechnet bei mir!« Mir, dem sorgenden Vater, sagte er nicht. »Das verbitte ich mir! Wer sind Sie überhaupt? Wie kommen Sie dazu...?« Ein hoffnungsvoller Blick auf Bachmeier: »Wer ist denn der?«

»Er ist berechtigt, hier Fragen zu stellen!« Bachmeier versuchte sich herauszuhalten – zumal er noch nicht zu erkennen vermochte, worauf Keller hinauswollte. Sollte der sich doch, von ihm aus, seine Katerpfoten verbrennen – falls er unbedingt scharf darauf war.

»Mein Name ist Keller«, sagte der, als stelle er sich vor. Worauf er dann völlig übergangslos, wieder ohne einstimmende Vorbereitung, von Tatzer verlangte: »Zeigen Sie mir Ihre Hände – strecken Sie die aus!«

Was der auch tat. Das waren, da durfte Tatzer sicher sein, ehrliche Arbeitshände. Sie zitterten nicht – nun ja, nur ein wenig. Doch das jedoch wohl wegen der Empörung über eine derartige unwürdige Behandlung.

»Drehen Sie Ihre Hände um – damit ich deren Innenflächen sehen kann.«

Tatzer betrachtete verächtlich das kleinkarierte Kerlchen. Wichtig machen – na, was sonst? – wollte sich dieser Schnüffelgreis! Mann – dem war er gewachsen.

Ein verächtliches Grinsen kaum unterdrückend, wendete er seine Hände – sozusagen von außen nach innen. Dabei kam in der rechten Handfläche, unterhalb des Daumens, eine Wunde zum Vorschein. Eine eher kleine, braun verschmiert von Jod, das reichlich benutzt worden war.

»Haben Sie sich verletzt?« Kellers Feststellung hörte sich nahezu einfühlsam an. »Wann und wo?«

»An einer Tür vermutlich – irgendeiner. Wo und wann genau, kann ich nicht sagen. Vielleicht auch bei den Briefkästen; die klemmen dauernd. Ist ja auch nicht wichtig! So was kommt hier alle Tage vor – kleiner Betriebsunfall!«

»Worauf Sie dann«, Keller operierte mit Ermunterung, »nach einem Handtuch gegriffen haben – das zufällig irgendwo herumlag. Doch wo, wissen Sie heute nicht mehr. Na, warum sollten Sie auch – schließlich sind Sie kein Gedächtniskünstler. Mit diesem Handtuch haben Sie sich ein bißchen Blut abgewischt – das dann weggeworfen; irgendwohin. War das so?«

Tatzer war beunruhigt. Doch zugleich glaubte er gut verwertbare, ihm offensichtlich zugespielte Hinweise bekommen zu haben. Auf dieses Spiel ließ er sich ein. »Aber ja – so war es wohl.«

Keller fuhr ungemein entgegenkommend fort: »Ja, so könnte es gewesen sein. Dieses Handtuch also haben Sie einfach weggeworfen – irgendwohin; sagten Sie. Dabei besteht jedoch durchaus die Möglichkeit, daß diesen Gegenstand dann ein anderer aufgegriffen hat. Um damit wer weiß was zu treiben – vielleicht sogar, um Sie zu belasten.«

»Das ist gar nicht auszuschließen, Herr – Herr Keller!« Tatzer sah seine Felle, eben noch verloren geglaubt, erneut auf sich zuschwimmen. Die momentane Strömung schien gar nicht ungünstig für ihn zu sein.

»Haben Sie sich«, fragte Keller sanft weiter, »manchmal verfolgt gefühlt?«

»Aber ja! Das müssen Sie wissen, Herr Keller – was der verehrte Herr Kommissar Bachmeier auch bereits weiß, nicht wahr? Nämlich dies: Hier gibt es immer wieder ganz hinterhältige Versuche, mich mies zu machen, mir was anzulasten, Pannen auf mich abzuwälzen. Derartig schäbige Typen existieren hier in Mengen; könnte man sagen.«

»Könnte man sagen«, wurde ihm von Keller bestätigt. Der blickte Bachmeier an, wohl um ihm Gelegenheit zu geben, seine Ansicht zu äußern. Aber darauf schien Bachmeier keinerlei Wert zu legen – so intelligent war er schon.

Schließlich meinte er: »Nun ja, Herr Tatzer – schäbige Typen gibt es so gut wie allerorten. Unbedingt belastend müssen die aber nicht sein. So was könnte allerdings bei ein paar, zunächst unscheinbaren, Details dennoch zutreffen.«

»Bei so einem Handtuch jedenfalls nicht!« Tatzer griff diese, wie er glaubte, ihm bewußt angebotene Möglichkeit auf. »Haben auch Sie gesagt, Herr Keller.«

»Richtig erkannt, Herr Tatzer. Denn so ein Handtuch, allein für sich betrachtet, selbst wenn es mit Blutspuren versehen ist, muß noch nichts besagen.«

Ganz langsam, mit großer Geduld zubereitet, entwickelte sich eine typische Keller-Lektion: ein Phase für Phase vorangetriebener Versuch, die Wahrheit herauszufinden. Noch dazu veranstaltet mit bewährtesten kriminalistischen Effekten.

»Beschäftigen wir uns noch ein wenig mehr mit dem Handtuch, von dem hier die Rede ist. Wenn jedoch, darin eingewickelt, ein Werkzeug vorgefunden worden ist, dem eine ganz bestimmte Benutzung nachzuweisen wäre – dann allerdings sieht plötzlich einiges wesentlich anders aus.«

»Quatsch«, wehrte Tatzer heftig ab. »Das geht mich nichts an!«

»Lassen Sie mich das näher erläutern. Bei diesem Werkzeug handelt es sich um einen sehr schweren Schraubenschlüssel – einen sogenannten Franzosen. Und jetzt wollen Sie vermutlich sagen: Von dieser Sorte gibt es Hunderte! Aber ja – von mir aus auch Tausende. Es ist jedoch anzunehmen, daß ein Instrument in dieser Größenordnung hier im Haus nur in einem einzigen Exemplar existiert. Bei diesem Exemplar handelt es sich, kriminaltechnisch exakt nachweisbar, um jenes

Instrument, mit dem Ihr Sohn Thomas erschlagen worden ist.«

»Nicht doch, nicht doch!« stieß Tatzer heiser hervor. »Nicht von mir!«

»Nein? Nun, was sagen Sie denn aber dazu, daß auf diesem schweren Schraubenschlüssel Fingerabdrücke gefunden wurden? Und diese stammen von einer einzigen Person. Nämlich von Ihnen, Herr Tatzer.«

»Aber das besagt doch gar nichts. Das ist kein schlüssiger Beweis; soviel ich weiß.« Tatzer schwankte zwischen Angst und Empörung. »Das beweist nur wieder einmal mehr, daß hier versucht wird, mir eine Falle zu stellen, um damit von anderen abzulenken. So ist das nämlich! Das wird mir Herr Kriminalkommissar Bachmeier gewiß bestätigen – nicht wahr?«

»Ach was, Mensch!« Lässige, doch absolut eindeutige Ablehnung. Schließlich war Bachmeier mit kriminalistischen Recherchen und deren Logik bestens vertraut; außerdem hatte er genau zugehört. Er witterte, daß sich da Tatzer selbst in die Pfanne gehauen hatte. Damit aber war der kein möglicher Kronzeuge mehr, sondern eher schon als Hauptverdächtiger anzusehen; nach Kellers wahrlich nicht ungeschickter Fangnetzstrickerei. »Sie können uns, Herr Tatzer, doch nicht für dumm verkaufen! Auf die Dauer gelingt das keinem!«

»Zumal dann nicht«, ergänzte Keller, geradezu wie betrübt darüber, nun auch noch folgende Eröffnung vornehmen zu müssen, »weil für diese Ihre Tat – Herr Tatzer – ein Zeuge existiert.«

»Ein – was?« Jetzt brach Tatzers Bestürzung mit einiger Hektik hervor. »Ein Zeuge – wofür?«

Was immerhin eine Frage war, welche sich nun auch Kommissar Bachmeier hätte stellen können – in diesem Punkt fühlte er sich nicht weniger überrascht als Tatzer. Was er sich jedoch, selbstverständlich, nicht anmerken ließ. Immerhin begann er, wenn auch zögernd, diesen alten, ausgekochten Fuchs Keller zu bewundern – zumindest anzustaunen.

»Bei diesem Zeugen«, wurden sie von Keller aufgeklärt, »handelt es sich um ein etwa zwölfjähriges Kind – und Herr Tatzer weiß, wie ich annehme, um welches. Diese Person jedenfalls kann bezeugen, was geschehen ist – bei der Tat oder unmittelbar danach.«

»Davon weiß ich nichts!« Tatzer versuchte, trotz plötzlicher Erschöpfung, sich zu wehren. »Die lügt! Die hat schon immer gelogen. Mir jedenfalls ist nichts dergleichen bekannt!«

»Das ist Ihnen nicht bewußt geworden. Was weiter nicht verwunderlich ist – nicht in einer derart extremen Situation. Denn eine solche erzeugt unvermeidlich eine Art betäubenden Rauschzustand, der auch nur halbwegs normale Reaktionen gar nicht zuläßt. Somit müssen Sie selbst, Herr Tatzer, einen Zeugen gar nicht wahrgenommen haben.«

»Es reicht aus, und zwar völlig«, ergänzte Bachmeier, vorprellend, »daß Sie dabei beobachtet worden sind.«

»In einem derartigen Fall«, fuhr Keller fort, »geht erfahrungsgemäß folgendes vor sich: Der Täter fühlt sich instinktiv gestört; doch einen möglichen Zeugen wittert er lediglich. Was ausreicht, daß ihn alsbald die Vorstellung beherrscht: Nichts wie weg! Was praktisch bedeutet: Weg mit dem Tatwerkzeug – irgendwohin! Diesmal in einen Metallschrank – der sich in der Eile dafür anbot. Und damit ist das Tatmosaik perfekt.«

Woraufhin Bachmeier deutlich zu machen bestrebt war – von Keller weder gestört noch behindert – daß er hier schließlich immer noch der Chef einer Sonderkommission war. Als solcher zog er aus den vorliegenden Ergebnissen die nun wohl unvermeidbare Konsequenz.

»Herr Tatzer – Sie sind verhaftet.«

Damit jedoch wurde dieser Fall noch nicht als erledigt angesehen – nicht von Keller.

Zwar hatte er zu der von Bachmeier ausgesprochenen ›Verhaftung‹ keinen Kommentar abgegeben, kein Anzeichen des Unwillens erkennen lassen; was nach amtlich-internen Gebräuchen Zustimmung bedeutete. Dennoch schien es dieser kluge, alte Mann für notwendig zu halten, noch einiges zu klären.

»Nachdem hier«, sagte er zunächst, »das Wesentliche festgestellt worden ist, wird Kriminalkommissar Bachmeier mit seinen Beamten den notwendigen Rest erledigen.« Er sah den nicken – dessen Gutbrod gleichfalls.

Aber Keller war offenbar willens, sich noch auf ganz andere Bemühungen einzulassen. Er betrachtete, mit nicht geringer Anteilnahme, den in sich zusammengesunkenen Tatzer. »Da sind Sie nun vermutlich darüber bestürzt, daß wir uns mit einem derartigen Vorgang lediglich rein kriminalistisch beschäftigen – uns also ausschließlich an Tatbestandsmerkmalen orientieren. Als würde sonst nichts zählen.«

»Na, was denn sonst noch!« stöhnte der auf. »Ihr seid eben doch nichts wie Vollzugsbeamte, wie jene von der Müllabfuhr. Aber was da so in einem Menschen vor sich geht, das kümmert euch einen Scheißdreck!«

»Vorsicht, Herr Tatzer!« Strenge Ermahnung von Bachmeier. »Achten Sie gefälligst auf Ihre Worte – was Sie sagen, wird festgehalten und kann gegen Sie verwendet werden.« Dann erfolgte jedoch eine nahezu menschlich-verständnisvolle Bemerkung. »Schließlich sind wir weder Seelsorger noch Psychologen – wir sind bloß Kriminalisten. Was wir jetzt herausgefunden haben, das reicht aus für uns.«

»Vielleicht immer noch nicht eindeutig genug, vermute ich.« Keller erwies sich selbst noch als Zweifler. »Nun ja, rein kriminalistisch gesehen, ist hier nun so gut wie alles absolut perfekt.«

»Das allein ist schließlich – unsere Aufgabe!« Bachmeier besann sich wieder auf seinen Status als Chef einer Sonderkommission.

»Ich frage mich«, sagte nun Keller, wie vor sich hin, wobei er den gekrümmt da hockenden Tatzer betrachtete. »Was könnte dazu geführt haben, daß ein Vater seinen Sohn tötet?«

Unbeirrbar sanft, bohrend weiter gefragt. »Warum also«, so als wäre er mit Tatzer allein, »bringt ein Vater seinen Sohn um? Dafür kann es sehr verschiedenartige Beweggründe geben – die tatauslösend zusammenklingen mögen, in sozusagen schriller Disharmonie. Vorstellbar etwa, daß dies aus Verzweiflung geschehen sein könnte; und zwar über ein Kind, das sich nicht als ein reiner, wertvoll erhoffter Mensch erweisen wollte.«

»Na – was auch immer!« Bachmeier drohte die Geduld zu verlieren, Gutbrod auch – sie wollten in Aktion treten; weiter nichts. »Was wir benötigen, ist vorhanden.«

Keller, wie durch nichts abzulenken, beschäftigte sich weiter mit Tatzer, dessen Unruhe ständig zunahm. »Vorstellbar ist aber auch – als Beweggrund für eine derartige Tat – eine pure, ganz reine Liebe, welche plötzlich eruptiv hervorbricht! Und zwar mit dem sich heftig aufdrängenden Verlangen, ein geliebtes, jahrelang behütetes Kind davor zu bewahren, zu einem mißbrauchten Objekt zu werden. Durch einen notorischen, genau erkannt geglaubten, permanent anwesenden Verführer. War das so, Herr Tatzer?«

Der blickte, tief getroffen, mit glasigen Augen um sich – sah dabei niemanden an. Er erhob sich mühsam, blieb dennoch in gekrümmter Haltung stehen, als habe er unter schweren Magenschmerzen zu leiden. Schließlich sagte er:

»Ach, Mensch, auch Sie noch – Sie kleiner, pastoraler Schönscheißer!«

Womit Tatzer unverkennbar Keller meinte. Das geschah zum erheblichen Erstaunen aller Anwesenden – bei einigen von denen trat sofort auch noch eine tiefe Genugtuung hinzu. Eine derartig beleidigende Frechheit – einem Beamten gegenüber, welchem auch immer – das war nun mal eine Folge davon, wenn der fragwürdige Versuch unternommen wurde, überführte Kriminelle mit Psychologie und Philosophie zu konfrontieren.

Abermals leistete sich Tatzer – wieder Keller gegenüber, den er offenbar für seinen Vernichter hielt – Bemerkungen, die als ›bezeichnend‹ für ihn registriert werden sollten. »Was wissen Sie denn schon – Sie vertrocknete Amtstype – von dem, was uns wirklich bewegt! Uns Menschen des einfachen Volkes.«

»Na – aber doch nicht gleich diese Töne! Was heißt denn das – Mensch des einfachen Volkes!« Bachmeier sprach einen lautstarken Verweis aus. Zwar gönnte er Keller diese bornierte Aufsässigkeit – das Metier jedoch, sein Metier, verlangte die ihm gebührende Achtung. »Schluß mit solchem Geschwätz! Das sage ich nicht zweimal!«

Nunmehr fauchte Tatzer, was vorauszusehen war, auch Bachmeier an. Vermutlich kam er sich vor wie ein Märtyrer; ein zutiefst verkannter, oft verleumdeter Mensch. »Was seid ihr doch alle für hinterhältige Scheißhaufen – ich kann euch nicht mehr riechen, ihr stinkt mir! Ihr habt mein Vertrauen mißbraucht, mich getäuscht und belogen. Ihr könnt mich mal!«

Woraufhin er von Gutbrod abgeführt wurde.

Zurück blieben Keller und Bachmeier. Sie sahen sich nicht an. Keller sagte: »Kann ich nun annehmen – daß Sie den noch notwendigen Rest erledigen werden?«

»Und zwar ganz in Ihrem Sinne, Herr Kollege.« Von Bachmeier nahezu feierlich versichert. »Darauf können Sie sich verlassen!«

Was eine derartige Versicherung zu bedeuten hatte – eine gewiß auf Gegenseitigkeit beruhende – vermochte Keller mühelos zu erkennen. Er sagte daher: »Wenn Ihnen das tatsächlich gelingen sollte, Herr Bachmeier, dann dürfen auch Sie mit einem sehr weitgehenden Zugeständnis meinerseits rechnen.«

»Und – mit welchem?« Ganz begierig gefragt – angesichts schöner Hoffnungen.

»Falls Sie, Herr Kollege«, Keller war die Verbindlichkeit in Person, »diesen Fall mit der überzeugenden Überführung des wahren Täters abzuschließen vermögen – dann beabsichtige ich, Ihnen entgegenzukommen.«

»Wie weit – wenn ich fragen darf?«

»Dann, Herr Kollege, wäre ich bereit, folgendes zu erklären: Die Aufspürung dieses Täters, nämlich Tatzers, basiert auf dem Endergebnis der Recherchen, die im Bereich der hier eingesetzten Sonderkommission gelungen sind – also der Ihren. Dabei habe ich, falls überhaupt danach gefragt werden sollte, lediglich einige Zubringerdienste geleistet – weiter nichts.«

»Somit darf ich also annehmen, verehrter Herr Keller«, stellte Bachmeier freudig und vertrauensselig fest, »daß dieser Fall nunmehr wieder, bis hin zum Abschluß, allein meine Angelegenheit ist?«

Das würde bedeuten: auch sein ›Verdienst‹; was er jedoch nicht zu sagen wagte. Immerhin – falls Keller diese Entscheidung bestätigen sollte, dann war das eine Art Geschenk.

»Na, dann erledigen Sie das mal!« hörte sich Keller sagen; geradezu erleichtert. »Und damit – sind Sie mich los.«

Unmittelbar nach dieser Unterredung begab sich Keller

zu Adalbert Wecker – wo er bereits mit einiger, doch recht gut verdeckter Ungeduld erwartet wurde. Hier ließ sich dieser Besucher nieder – unaufgefordert im bequemsten Sessel.

Adalbert Wecker war immer noch ein genauer Beobachter – von diesen seinen intensiv erworbenen Fähigkeiten war ihm so gut wie nichts verloren gegangen. Mit einem Blick erkannte er: Sein Freund Keller wirkte weder sonderlich erschöpft, noch unwillig – der lächelte vor sich hin.

»Du machst keinen ganz unzufriedenen Eindruck – soweit ich deine Regungen zu beurteilen vermag.«

»Zufriedenheit, Adalbert, ist eine Vokabel, die ich schon lange nicht mehr anwenden mag – keinesfalls im kriminalistischen Bereich. Denn was, ich bitte dich, könnte in diesem unserem Metier als irgendwie zufriedenstellend bezeichnet werden?«

Daraufhin versuchte Wecker eine andere Möglichkeit, Kellers Gemütszustand zu ergründen. »Ich habe eine Flasche von genau jenem Wein kaltgestellt, den wir – mein Gott, das war ja erst gestern, am späten Abend – gemeinsam mit Wachsmann getrunken haben. Darf ich dir ein Glas davon anbieten?«

»Aber – ja. Durchaus.«

»Also – doch!« stellte Adalbert erfreut fest. Denn so was war, für einen Keller, keinesfalls selbstverständlich. Der pflegte, wie es sich gehört, ›im Dienst‹ keinen Tropfen Alkohol zu trinken – erst danach. Mithin war jetzt also – purste Polizeilogik – ›danach‹! »Du hast es also geschafft?«

»So – ungefähr«, bestätigte Keller. Er nahm ein volles

Glas entgegen, roch daran. Begann behutsam davon zu trinken.

Dann sagte er: »Um das Wesentliche vorwegzunehmen: Deine mir gegenüber geäußerten Vermutungen treffen zu. Tatzer ist der Täter. Also nicht Wesendung – der war dabei lediglich ein Opfer mehr.«

»Einwandfrei erwiesen?« wollte Adalbert unverzüglich wissen. Um sofort hinzuzufügen: »Entschuldige bitte, eine derartig dumme, völlig überflüssige Frage – es ist einwandfrei, wenn du das feststellst!« Er fuhr fort: »War es – mühsam, kompliziert, irgendwie fragwürdig? Du weißt, was ich damit sagen will: Hat es Schwierigkeiten gegeben, Unklarheiten; existieren noch Vorbehalte?«

»Nichts dergleichen, Adalbert. Auch nicht das, was du anscheinend befürchtet hast – ich übrigens auch: daß die Auslösung der Tat in tiefere seelische Regionen hineinreicht. Umstände also, welche diesen Täter nicht nur als triebhaft handelndes Wesen erkennen lassen – vielmehr als einen getriebenen Menschen; betäubt, armselig, ausgeliefert.«

»Aber was denn, meinst du, war es, was Tatzer zu seiner Tat veranlaßt hat?«

»Kannst du dich selbst, in allen Einzelheiten, erklären? Kannst du nicht! Würdest du den Versuch wagen, mich zu beurteilen? Würdest du nicht. So ähnlich geht es mir bei Tatzer.«

»Ich weiß – auf Spekulationen läßt du dich nicht ein. Du hast auch nicht die Absicht, dich als Psychologe zu betätigen. Aber was meinst du dazu, als erfahrener Kriminologe?«

»Auch nur sehr weniges; noch dazu mit erheblichen Vorbehalten, Adalbert. Dabei könnte sich eine Eskalation ereignet haben, eine sich nach und nach steigernde – bis hin zur allerletzten Tat. Da quälte ein Vater beharrlich, kaum systematisch, seinen Sohn; verletzte den schließlich, auch rein körperlich. Und das mit der sich selbst gegebenen Erklärung: Dem bringe er, in nahezu heiligem Eifer, Moral und Anstand bei. Von diesem Verlangen mehr und mehr heimgesucht – vielleicht auch ausgelöst durch Einflüsterungen, Hinweise, Aufwiegelung –, sah Tatzer nur noch rot. Alsbald suchte er, wie getrieben, nach dem wahren Schuldigen für das Versagen seines Sohnes. Und den glaubte er dann herausgefunden zu haben: Wesendung, den ›Verführer‹.«

»Eine wahrlich nicht unberechtigte Bezeichnung.«

»Aber ja. Wer entschlossen ist, zu zerstören, findet auch Möglichkeiten dazu. An einen Wesendung jedenfalls kam Tatzer nicht heran; der war ihm überlegen, der lachte über ihn, der machte ihn lächerlich! Zuletzt stürzte sich Tatzer, als habe er keine andere Wahl, völlig entfesselt auf seinen Sohn.«

»Hört sich überzeugend an.«

»Das sagst du. Aber auch dabei handelt es sich lediglich um pure Theorie; und darauf sollten wir armseligen Kriminalisten uns besser nicht einlassen. Wir sind eben lebenslänglich gehalten, uns ausschließlich an beweisbaren Fakten zu orientieren.«

»Nun gut, Keller«, bestätigte ihm Adalbert. »Dem ist wohl so. Wobei ich jedoch nun zumindest annehmen darf, daß es dir gelungen ist, diesen Bachmeier als Versager zu überführen, ihn in seiner Unfähigkeit bloßzustellen. Denn wenigstens damit wäre ja gewissermaßen eine Stabilisierung möglicher Gerechtigkeit gegeben!«

»Sollte es immer noch das sein, was dir dabei vorschwebt – was du jedoch niemals zugeben würdest? Dieser Bachmeier, mein Lieber, ist zwar nur ein kleiner Teil unserer Welt – doch er gehört nun mal dazu. Unserer permanenten Gerechtigkeitsbemühungen wegen habe ich dem Tatzer zugespielt – als Täter.«

»Was hast du? Da kann ich mich doch wohl nur verhört haben, Keller? Dann wird sich dieser gefährliche Versager glatt mit deinen Lorbeeren schmücken! Kannst du nicht machen! Nicht mit dem!«

»Und warum nicht?« fragte Keller, geradezu erheitert. Wobei er, was eigentlich als recht erfreulich zu deuten war, um ein weiteres Glas Wein bat.

»Mir scheint, dabei entwickelst du so etwas wie einen Hintergedanken – wenn nicht gar mehrere?« Das war, wie Wecker wußte, Keller jederzeit zuzutrauen. Der kannte schließlich alle Pferdefüße dieses Gewerbes; überdies konnte er, wenn er wollte, jede Menge kriminaler Katzen aus dem Sack lassen. »Worauf willst du denn diesmal hinaus?«

Keller schien den ihm vorgesetzten Wein sehr zu genießen. Habe Adalbert, begehrte er zu wissen, noch eine zweite Flasche davon kaltgestellt? Der hatte.

»Da nunmehr dieser Fall als so gut wie geklärt anzunehmen ist – warum sollte ich den dann noch an mich ziehen? Denn damit würde ich den Fehler machen, einen Bachmeier völlig außer Obligo zu setzen –

also dem jede Verantwortung abnehmen. Na, warum das?«

»Verstehe, Keller – beginne zu verstehen!« Adalbert Wecker beruhigte sich. Dieser ungewöhnliche Kollege, der nicht zufällig sein Freund war, gehörte zu den Menschen, die weit vorauszudenken vermochten. »Damit wird also auch diesem Bachmeier der Komplex Wesendung übergeben – also jener, der mit einem Selbstmord geendet hat.«

»So ungefähr. Derartige Konstellationen existieren also nach wie vor. Was ich jedoch bei meinen Gesprächen mit Bachmeier kaum erwähnt habe. Immer eins nach dem anderen. Die Priorität hatte zunächst einmal Tatzer.«

»Was bist du doch, Keller«, geradezu schwärmerisch versichert, »für ein ausgekochter Hund! Mit Respekt gesagt – ich weiß, du liebst Hunde. Diesmal jedenfalls ist es dir offenbar gelungen, eine Falle aufzustellen, aus der Bachmeier kaum wieder herauskommt.«

»Könnte sein«, gab Keller zu. »Auslassen darf man nichts. Und der ahnt bisher noch nicht, was da so alles auf ihn zukommen wird.«

»Tatzer war also gewissermaßen eine Art Köder. Und mit dem glaubt Bachmeier fertig zu werden; so wie du das vorbereitet hast. Der wird sich sogar noch erheblichen Lorbeer davon versprechen. Doch erst danach kommt der Pferdefuß zum Vorschein – der heikle Fall Wesendung; für den er schließlich voll mitverantwortlich ist. Na, bravo! Dabei – wird der sich glatt die Zähne ausbeißen.«

»Ist anzunehmen«, bestätigte Keller. »Wobei ich dir

jedoch empfehlen würde, Wecker, auf zwei weitere Details zu achten. Das eine davon ist, von mir aus, sehr gern geschehen – ich habe ein Kind, deiner Anregung entsprechend, aus diesem Vernehmungssumpf heraushalten können.«

»Na bravo! Das ist ja geradezu menschlich!«

»Doch immerhin – gar nicht sonderlich menschlich, vielmehr nahezu unmenschlich, will mich jenes zweite Detail anmuten, auf das ich mich dabei eingelassen habe. Das betrifft dich, ganz direkt deine Person in bezug auf diese Vorgänge. Dabei hast du Einfluß genommen. Du hast das sich ergebende Geschehen sogar ganz erheblich zu bestimmen versucht; um nicht zu sagen: Du hast das, mit deinen wahrlich nicht zu unterschätzenden Möglichkeiten, geradezu manipuliert!«

»Vergiß das lieber, Keller! So was, und das weißt du, läßt sich niemals beweisen. Das vermagst nicht einmal du!«

»Stimmt, Wecker! Deshalb blieb mir auch nur wohl übrig, den Namen eines unserer ehemaligen Kriminalbeamten, also den deinen, bei diesen Untersuchungen unter keinen Umständen zum Vorschein kommen zu lassen.«

»Na – ausgezeichnet, Keller! Wachsmann wird deine Bemühungen zu würdigen wissen. Und auch der Herr Polizeipräsident wird gewiß zufrieden sein, mit einer derartig schnellen, geradezu erfolgreich angenehmen Aufklärung.«

»Ich jedoch, Wecker, empfinde nichts dergleichen. Ich bin ehrlich betrübt, daß es dazu gekommen ist.

Denn daß du, ausgerechnet du, einen erheblichen Anteil an diesen Vorgängen hast – davon bin ich überzeugt. Und das stimmt mich traurig.«

»Wie auch immer du das sehen solltest, verehrter großer Mann – was hier nun dringend angebracht zu sein scheint, ist ein Ende.«

HEYNE BÜCHER

MOTTO: HOCHSPANNUNG

Meisterwerke der internationalen Thriller-Literatur

David Morell
Totem
01/6582 - DM 6,80
Testament
01/6682 - DM 7,80
Blutschwur
01/6760 - DM 6,80

Marc Olden
Giri
01/6806 - DM 7,80

Ellis Peters
Im Namen der Heiligen
01/6475 - DM 6,80
Ein Leichnam zuviel
01/6523 - DM 6,80
Die Jungfrau im Eis
01/6629 - DM 6,80
Das Mönchskraut
01/6702 - DM 6,80
Der Aufstand auf dem Jahrmarkt
01/6820 - DM 6,80

Jonathan Ryder
Der Genessee-Komplott
01/6348 - DM 9,80
Die Halidon-Verfolgung
01/6481 - DM 9,80

Lawrence Sanders
Schwarzes Gold, weiße Gier
01/6297 - DM 7,80
Die Marlow-Chronik
01/6384 - DM 6,80
Die Tangent-Verschwörung
01/6460 - DM 7,80
Die Zukunfts-Akte
01/6540 - DM 8,80
Die Anderson-Bänder
01/6634 - DM 7,80

John Saul
Blinde Rache
01/6636 - DM 7,80
Wehe, wenn sie wiederkehren
01/6740 - DM 7,80

Craig Thomas
Jade-Tiger
01/6210 - DM 7,80
Wolfsjagd
01/6312 - DM 7,80
Schneefalke
01/6408 - DM 8,80
See-Leopard
01/6496 - DM 7,80
Firefox down
01/6570 - DM 7,80

Joseph Wambaugh
Ein guter Polizist
01/6122 - DM 7,80
Der müde Bulle
01/6221 - DM 7,80
Die Chorknaben
01/6321 - DM 8,80
Tod im Zwiebelfeld
01/6416 - DM 9,80
Nachtstreife
01/6470 - DM 7,80
Der Hollywood-Mord
01/6566 - DM 7,80

Preisänderungen vorbehalten.

Wilhelm Heyne Verlag München

Heyne Jubiläumsband: Action
Vier ungekürzte Action-Romane von internationalen Spannungsautoren
750 Seiten
(50/13 nur DM 10,–)

Heyne Jubiläumsband: Agenten
Fünf ungekürzte Romane von weltberühmten Autoren der Spannungsliteratur
800 Seiten
(50/18 nur DM 10,–)